Ankunft in San José

»Hab ich mir doch gedacht, dass Sie dazugehören! Auf Missionsreise unterwegs, was?«

Heli hielt dem ganz in schwarz gekleideten Mann die Hand hin und lächelte ihn breit an.

»Helena Frischauf, aber alle nennen mich Heli«, sagte sie und nickte ihm auffordernd zu.

»Guten Tag, Heli Frischauf, Benno Kaiser mein Name. Aber alle nennen mich Pfarrer Benno.«

Der große, dunkelhaarige Mann schaute ebenso freundlich lächelnd zurück. Heli schätzte ihn auf Mitte 30. Seine Augen mit einem undefinierbaren Mix aus Braun- und Grüntönen ruhten auf ihr. Sie räusperte sich.

»Ähm ja, dann wünsche ich uns eine gute Reise. Wir sehen uns!« Heli lächelte noch einmal schief und drehte sich weg. Noch immer hatte Benno ihre Hand gehalten. So war das nicht gemeint gewesen. Sie wollte keine Beichte ablegen. Warum diese Geistlichen immer so einen durchdringenden Blick haben mussten! Sie war schon seit Jahren nicht mehr zur Kirche gegangen. Aus gutem Grund. Irgendwie glaubte sie ja schon an Gott, aber die kleinen und großen Probleme ihrer eigenen Welt löste sie lieber selbst und überließ das nicht einem Herrn, der irgendwo hoch oben im Himmel wohnte.

Bevor sie weitere Mitreisende beobachten konnte, fiel ihr Blick auf einen sportlichen Typ mit schwarzen Locken, der zielstrebig auf die müde Menschenmenge zusteuerte.

»Hola gente, wie geht es euch?« Strahlend entblößte er eine Reihe weißer Zähne und breitete beide Arme weit aus.

»Willkommen im Land der Ticos! Ihr seid also meine Versuchskaninchen. Mein Name ist Carlos Romero, ich bin euer Reiseleiter für die nächsten zwei Wochen. Und darüber hinaus, wer will.«

Beim letzten Satz ließ er seinen Blick über Helis Körper gleiten und zwinkerte ihr dann verschmitzt zu. Unbehaglich verschränkte Heli die Arme vor ihrer Brust. Das fing ja gut an.

»Was heißt hier Versuchskaninchen? Wir sind nicht vom Karnickelverein, ja? Und ich hoffe sehr für die Reisegesellschaft, dass sie uns hier keinen Grünschnabel vorgesetzt haben.« Die korpulente Frau mit der lauten Quäkstimme schob ihr Kinn verächtlich in Carlos‘ Richtung, um sich dann wieder der Gruppe zuzuwenden.

»Ich bin übrigens Sieglinde Rübschläger. Und der

Prachtkerl hier ist mein Sohn Karl-Eduard.« Sie schlug ihrem ebenso kräftigen Sohn die dralle Hand auf den Rücken, so dass er sofort zu hüsteln begann. Bei der Bemerkung blieb ihr Blick ebenfalls an Heli hängen.

»Sind wir hier auf einer Heiratsbörse?«, murmelte Heli und schaute zur Seite. Direkt in Pfarrer Bennos Augen. »Klar, immer zur richtigen Zeit am richtigen Fleck.«

Sie stöhnte leise. Im Moment wäre ihr der Karnickelverein dreimal lieber gewesen.

Benno lächelte freundlich und meldete sich zu Wort. »Carlos, mich würde auch interessieren, wie Sie das gemeint haben. Sind wir Ihre erste Reisegruppe?«

Carlos nickte begeistert. »Si, Amigos, und ich freue mich riesig darauf, euch mein schönes Land zu zeigen. Seid ihr bereit? Die Vorstellungsrunde machen wir im Hotel.«

Grinsend zog er ein Pappschild in Form eines knallgrünen Frosches mit roten Augen hervor und hielt es in die Höhe.

»Das ist unser Erkennungszeichen, falls mal einer auf Abwegen ist und mich sucht. Hier ...« Damit zog er den Teleskopstab aus und der Frosch schnellte, für alle sichtbar, in die Höhe.

Heli schob ihren Kopf zwischen die Schultern. Vorsichtig schaute sie sich um. Sie war geneigt, dem Fremdschämgefühl nachzugeben. Da sie aber rundherum in erschöpft lächelnde Gesichter schaute, beschloss sie kopfschüttelnd, Carlos eine Chance zu geben. Wie die anderen neun Teilnehmer folgte sie ihrem gutgelaunten Guide.

Am Ausgang des Flughafengebäudes blieben alle wie angewurzelt stehen. Eine Wand aus heißer, feuchter Luft prallte ihnen entgegen.

Da Carlos jedoch, den Frosch fröhlich auf und ab wippend, schnurstracks auf einen Parkplatz zuhielt, blieb der Gruppe nichts anderes übrig, als direkt zu folgen.

»Sag mal, da hat aber keiner was von gesagt, dass hier so eine Bullenhitze ist«, ächzte Sieglinde Rübschläger.

»Gesagt nicht«, antwortete Karl-Eduard leise. »Aber hättest du den Reiseführer gelesen, den ich dir vor Monaten geschenkt habe, wüsstest du das.« Zufrieden stapfte er voran.

»Du immer mit deinen Büchern! Wann hab ich denn mal Zeit zum Lesen!« Sieglinde Rübschläger fuhr sich mit einem Taschentuch über die Stirn.

Am Parkplatz angekommen öffnete Carlos die Tür eines kleinen Reisebusses und deutete eine Verbeugung an. „Das wird in den nächsten Tagen unser Fortbewegungsmittel sein. Also, solange wir damit durchkommen. Manchmal steigen wir auf Boote um, aber ansonsten hoffen wir, dass uns die alte Dame gut durch das Land bringt." Er lachte laut, als habe er einen amüsanten Witz erzählt.

Mit gerunzelter Stirn betrachtete Heli den Bus. Es schien, als habe er seine besten Jahre hinter sich. Aber man soll ja nicht von Äußerlichkeiten auf das Innenleben schließen. Die Reisegesellschaft würde schon wissen, was sie tat.

„Also, ich muss ganz vorn sitzen, sonst wird mir schlecht", rief Sieglinde Rübschläger, als sich die Gruppe zum Einsteigen anschickte. „Und der Karl-Eduard natürlich auch."

„Mir wird nicht schlecht, Mutter", antwortete Karl-Eduard eilig.

Auf den strengen Blick seiner Mutter hin nickte er schließlich ergeben. „Ich bleibe natürlich bei dir, falls du Hilfe brauchst."

Eine Frau mittleren Alters stieg vor Heli auf wackeligen Beinen die zwei Stufen nach oben.

„Geht es?", fragte Heli besorgt. Sie hatte schon von Anfang an bemerkt, dass die Frau nicht besonders gesund wirkte. Vielleicht lag es an dem langen Flug.

Die Frau nickte nur zaghaft und setzte sich direkt auf den Platz hinter dem Busfahrer. Heli machte es sich im hinteren Teil bequem. Kurz überflog sie die Anzahl der Sitzplätze und stellte zufrieden fest, dass jeder eine eigene Bank beziehen konnte. Pfarrer Benno rutschte in die Bankreihe neben ihr. Lächelnd wandte er sich ihr zu. Heli nickte zurück, legte dann ihre Jacke als Kissen ans Fenster und bettete ihren Kopf darauf.

Sie hörte Carlos im vorderen Teil des Busses mit Sieglinde Rübschläger diskutieren. Wie es schien, hatte er die Rangelei um den Platz in der ersten Reihe verloren. Obwohl er meinte, dass dieser Platz immer für den Reiseleiter vorgemerkt war, ließ sich Sieglinde Rübschläger nicht von ihrem Vorhaben abbringen. Also blieb Carlos stehen und begrüßte die Teilnehmer noch einmal herzlich. Der Bus setzte sich langsam in Bewegung. Da schon die Dämmerung eingesetzt hatte, konnte Heli nicht mehr viel von der Stadt erkennen. Außerdem fielen ihr die Augen immer wieder zu, so sehr übermannte sie die Müdigkeit.

„Heli, wach auf", hörte sie kurze Zeit später eine Stimme. Benno hatte sich über sie gebeugt und schaute sie lächelnd an.

Erschrocken fuhr Heli auf. Dabei stieß sie mit ihrer Stirn an Bennos Kinn.

„Warum bist du so schreckhaft?", fragte Benno, der zurückgewichen war und sich den unteren Teil seines Gesichts massierte.

„Weil ich selten von fremden Männern geweckt werde", knurrte Heli zurück. Auch sie betastete ihre Stirn. Dann schnaufte sie. „Entschuldige, ich muss echt fest eingeschlafen sein."

„So, liebe Leute, wir treffen uns gleich an der

Rezeption des Hotels. Euer Gepäck könnt ihr dann dort entgegennehmen." Carlos winkte wieder mit seinem Frosch und verließ den Bus. Einer nach dem anderen kletterte ihm hinterher.

Heli spürte plötzlich einen unbändigen Durst. Hoffentlich war die Minibar im Hotelzimmer gut gefüllt. Oder noch besser wäre es, einen Absacker an einer Bar zu nehmen.

Die Ausgabe der Schlüssel und die Suche nach dem eigenen Gepäckstück nahmen ziemlich viel Zeit in Anspruch. Heli hatte es sich in einem der Sessel in der Lobby bequem gemacht und schaute sich um. Sie konnte es kaum glauben, dass sie jetzt in einem Vier-Sterne-Hotel übernachten würde. Normalerweise war sie mit Rucksack in Bed and Breakfast-Unterkünften unterwegs. Der Reiseplan sah vor, dass sie hier immer wieder Station machen würden, wenn sie von ihren mehrtägigen Touren zurückkamen. Wo sie zwischendurch übernachten würden, war nicht so genau beschrieben. Hier jedenfalls ließ es sich aushalten. Alles war sauber, klimatisiert und die Menschen am Empfang sehr freundlich.

„Okay", rief Carlos nach einer Weile. „Ich würde sagen, ihr bezieht eure Zimmer und wir treffen uns in einer halben Stunde im Restaurant. Hier gibt es ein kleines Abendessen und wir können uns endlich alle miteinander bekannt machen. Das wird lustig."

Müde schlurfte die Reisegruppe auseinander. Heli musste in den zweiten Stock. Sie zog ihren Rollkoffer hinter sich her und hatte den großen Rucksack über die Schulter gehängt. Der kleine Rucksack baumelte an ihrem Handgelenk. Sie fragte sich, was Carlos wohl so lustig an einer Vorstellungsrunde fand. Aber eigentlich war ihr Gehirn zu träge, um intensiver darüber nachzudenken.

Da in den Aufzug immer nur drei Leute nebst Gepäck passten und sie keine Lust hatte, die schwere Last über die Treppe nach oben zu tragen, dauerte auch das Aufsuchen der Zimmer so seine Zeit. Vielleicht sollte sie endlich mal runter- und im Urlaubsmodus ankommen. Es war doch nicht wichtig, wie zügig alles ging. Hauptsache, sie kam heute noch ins Bett. Morgen würde die Welt sicher anders aussehen.

Das Zimmer jedenfalls war spitze. Zwar brummte die Klimaanlage, aber sie konnte sich entscheiden: Hitze oder Lärm. Da sie Ohrstöpsel nicht mochte, konnte sie nur hoffen, später schnell ins Land der Träume abzugleiten.

Heli stellte ihr Gepäck ab, dann trat sie ans Fenster. Sie staunte nicht schlecht. Ihr Blick ging in den weitläufigen Park, der hinter dem Haus lag. Ein beleuchteter Pool nahm ihre Aufmerksamkeit besonders gefangen. Soweit sie es im Halbdunkel sehen konnte, säumten den Pool und die Strandliegen

Palmen und diverse andere Bäume, die sie nicht kannte. Außerdem führten weiße Kieswege durch die üppig blühende Landschaft. Das ließ sich ja gut an. Kurz überlegte sie, noch in den Pool zu springen, ließ es dann aber bleiben. Gleich trafen sie sich im Restaurant. Sie machte sich frisch und auf den Weg nach unten.

Kaum hatte Heli die Lobby betreten, hörte sie auch schon Sieglinde Rübschläger lautstark reden.

„Hören Sie mal, das geht so nicht! Mein Sohn hat ein wunderschönes Zimmer zum Park nach hinten und ich soll in dieser Abstellkammer schlafen, die zur Straße hinaus führt? Was soll das denn bedeuten? Bin ich weniger wert? Schließlich habe ich die Reise bezahlt!"

Carlos stand neben ihr und hatte beide Hände gehoben. „Sieglinde, beruhige dich! Ich werde das klären", sagte er lächelnd. An seinen Augen erkannte Heli jedoch, dass er nicht mehr ganz so entspannt zu sein schien.

Nach einer kurzen Unterhaltung mit dem Herrn am Empfang drehte sich Carlos schließlich strahlend um und gab Sieglinde Rübschläger einen neuen Schlüssel, als würde er ihr einen Pokal überreichen. Mit hocherhobenem Haupt verließ sie die Lobby.

Heli schüttelte den Kopf und wollte sich gerade umdrehen, um das Restaurant zu suchen, als Carlos sie entdeckte.

„Helena, oder? Das ist doch dein Name, nicht

wahr?“ Er kam mit dem gleichen Strahlen wie bei der Schlüsselübergabe auf sie zu.

Heli nickte. Noch war sie nicht gewillt, ihm ihren Spitznamen anzubieten.

„Die schöne Helena, die schönste Frau ihrer Zeit und Tochter des Zeus.“ Mittlerweile hatte Carlos sie erreicht.

„Mein Vater heißt Manfred! Und wenn du mich noch einmal schöne Helena nennst, muss ich allein weiterreisen“, zischte Heli.

„Si, schon gut. Hast du zu oft gehört, was?“ Carlos zeigte sich verständnisvoll. „Aber schön bist du, wenn ich das sagen darf.“

Heli holte tief Luft. „Wo ist das Restaurant? Wir wollten uns längst dort getroffen haben.“

Carlos nickte und Heli meinte eine leichte Spur der Enttäuschung in seinem Gesicht entdeckt zu haben. Er schob sie sanft neben sich her und deutete kurz darauf auf einen großen Raum auf der rechten Seite. „Ich warte noch auf Sieglinde, komme gleich nach.“

„Ich würde sagen, wir fangen jetzt mit der Vorstellungsrunde an“, sagte Carlos kurz darauf, als sie alle im Restaurant Platz genommen hatten.

„Da fehlt noch jemand“, rief Karl-Eduard. Zum Zeichen, dass er etwas sagen würde, hatte er die Hand gehoben. Mit seiner schwarz umrandeten Brille und dem unübersehbaren Übergewicht hätte er auch als Schulstreber durchgehen können.

„Si, Johanna geht es nicht gut. Die Reise war sehr anstrengend für sie. Sie entschuldigt sich dafür, ruht sich jetzt lieber aus, und wer mehr über sie wissen möchte, kann sie gerne persönlich fragen."

Eine Falte hatte sich auf Carlos' Stirn gebildet, was ihn ein wenig sorgenvoll aussehen ließ.

„Das fängt ja gut an!" Sieglinde Rübschläger schüttelte den Kopf. „Hoffentlich erholt sie sich wieder. Nicht, dass sie ..."

„Mutter! Bitte!", fiel Karl-Eduard seiner Mutter ins Wort. „Sie wird ihre Gründe dafür haben."

Carlos räusperte sich. Er wackelte mit den Schultern, als würde er sie lockern wollen. „Also Karl-Ede, warum fängst du nicht gleich mal an, uns zu erzählen, warum ihr euch auf eine spannende Reise nach Costa Rica gemacht habt?"

Der Angesprochene wandte sich Carlos zu. „Ich heiße Karl-Eduard", sagte er und lief rot an. Zögerlich schaute er seine Mutter an.

„Der Karl-Eduard und ich kommen aus Düsseldorf. Und die Reise hat mir ein Arbeitskollege empfohlen. Der war im letzten Jahr hier. Ehrlich gesagt, weiß ich nicht genau, warum er so nett war, denn eigentlich ist er ein unausstehlicher Typ. Nun ja, jedenfalls hat er mir einige Prospekte vom Land und vor allem von dem schönen Hotel hier gezeigt und dann haben der Karl-Eduard und ich entschieden, dass wir das machen wollen."

Kurz verzog Karl-Eduard das Gesicht. Dann nickte er, was irgendwie gequält aussah.

„Das schöne Hotel, soso." Ein Mann Mitte vierzig, drahtig und mit extra kurzem Haarschnitt, grinste. „Na, mal schauen, wie euch die nächsten Unterkünfte so gefallen."

„Sehr schön! Mach du doch gleich weiter", versuchte Carlos den Mann zu stoppen. „Heute sind wir hier im schönen Hotel. Danach sehen wir weiter." Ein leichter Schweißfilm hatte sich auf seiner Stirn gebildet.

„Ich bin der Hartmut, aber alle nennen mich Hardy. Ihr also auch! Ich arbeite in der IT-Branche und mein Hobby ist eindeutig Sport in allen Variationen. Am liebsten gehe ich laufen. Das werde ich hier hoffentlich auch öfter tun können. Ich möchte im Spätsommer einen Marathon laufen und mich danach auf einen Triathlon vorbereiten. Was heißt einen, mein Ziel ist der Iron-man in Hawaii. Klar, was sonst. Tja, was gibt's noch zu sagen? Die Reise haben wir von unserer Familie zur Silbernen Hochzeit geschenkt bekommen. Ich wäre ja lieber irgendwo in die Höhe gefahren, um dort zu trainieren. Aber gut, nun sind wir hier. Ach ja, das ist meine Frau Simone."

Hardy war während seiner Rede aufgestanden und hatte wild gestikulierend erzählt. Jetzt setzte er sich und tätschelte Simone die Hand. Unauffällig zog sie ihre unter seiner weg und lächelte verlegen in die Runde.

„Hola Hardy, hola Simone", begrüßte Carlos die beiden.

Heli war die Spannung zwischen dem Ehepaar nicht entgangen. Er schien ein ziemlicher Angeber zu sein. Und sie? So unscheinbar wie ein graues Mäuschen. Interessiert musterte sie Simone, bis die ihr direkt in die Augen schaute. Ertappt nickte Heli und hob aus Reflex die Hand. „Also, ich bin Helena." Sie schnappte nach Luft. Eigentlich hatte sie nur aus Verlegenheit die Hand gehoben, um irgendwas zu tun und Simone nicht weiter anzustarren. Jetzt musste sie sich also vorstellen. Was würde die Leute hier denn interessieren? Sie schaute in die Runde und bemerkte hier und da ein Grinsen. „Bevor Bemerkungen zu meinem Vornamen auftauchen, ruft mich lieber Heli. Ich habe gerade mein Studium beendet und wollte erstmal ein bisschen von der Welt sehen." Sie lehnte sich zurück.

„Was hast du studiert?", fragte Carlos.

Heli schaute ihn irritiert an. Bei den anderen hatte er doch auch keine Nachfragen gestellt. Das wäre bei dem Ehepaar zuvor nötiger gewesen, um auch etwas über Simone zu erfahren. „Musiktherapie, warum?"

Carlos nickte nur und wandte sich dann einem

älteren Ehepaar zu. „Möchtet ihr uns etwas über euch erzählen?“

Die beiden schauten sich an und die Frau zwinkerte ihrem Mann lachend zu. Dabei zeigten sich unzählige Fältchen auf ihrem Gesicht, die sie zufrieden und glücklich aussehen ließen.

„Ja gerne, meine Liebe“, sagte der Mann. Er räusperte sich. „Das ist meine Frau Dörthe und ich heiße Fritz. Fritz Lorenz. Nun, wir reisen eigentlich schon, seitdem wir uns gefunden haben. Und das ist bald vierzig Jahre her. Haben wir eine Reise beendet, überlegen wir uns, wohin es als Nächstes gehen soll. Wir haben da so eine Liste mit reizvollen Zielen. Und die würfeln wir aus. Deshalb sind wir jetzt hier.“ Auch er nahm jetzt die Hand seiner Frau und drückte sie leicht. Dörthe jedoch zog sie nicht weg, sondern lächelte ihn warmherzig an.

Heli seufzte innerlich. Wenn es ihr doch einmal gelingen würde, so eine innige Beziehung zu führen. Ihre bisherigen hatten meist in Sackgassen geendet. Nicht, dass sie ständig wechselnde Partner hatte, aber nach einer Weile stellte sich irgendwie Langeweile ein. Und immer wieder bekam sie vorgehalten, mit ihrer aufgedrehten Art zu nerven, hirnrissige Ideen zu haben oder, was am schlimmsten war, das Leben nicht ernst genug zu nehmen. War das Leben nicht schon ernst genug? Konnte man nicht wenigstens in der Freizeit sein echtes Ich ausleben?

„Sehr schön! Ich freue mich, dass ihr dabei seid!“ Carlos hatte ein breites Lächeln auf dem Gesicht und seine dunklen Augen schienen fast schwarz zu leuchten.

Heli hatte das Gefühl, als würde er sich gar nicht von Dörthe und Fritz losreißen können. Wie er so dastand mit seinen kurzen Cargohosen, dem weißen Hemd, das einen Kontrast zu seiner braunen Haut bildete, und den wilden schwarzen Locken, musste sie sich gestehen, dass Carlos eine sehr männliche Ausstrahlung hatte. Und gut aussah.

„Na gut, dann erzähle ich noch kurz über mich“, begann Benno, als Carlos keine Anstalten machte, sich ihm zuzuwenden.

Ohne sein Kollarshirt sah Benno wie ein normaler junger Mann aus, dachte Heli. Irritiert schüttelte sie den Kopf. Waren Geistliche nicht auch Männer? Und wie jung er war, konnte sie nicht wissen.

„Ich heiße Benno, bin evangelischer Pfarrer und komme aus einer kleinen Gemeinde bei Berlin.“ Er stockte.

„Und jetzt willst du uns missionieren?“, fragte Hardy lachend. Dabei schlug er sich auf einen Oberschenkel.

„Oder vielleicht die Eingeborenen im Busch.“ Sieglinde Rübschläger fiel in das Lachen ein.

Voller Klischees, diese Gruppe, dachte Heli. Benno tat ihr jetzt leid.

Doch der lachte nur über die miesen Scherze. „Nein, eher das Gegenteil. Aber darüber möchte ich jetzt nicht sprechen."

„Aha ..." Sieglinde Rübschläger nickte und kniff dabei die Augen zusammen. „Auf Sinnsuche, was?"

„Das werden wir alles erfahren, falls Benno uns das noch erzählen möchte", mischte sich Carlos eilig ein. Er schaute in die Runde. „Vielen Dank für eure Offenheit. Ich freue mich auf eine spannende Reise. Falls ihr Fragen habt, könnt ihr mich jederzeit ansprechen. Tag und Nacht."

War es Zufall, dass er bei der letzten Bemerkung mit seinem Blick bei Heli hängenblieb? Seine Attraktivität sank direkt um ein paar Grad.

„Wir genießen jetzt unseren ersten Abend hier." Carlos winkte einem Kellner zu. „Lasst es euch schmecken und seid morgen früh um acht pünktlich beim Frühstück. Wir haben viel vor."

An den Tischen lief die Unterhaltung nur schleppend. Allein Sieglinde Rübschläger konnte ihren Ton nicht senken und so erfuhren alle, dass Karl-Eduard sehr mäklig bei Tisch war.

Heli hörte nur mit einem Ohr hin. Die Müdigkeit war ihr mittlerweile in alle Knochen gekrochen. Auch Fritz und Dörthe, die mit Heli an einem Tisch saßen, lächelten nur ab und an, ein wirkliches Gespräch kam nicht zustande. Schließlich verabschiedete sich Heli und machte sich auf den Weg in ihr Zimmer im zweiten Stock. Sie sprang noch kurz unter die Dusche und kuschelte sich anschließend genüsslich unter die Bettdecke. Die Klimaanlage würde sie heute wohl nicht stören, so müde war sie. Doch kaum hatte sie die Augen geschlossen, klingelte der Wecker ihres Handys. Erschrocken fuhr sie auf und tippte auf dem Gerät herum, bis es endlich still war. Dann seufzte sie. Das hieß jetzt wohl, dass sie seit 24 Stunden auf den Beinen war. Zufrieden legte sie sich wieder zurück. Ein leichtes Lächeln lag auf ihren Lippen. Gestern um die Zeit war sie noch bei ihren Eltern in Zinnowitz auf Usedom und nun lag sie in einem noblen Hotel in der Hauptstadt von Costa Rica. Schon irgendwie unglaublich. Mit dem Gefühl der Vorfreude auf die nächsten Tage schlief sie endlich ein.

Tag 1 – Vulkan Irazú

„Was ist das für ein Frühstück? Gibt's keine Brötchen und Rührei?" Sieglinde Rübschläger stand mit einem Trägershirt und einer hellen Stoffhose bekleidet am Buffet und konnte sich nicht entscheiden. „Was soll das denn sein? Pommes? Zum Frühstück?"

Auch Heli schaute skeptisch auf die fettigen Kartoffelecken. Die würde sie besser heute weglassen. Sie hatte zwar wie ein Stein geschlafen, aber der Flug saß ihr noch in den Knochen. Wie jedes Mal nach einer Flugreise hatte sie das Gefühl, wie auf Eiern zu laufen. Wenn sie Glück hatte, legte es sich bis abends. Manchmal hatte sie allerdings zwei Tage damit zu kämpfen.

Nachdem Sieglinde Rübschläger sich weiter über das Frühstücksbuffet ausgelassen hatte, um dann doch von den fettigen Pommes zu nehmen, legte sich Heli exotisches Obst und etwas süßes Brot auf den Teller. Das sollte genügen und sah lecker aus.

„Guten Morgen", begrüßte sie Fritz und Dörthe, die es schon zeitig ins Restaurant getrieben haben musste, denn ihre Teller waren bereits leer.

„Guten Morgen, Heli! Wie hast du geschlafen?“, antwortete Dörthe. Sie lächelte, wobei sich zwei Grübchen auf ihrem runden Gesicht zeigten.

„Eigentlich ganz gut. Ist immer ungewohnt in der ersten Nacht, aber ich fühle mich fit für Abenteuer.“

„Da wird es aber einige ungewohnte Nächte für dich geben“, sagte Fritz grinsend. „Schau mal, Carlos hat uns vorhin noch einmal die Reiseroute auf die Tische gelegt. Damit wir immer wissen, wo die anderen sind, falls wir uns verlieren. Ich hoffe aber sehr, dass das nur ein Scherz von unserem Jungreiseführer war.“ Jetzt lachte Fritz.

Interessiert betrachtete Heli den Ausdruck, der auf ihrem Platz lag. Schien alles noch so geplant zu sein, wie sie es bei der Buchung gesehen hatte.

Plötzlich stand Johanna neben ihnen am Tisch. „Ist hier noch frei?“, fragte sie fast unhörbar.

Dörthe schob sofort den vierten Stuhl zurecht und nickte. „Ja klar, setz dich ruhig. Wir haben dich gestern Abend vermisst.“ Das freundliche Lächeln auf Dörthes Gesicht verströmte Geborgenheit.

Eine leichte Röte huschte über Johannas Gesicht. „Es tut mir leid. Gestern Abend ging es mir nicht so gut. Ich kann mit Veränderungen schlecht umgehen.“

Und warum unternimmst du dann so eine Reise? Heli hatte die Frage Gott sei Dank nur gedacht und nicht laut ausgesprochen. In den Gesichtern der anderen konnte sie aber ähnliche Gedanken entdecken.

„Ja, ich weiß, dann hätte ich nicht auf so eine Fahrt gehen sollen“, antwortete Johanna, als hätte sie die Frage doch gehört. „Aber ich habe meine Gründe.“ Damit machte sie deutlich klar, dass sie nicht weiter darüber reden wollte. Sie nahm einen großen Schluck Kaffee, bestrich sich das süße Brötchen dick mit einer noch süßeren Paste und biss herzhaft hinein.

Mit dem Magen hat sie es jedenfalls nicht, dachte Heli neidisch. Das Obst rumorte jetzt schon in ihrem Bauch. Um sich abzulenken, schaute sie sich um. Benno, der Pfarrer, saß mit Simone und Hardy am Tisch, der wild gestikulierend von irgendeinem Laufevent erzählte. Die arme Simone, wie hielt sie das mit diesem Mann nur aus? Heli schüttelte leicht den Kopf. Dabei spürte sie Bennos Blick auf sich ruhen. Schnell schaute sie weg.

Am Tisch auf der anderen Seite saßen nur noch Sieglinde Rübschläger und Karl-Eduard. Carlos hatte sich zwar eine Weile zu ihnen gesellt, war aber schon vor einiger Zeit verschwunden. Heli ahnte warum.

Gegen zehn trafen sich alle wieder in der Lobby. Carlos erzählte, dass sie zuerst zu einer Bank fahren würden, damit alle Geld tauschen konnten. Er versuchte zu beschreiben, wie das Betreten der Bank ablaufen sollte, vorstellen konnte es sich Heli nicht so richtig. Doch kurz darauf wusste sie, was ihr Reiseleiter gemeint hatte. Vor dem Gebäude stand eine lange Schlange Einheimischer. Jeder hatte einen Zettel in der Hand. Eintreten durften sie nur einzeln durch eine doppelt gesicherte Glastür. Direkt im Innern erkannte Heli einen bewaffneten Beamten. Nachdem die Ticos, also die Einheimischen, ihre Zettel abgegeben hatten, kamen sie mit einem dicken Bündel Geldscheine wieder heraus. Carlos hatte erzählt, dass sie so ihr Gehalt ausgezahlt bekamen.

Mit einem mulmigen Gefühl im Bauch betrat Heli die Bank durch die Schleuse. Wenn sie Waffen sah, wurde ihr immer ganz anders. Aber hier sollte sie sich dadurch sicherer fühlen. Banküberfälle standen in Costa Rica sicher nicht so hoch im Kurs.

Kurz darauf saßen alle wieder im Bus und die Reise ging weiter in die Innenstadt von San José. Das Erlebnis beim Geldtausch schien Wirkung gezeigt zu haben, denn keiner sagte ein Wort.

Die Stadt wirkte freundlich und grün. Gerade fuhren sie an einem großen Park vorbei. Staunend betrachtete Heli die vielen sportbegeisterten Menschen. Sie sah Jogger, Fußball- und Tennisspieler, einige Basketballplätze, auf denen hart umkämpfte Spiele stattfanden und Menschen, die sich dem Kraftsport hingaben. Unglaublich! Wie ein Fitnessstudio im Freien.

Plötzlich ertönte Carlos' Stimme über ein Mikrofon. Erschrocken fuhren alle Köpfe herum. „Amigos, wir sind nun in der Innenstadt von San José, der größten Stadt Costa Ricas. Wir könnten jetzt viele, viele Museen mit alter und neuer Kunst besuchen. Machen wir aber nicht, denn wir wollen ja heute noch zum Irazú. Natürlich haben die Spanier der Stadt ihren Stempel aufgedrückt, deshalb werdet ihr viele Gebäude im Kolonialstil sehen. Gleich kommen wir zum Nationaltheater, da steigen wir mal aus. Und bevor ich es vergesse, nehmt nur das Nötigste mit und passt auf eure Rucksäcke auf. Besser auf den Bauch binden. Die Ticos sind liebe Leute, aber manche haben lange Finger. Das sagt man doch so, oder?“ Carlos lachte laut. Dabei dröhnte das Mikrofon, so dass sich alle die Ohren zuhalten mussten.

Der Bus hielt und die Reisenden kletterten nach draußen. Sie standen auf einem großen Platz mit Springbrunnen in der Mitte. Ein ehrwürdiges Gebäude erhob sich seitlich.

„La Plaza de la Cultura mit dem Nationaltheater“, begann Fritz ehrfürchtig. „Wusstest du, dass die Kaffeebarone damals extra eine Sondersteuer gezahlt haben, um das Haus hier zu finanzieren? Das alte Theater war einem Erdbeben zum Opfer gefallen.“ Mit leuchtenden Augen folgte er Stein für Stein der klassizistischen Fassade. Seine Frau Dörthe war neben ihm stehen geblieben und schien auf weitere Ausführungen zu warten.

„Ah, da ist jemand gut informiert“, sagte Carlos mit einem Grinsen. „Fritz, dann wirst du ja auch wissen, warum es unbedingt ein neues Theater geben musste.“

„Natürlich!“ Fritz wandte sich an Carlos. Und der klappte seinen Mund wieder zu, denn gerade hatte er weitersprechen wollen. „Im Jahr 1890 war die berühmte Opernsängerin Adelina Patti auf Tournee gewesen und konnte nicht in Costa Rica auftreten, weil es kein geeignetes Gebäude gab. Also musste ein neues her. Als Vorbild sollte die Pariser Oper dienen, deshalb wurden extra Architekten und Baumaterial aus Europa eingeflogen.“

Carlos gab einen undefinierbaren Laut von sich. „Si, so war es. Gehen wir rein.“ Er hob den Wackelfrosch hoch und lief voran.

„Dieses Viech will er doch jetzt nicht wirklich immer vor uns herzappeln lassen“, ereiferte sich Sieglinde Rübschläger und erntete damit zustimmendes Gemurmel. „Das müssen wir ihm unbedingt abgewöhnen. Dafür sind Versuchskaninchen ja schließlich da.“

Im Innern des Theaters war nicht mit Gold und Marmor gespart worden. Bevor sie den Saal betraten, hob Carlos wieder seinen Frosch und zeigte auf ein Gemälde an der Decke. Dabei fixierte er Fritz, als wolle er ihn warnen, dass dies sein Revier sei und er den Mund halten solle. „Ein schönes Gemälde, aber leider mit vielen Fehlern. Hat eben ein Europäer gemalt. Kaffee wächst nicht am Meer und die Kaffeepflückerinnen sind weder so schick angezogen, noch sehen sie bei der harten Arbeit glücklich aus. Trotzdem findet ihr das Bild auch auf der 5-Colones-Banknote."

„Und die Bananen wachsen auch nicht nach unten", konnte sich Fritz nun doch nicht verkneifen zu sagen.

Carlos holte tief Luft und nickte schließlich noch immer nach oben schauend. „Si, das ist sicherlich der größte Fehler hier. Aber sonst ..." Er senkte den Kopf und breitete die Hände aus. „Sonst ist es der schönste Bau Costa Ricas. Übrigens wurde das Theater 1897 mit einer Aufführung von Goethes *Faust* eingeweiht. Das wird euch sicher gefallen."

Wohlwollendes Nicken der Gruppe gab ihm recht.

Als sie später wieder auf dem Platz standen, zeigte Carlos die Straße entlang in Richtung Innenstadt. „Für einen kleinen Stadtbummel reicht unsere Zeit. Wenn ihr in diese Richtung geht, kommt ihr direkt zur Avenida Central und auch an einer Touristinfo vorbei. Dort könnt ihr Ansichtskarten kaufen, wer schon die ersten Grüße nach Hause schicken möchte."

So verbrachten sie die nächste Stunde in der größten Mittagshitze im Getümmel der Stadt. Heli hatte ihren kleinen Rucksack, wie von Carlos empfohlen, nach vorn gebunden. Das Geld und die Papiere trug sie sowieso immer in einem Brustbeutel.

„Wollen wir ein Stück zusammen gehen?“, fragte sie Johanna, die unschlüssig stehen geblieben war.

„Sehr gerne! Ich denke aber, dass ich nicht so weit komme. Ich kann mich dann einfach irgendwohin setzen und auf euch warten.“

„Ach Quatsch, wir haben ja heute noch einiges vor uns, da möchte ich jetzt auch nicht durch die Stadt rasen. Lass uns ein bisschen schlendern und irgendwo was Kaltes trinken.“ Heli nickte aufmunternd und Erleichterung legte sich auf Johannas Gesicht.

Die Fußgängerzone machte ihrem Namen alle Ehre. Sie wurde von Händlern mit kleinen Ständen und Straßenkünstlern gesäumt. Schon bald entdeckten die beiden Frauen ein Café und setzten sich in den Schatten. Träge beobachteten sie das bunte Menschengewirr auf der Straße, bis plötzlich eine bekannte Stimme in Helis Bewusstsein drang.

„Das darf doch wohl nicht wahr sein“, schrie Hardy mit rotem Kopf. „Warum hast du denn nicht aufgepasst?“

Simone stand unbeweglich vor ihm und hob die Schultern. „Carlos hat uns doch gewarnt. Wir sollten den Rucksack immer im Auge haben. Ich konnte doch nicht ahnen, dass uns das hier passiert.“

Sie entdeckten Heli und Johanna und setzten sich zu ihnen an den Tisch.

„Was ist denn passiert?“, fragte Johanna.

„Simone hat nicht aufgepasst. Das ist passiert.“ Hardy schnaufte und versuchte dann, ein Getränk auf der Karte zu finden.

„Das ist nicht wahr“, antwortete Simone. „Als wir an einer Ampel standen, hat ein junger Mann Hardy auf Spanisch angesprochen. Natürlich haben wir nichts verstanden und ihm das klargemacht. Als wir dann weitergegangen waren, ist mir aufgefallen, dass die Außentasche des Rucksackes offen stand.“

„Die haben uns auf offener Straße beklaut“, knurrte Hardy. Er schien noch immer nichts Passendes gefunden zu haben.

„Ach du Schreck, was haben sie denn geklaut?“, fragte Heli. Aus Reflex befühlte sie den Brustbeutel unter ihrem T-Shirt.

„Einen Kugelschreiber“, antwortete Simone und musste sich das Grinsen verkneifen.

„Na und, es hätte auch gut unser Geld sein können“, gab Hardy weiterhin maulend von sich.

„Das du in einem Gürtel um deine Hose geschlungen trägst.“ Das Lächeln auf Simones Gesicht war verschwunden. Sie schüttelte leicht den Kopf und tat, als würde sie die vorbeiziehenden Leute beobachten.

Hier hängt der Haussegen aber mächtig schief, dachte Heli. „Wir sollten langsam wieder aufbrechen", sagte sie schnell, um der unangenehmen Situation zu entkommen.

Den beiden anderen Frauen schien der Vorschlag willkommen zu sein, denn sie sprangen beide direkt auf. Gemeinsam liefen sie zum Bus, Hardy folgte ihnen.

„Mit Mann ist es nicht einfach, aber ohne ist es auch nicht immer schön", sagte Johanna leise. Sie ging in der Mitte der drei Frauen.

„Wenn es der Richtige ist, macht das Leben sicher mehr Spaß", konterte Simone direkt.

Dann sagten beide nichts mehr. Und Heli dachte sich ihren Teil, schließlich war genau das ihr Thema. Im Moment hatte sie aber keine Lust, darüber nachzudenken. Sie wollte sich den vielen Gedanken nicht stellen, sondern sie einfach beiseiteschieben. Vielleicht hoffte sie sogar, dass sich dann alles in Luft auflösen würde. Aber natürlich wusste sie, dass sie bis zum Ende der Reise eine Lösung gefunden haben musste. Nur eben nicht jetzt.

Sie fuhren mit dem Bus noch einmal quer durch die Stadt. Allmählich wurde die Bebauung spärlicher und die Vegetation nahm zu. Hügelige Wälder wechselten sich mit Feldern ab und überall gab es Blüten in allen Farben. Heli konnte sich nicht sattsehen. Auch Benno schien es so zu gehen. Er wandte ständig den Kopf von rechts nach links und versuchte, alles mit seinem Fotoapparat festzuhalten.

„Ah, ich habe etwas vergessen“, quakte plötzlich Carlos durch das Mikrofon. Erschrocken fuhren einige auf, die eingeschlummert waren. Johanna in der ersten Reihe bemühte sich, einen Hustenanfall loszuwerden.

Entschuldigend nickte Carlos Johanna zu. „Also, wir fahren ja jetzt zum Vulkan Irazú. Und der Aussichtspunkt, zu dem ich euch bringen wollte, liegt ganz schön hoch. Ich meine, wir sind dann dort bei über 3.400 Meter. Hat denn jemand von euch mit der Höhe Probleme?“ Er schaute mit großen Augen in die Runde.

„Die Info kommt ein bisschen spät, findest du nicht?“, fragte Fritz als Erster.

„Über 3.000 Meter? Das überlebe ich nicht“, schrie Sieglinde Rübschläger sofort los. „Da platzt mir der Kopf oder das Herz bleibt stehen.“

„Du bekommst vielleicht Kopfschmerzen, aber sonst sollte nichts passieren“, antwortete ihr Sohn beruhigend. „Schließlich befinden wir uns dort noch lange nicht in der Todeszone.“

„Karl-Eduard, lass die Scherze. Wenn ich schon Todeszone höre, wird mir ganz schlecht.“

Karl-Eduard hob kurz die Schultern. „Ich meine ja nur.“

„Was haben wir denn für eine Möglichkeit? Ich

meine, die, die nicht mit hochwollen?" Johanna hatte sich wieder beruhigt und schaute Carlos an. Sie hatte rote Flecken im Gesicht und knabberte an ihrer Unterlippe.

Carlos runzelte die Stirn. „Du willst nicht mit hoch?"

„Ich weiß nicht, ob ich es schaffe. Mein Kopf tut sowieso schon weh. Ist das egal oder wird es schlimmer?"

„Das müssen wir vielleicht nicht herausfinden, oder?" Carlos wirkte bedröppelt, wie er so mit zerknautschtem Gesicht und leicht nach vorn gebeugt dastand. „Wir kommen immer wieder an kleinen Ortschaften vorbei, wo es nette Restaurants gibt. Ich habe eines in Erinnerung, dort könntest du auf uns warten. Lass es dir dort gut gehen, das bezahlt natürlich die Reisegesellschaft." Jetzt stellte er sich wieder gerade hin und streckte den Rücken durch. „Entschuldigt noch einmal! Wer möchte also mit zum Vulkan hochfahren? Ich kann euch sagen, es lohnt sich!"

„Ich bleibe auf alle Fälle unten", zeterte Sieglinde Rübschläger aus der ersten Reihe. „Und mein Sohn bleibt auch hier."

„Nein, nein, nein", widersprach Karl-Eduard. „Den Vulkan will ich mir nicht entgehen lassen. Du bist bestimmt nicht allein, Mutter."

Sieglinde Rübschläger schnappte nach Luft, drehte sich dann aber wieder nach vorn.

„Ich möchte dein Angebot auch gerne annehmen“, sagte Johanna.

„Natürlich“, antwortete Carlos. Er sah aus, als würde er gleich Johannas Kopf tätscheln wollen. „Noch jemand?“

Allgemeines Kopfschütteln ließ Carlos aufatmen.

Eine Stunde später waren sie endlich am Parkplatz des Vulkan Irazú-Nationalparks angekommen. Selbst vom Bus aus ahnte Heli schon, welche Temperaturen sie hier erwarten würden. Gut, dass ihnen Carlos wenigstens ans Herz gelegt hatte, warme Sachen einzupacken. Sie zog eine Fleecejacke über und nahm den dünnen Anorak mit, den sie schon kaum nach Verlassen des Busses überstreifte.

Vom Parkplatz aus waren es nur 500 Meter bis zum Aussichtspunkt. Bibbernd machte sich Heli mit den anderen auf den Weg. Zu ihrer Rechten entdeckte sie den Nebenkrater Diego de la Haya, wie sie von Carlos, der mit seinem wackelnden Frosch vorneweg eilte, erfuhr. Nicht sehr spektakulär, dachte sie.

„Hier könnte man einen schönen Endzeitfilm drehen“, sagte Dörthe, die plötzlich neben ihr aufgetaucht war.

Erschrocken fuhr Heli herum. Und wusste direkt, was Dörthe meinte. Eine weite düstere Fläche eröffnete sich ihnen. Nebelschwaden waberten darüber hinweg. „Stimmt, oder die Mondlandung“.

„Playa Hermosa", tönte Carlos weiter und deutete auf die Mondlandschaft.

„Klar, sieht auch nach Strand aus", grinste Heli.

Plötzlich blieb Carlos stehen, hob seinen Frosch, damit ihn alle beachteten, und deutete dann mit majestätischer Verbeugung auf ein tiefes Loch. Mehr war nämlich im Moment nicht zu erkennen.

Ein Schild mit der Aufschrift „Crater Principal", das die Tiefe mit 300 Metern und den Durchmesser mit 1050 Metern angab, stand nun direkt vor ihnen. Eilig zückte Heli ihren Fotoapparat. So schnell wie hier die Wolken zogen, konnte es gut sein, dass sie doch noch einen Blick auf den Kratersee erhaschen würden. Und tatsächlich, ein paar Minuten später riss die Wolkendecke für einige Momente auf und die Sonne erhellte den Krater. In einem strahlenden Türkis zeigte sich der kleine See. Schnell schossen sie ein paar Aufnahmen und schon war das Schauspiel vorbei.

Enttäuscht schaute Heli zum Himmel hinauf.

„Mit ein bisschen Geduld haben wir vielleicht noch einmal das Glück", sagte Benno, der nun zu ihrer Rechten stand. Dörthe, die nicht von Helis anderer Seite gewichen war, schaute zu ihrem Mann und versuchte, ihn durch Zeichen zum Schweigen zu bringen. Oder doch wenigstens zum Runterkommen. Er und Carlos debattierten gerade darüber, welcher der Vulkane Costa Ricas der eindrucksvollste sei. Carlos war der Meinung, dass der Irazú am meisten zu bieten hatte. Hier gab es jede Menge Krater, manche davon sogar noch aktiv. Und man konnte von der Spitze des Vulkans bei gutem Wetter vom Atlantik bis zum Pazifik sehen.

Fritz hingegen fand den Vulkan Arenal wesentlich eindrucksvoller. Er war schon von weitem zu sehen, einer der schönsten Vulkane weltweit. Außerdem spuckte auch er noch ab und an Lava, die man dann wunderbar beobachten konnte.

„Aber nur, wenn er keine Mütze aufhat. Und das passiert sehr oft. Der ist ständig in Wolken gehüllt", antwortete Carlos. Er schüttelte den Kopf.

Fritz zeigte Richtung Gipfel des Irazú. „Heute wird man auch nicht unbedingt weit schauen können, oder?" Dann besann er sich und klopfte Carlos grinsend auf die Schulter. „Es macht Spaß, sich mit dir auszutauschen. Weiter so, junger Freund!"

Carlos zog die Stirn in Falten. Dann hob er die Schultern und wandte sich ab.

„Jetzt!", rief Benno plötzlich. „Da ist er wieder."

Erneut tauchte der Kratersee für ein paar Sekunden auf. Diesmal fotografierte Heli nicht. Sie genoss die gespenstische Kulisse und die verschiedenen Farbtöne des Sees. Je nachdem, wie die Sonne einfiel, färbte er sich von Dunkelgrün bis hin zum strahlenden Türkisgrün.

„Schade, dass Johanna das nicht sehen kann“, sagte Dörthe, als sich die Wolken wieder vorgeschoben hatten.

„Ja, schade auch für Frau Rübschläger“, antwortete Heli, auch wenn sie nicht unbedingt traurig war, mal eine Pause von lauten Gesprächen zu haben.

„Was ist eigentlich mit Johanna?“, fragte Benno. Er wandte den Blick keine Sekunde vom Krater ab.

„Wenn wir das wüssten.“ Dörthe stemmte beide Hände in die Hüften. „Natürlich haben wir sie noch nicht gefragt und sie hat auch nichts erzählt, aber ich habe irgendwie kein gutes Gefühl bei ihr. Sie wirkt so zerbrechlich.“

„In manch einem zarten Körper steckt ein starker Geist. Sie wird ihre Gründe für die Reise haben.“ Benno hielt kurz inne. Dann nahm er die Brille ab und putzte sie umständlich. „Aber du hast recht, Dörthe. Es umgibt sie etwas Geheimnisvolles.“

„Vielleicht sollten wir ein bisschen auf sie achtgeben“, antwortete Dörthe nickend.

Heli, die die ganze Zeit zwischen ihnen gestanden hatte, kam sich irgendwie überflüssig vor. Sie hätte auch etwas dazu sagen können, aber die beiden kamen ihren Gedanken jedes Mal zuvor.

„Wir gehen wieder zum Bus“, rief glücklicherweise jetzt Carlos.

„Schade, dass wir so wenig Zeit haben. Man könnte

hier ein paar herrliche Wanderungen machen. Der Nationalpark ist riesig und die Pflanzen- und Tierwelt einzigartig. Das hätte ich mir schon gerne angeschaut.“ Diesmal hatte Benno direkt Heli angesprochen.

„Warst du schon mal hier? Oder woher weißt du das so genau?“ Heli wandte sich zum Gehen um. Dörthe war mittlerweile zu ihrem Mann getreten, der sich lächelnd umschaute und direkt wieder eine Erklärung zum Besten gab.

„Ich kann lesen. Hast du keinen Reiseführer?“ Benno folgte Heli.

„Nein, ich habe ein bisschen im Internet nachgelesen, aber jetzt verlasse ich mich ganz auf Carlos. Die Reiseroute klingt sehr vielversprechend, meinst du nicht?“

Benno brummte. „Doch, das schon, aber ich mache mir gerne vor einem Urlaub ein Bild von dem Land. Vielleicht möchte ich ja unbedingt etwas sehen, das nicht auf unserem Plan steht.“

„Und dann willst du den Reiseleiter umstimmen?“ Heli grinste.

„Das wäre gut, aber ich könnte ihn wenigstens darauf ansprechen. Und vielleicht, wer weiß ...“ Benno hob die Arme und lächelte. Dabei bildeten sich viele Fältchen um seine Augen. Die Brille hatte er sich ins Haar gesteckt. Er brauchte sie wohl nicht immer.

Auf der Rückreise war es angenehm ruhig im Bus. Es schien jeder seinen Gedanken nachzuhängen. Erst als Johanna und Frau Rübschläger wieder zu ihnen stießen, war es aus mit der Ruhe. Frau Rübschläger erzählte ihrem Sohn in allen Einzelheiten, was sie gegessen und getrunken hatten und wie unendlich lang sie hatten warten müssen.

Heli zog sich die Kopfhörer über die Ohren und genoss die vorbeiziehende Landschaft. Manchmal konnte sie es nicht glauben, dass sie wirklich hier in Mittelamerika unterwegs war. Aber es gefiel ihr.

Am Abend saßen sie erschöpft an ihren Tischen und genossen die exotische Küche. Bohnen, Spiegelei, Tortillas, Avocado, Hühnchen, gebackener Käse und Reis war die bunte Mischung auf ihren Tellern. Niemals hätte sich Heli so etwas zusammengestellt, trotzdem probierte sie alles und war überrascht, wie sehr sie es mochte.

Tag 2 – Tortuguero

„Ach, ich weiß nicht. Schon wieder kein Rührei." Sieglinde Rübschläger stand unschlüssig am Frühstücksbuffet und schaute grimmig über die Auswahl. „Ich sehe hier nur Obst in allen Variationen und dieses süße Brot. Wie soll man denn da satt werden?"

„Also, ich finde es klasse", sagte Heli fröhlich. Sie hatte wunderbar geschlafen. Jetzt fühlte sie sich frisch und tatendurstig. Dazu passte das gesunde Frühstück.

„Immerhin gibt es ganz passablen Kaffee", knurrte Sieglinde Rübschläger weiter, angelte dann aber doch verschiedene Obstsorten auf ihren Teller und zu guter Letzt noch eine dicke Scheibe Brot.

„Hola Amigos", begann Carlos, als sie noch mitten beim Essen waren. „Wir müssen uns ein wenig beeilen, denn wir haben noch einen weiten Weg vor uns. Wenn ihr wollt, könnt ihr nur Gepäck für die nächsten vier Tage mitnehmen und das andere hier im Hotel abstellen. Das machen viele so. Unser Bus wird uns nicht immer begleiten können. Wir werden auch mal mit Booten fahren müssen. Also, bis gleich!"

„Wie geht's dir heute?", fragte Dörthe kurz darauf Johanna am Tisch, als Heli Platz genommen hatte. Auch sie hatte gesehen, dass Johanna geistesabwesend im Kaffee rührte.

Johanna zuckte zusammen. „Gut", antwortete sie schnell. „Es ist alles gut!"

„Hm", machte Dörthe und schaute Heli mit hochgezogenen Augenbrauen an.

„Wenn wir irgendwas für dich tun können, gibst du uns Bescheid, ja?", fügte Heli hinzu. Sie war hin- und hergerissen. Einerseits machte sie sich Gedanken über Johanna, andererseits war die Frau neben ihr erwachsen und hatte sicher einen guten Grund, auf so eine Reise zu gehen. Es ging sie ja auch gar nichts an, was Johanna mit sich herumschleppte. Schade war nur, dass die Stimmung in der Gruppe dadurch öfter etwas gedrückt war.

Johanna nickte lächelnd. Dann straffte sie ihre Schultern. „Tortuguero also! Hoffentlich haben wir Glück und sehen wirklich ein paar Baby-Schildkröten. Das wäre zu schön!"

Heli schaute irritiert auf. Hatte sie laut gesprochen oder konnte Johanna Gedanken lesen? Jedenfalls schien plötzlich eine ganz andere Person hier zu sitzen. Das Lächeln stand ihr gut. Sie sah zehn Jahre jünger aus. Was nicht wichtig war, aber schön anzusehen.

„Oh ja, das würde ich mir auch wünschen", strahlte

jetzt auch Dörthe. „Wie diese süßen kleinen Tiere über den Sand laufen und dann im Meer verschwinden. Das habe ich bisher noch nie gesehen, obwohl wir schon so viel herumgekommen sind."

„Wisst ihr eigentlich, warum der Ort Tortuguero heißt?", fragte Fritz, der genüsslich ein Stück Ananas in den Mund schob. Dann wischte er sich seine Hände an einer Serviette ab.

„Du wirst es uns gleich sagen, Fritz", antwortete Dörthe lachend, als niemand etwas sagte.

„Natürlich, mein Schatz! Das ist ganz einfach: Schildkröte heißt auf Spanisch *tortuga*, daher leitet sich der Ortsname ab. Liegt auf der Hand. Übrigens, falls wir heute Abend Glück haben und Schildkröten schlüpfen sehen, werden es die Lederrücken-Schildkröten sein. Die schlüpfen im Januar und gehören zu den größten Reptilien der Welt. Also, die Babys natürlich noch nicht." Fritz räusperte sich, was Heli als Zeichen verstand, dass er fertig ausgeführt hatte.

Sie musste schmunzeln. Das ältere Paar war ihr sehr sympathisch. Obwohl sie so verschieden waren, wirkte alles harmonisch. Fritz schien zu jedem Thema etwas zu wissen und Dörthe hörte sich alles lächelnd an. Ob sie auch wirklich immer zuhörte? Die beiden erinnerten sie an ihre Großeltern, auch wenn die völlig anders aussahen und lange nicht so reiselustig waren.

Im Gegenteil, sie machten sich jedes Mal große Sorgen, wenn Heli wieder unterwegs war. Viel mehr als ihre Eltern, so schien es ihr. Sie hatte ihnen versprechen müssen, sich so oft wie möglich zu melden. Natürlich verband sie das dann immer mit einem Foto vom jeweiligen Fleckchen Erde.

Versonnen lächelnd rührte Johanna immer noch in ihrem Kaffee. Der war sicher mittlerweile kalt geworden. „Das wäre wirklich nochmal schön!“, seufzte sie. Dann blinzelte sie und schaute sich unsicher um.

Heli stutzte. Nochmal schön? Warum nochmal? Weiter kam sie allerdings nicht mit ihren Überlegungen, denn Carlos mahnte zum Aufbruch.

Eine Stunde später hatten sie das schmale Gepäck im Bus verstaut und jeder setzte sich auf seinen angestammten Platz. Sieglinde Rübschläger laut erzählend mit ihrem Sohn Karl-Eduard ganz vorn mit Sicht auf die Straße, Johanna direkt hinter dem Fahrer, wo sie sich gut verstecken konnte, wie es Heli schien. Dahinter hatte Carlos seinen Platz bezogen. Neben Carlos saßen Simone und Hardy, wobei Letzterer entweder auf seine Frau einredete oder am Handy rauf und runter scrollte. Hinter ihnen folgten Fritz und Dörthe und am Ende der Reihe war Helis Platz. In der Bankreihe daneben saß Pfarrer Benno. Vor ihm die Plätze blieben frei.

„Wie geht's dir heute? Hast du den Ausflug von gestern gut verkraftet?", rief Benno. Er hatte sich weit zu ihr gebeugt, denn der Bus knatterte ziemlich laut die Straße entlang.

„Mir geht's prima! Ich hab richtig gut geschlafen. Und du?" Auch Heli neigte sich ihm entgegen.

Jetzt stand Benno auf und trat an ihre Bankreihe. „Ist es gestattet?", fragte er förmlich, lächelte aber breit. Die Brille hatte er wieder auf die Haare geschoben. Er schaute sie freundlich an.

„Gehört das zur Eignungsprüfung?", fragte Heli und deutete Benno an, sich zu setzen.

„Was meinst du?"

„Na, dieser verständnisvolle Blick, immer ein Lächeln in den Augen, zuhören und mit sanfter Stimme sprechen." Heli grinste ihn an.

Benno hob leicht die Schultern und Heli dachte schon, er sei sauer auf sie. „Scheint angeboren zu sein. Jedenfalls wurde mir das schon als Jugendlicher bescheinigt. Vielleicht ist es eher eine Voraussetzung für den Beruf, zuzuhören und trösten zu können. Sicher auch Verständnis aufzubringen. Und mit den Augen lächeln ..." Jetzt lächelte er über das ganze Gesicht. „Das kannst du übrigens auch. Es wäre doch schön, wenn jeder solche Eigenschaften hätte, nicht nur Pfarrer, oder?"

„Entschuldige, ich wollte keine Grundsatzdiskussion beginnen. Und schon gar nicht dich beleidigen. Vergiss es einfach wieder“, antwortete Heli. Sie mochte es überhaupt nicht, auf ihr Aussehen oder irgendwelche Eigenschaften angesprochen zu werden. Aber wer mochte das schon?

„Du bist also Musiktherapeutin?“, fragte Benno. „Wie bist du darauf gekommen?“

„Ist das nicht eher eine Frage, die du ständig gestellt bekommst? Ich meine, ein hübscher junger Mann im besten Alter, also da denkt man nicht an ...“ Sie hielt inne. Hatte sie ihn nicht gerade eben schon auf seinen Beruf reduziert? Und hatte sie ihn wirklich einen hübschen Mann genannt? Am liebsten wäre sie sofort im Boden versunken. Besonders deswegen, weil Bennos Grinsen immer breiter wurde.

„Danke für das Kompliment“, sagte er. „Ich nehme das mal als solches. Und ja, ich werde sehr oft nach meinen beruflichen Ambitionen gefragt. Aber ich hatte dich zuerst gefragt.“

Heli atmete auf. Er schien auf jeden Fall nicht nachtragend zu sein. Gehörte das auch zu seinem Beruf? Ach, Schluss jetzt damit. Sie würde jetzt so tun, als wäre er Klempner oder Zahnarzt. Wobei, Zahnarzt doch lieber nicht. Wenn er sich mit diesen Augen über sie beugte und ... nein! Jetzt musste sie sich endlich zusammenreißen. „Ach, ehrlich gesagt hat sich das ergeben. Ich liebe es, Musik zu machen, und ich bin gerne mit Menschen zusammen. Da lag es irgendwie auf der Hand. Bisher habe ich noch keinen Job gefunden, nur ein paar Praktika gemacht. Aber dabei war es wirklich wundervoll zu sehen, was Musik bewirken kann." Sie hielt inne.

„Das klingt schön! Obwohl, wenn ich ehrlich sein soll, ich hätte in dir nicht sofort eine Therapeutin gesehen." Benno schaute sie nachdenklich an.

Ich hätte auch nie gedacht, dass du Pfarrer bist. Diesmal behielt sie den Gedanken allerdings für sich. „Wen siehst du denn in mir?", fragte sie stattdessen. Sie legte den Kopf schief und sah ihn gespannt an.

„Hm ..." Benno schien noch zu überlegen. „Du bist so lebendig, so voller Energie. Wahrscheinlich hätte ich dich eher als jemand gesehen, der eine ganze Gruppe Kinder begeistern kann oder eine Laufgruppe anfeuern oder auch Pferde in die Prärie treiben." Benno lachte laut auf.

„Pferde? Echt jetzt? Ich kann nicht mal reiten. Und irgendwie sind sie mir auch zu groß. Aber danke, das sollte ich mir merken, falls es nichts wird mit der Musiktherapie. Besonders die Prärie gefällt mir." Sie fiel in Bennos Lachen ein.

Dörthe drehte sich kurz zu ihnen und um und schaute neugierig. Dann lächelte sie wohlwollend und wandte sich wieder ab.

In der Zwischenzeit hatte Carlos angefangen, durch

das Mikro zu sprechen, das jedes Mal quietschende Töne von sich gab.

„Mach das aus, wir verstehen dich auch so“, krähte Sieglinde Rübschläger.

Diesmal musste Heli ihr recht geben.

„Also, wir sind jetzt gleich in Cariari, dort machen wir eine kurze Pause, danach geht es weiter nach La Pavona, von dort aus dann mit dem Boot nach Tortuguero. Alles klar soweit?“ Bei der letzten Frage schaute er Johanna an, die lächelnd nickte. „Prima! Heute erwartet uns noch ein schönes Schauspiel, ihr werdet sehen.“

Als sie nach der Pause wieder in den Bus stiegen, setzte sich Benno wie selbstverständlich neben Heli. Carlos trat beim Losfahren neben sie und vertiefte sich mit Benno in ein Gespräch über Fußball. Heli schaute aus dem Fenster, auch um Carlos‘ Blicken auszuweichen. Manchmal hatte sie den Eindruck, er würde sich am liebsten zwischen sie setzen. Wenn er wollte, dass sie sich am Gespräch beteiligte, dann sollten sie das Thema wechseln.

Die Natur nahm sie jetzt ganz gefangen. Sie fuhren an riesigen Bananenplantagen vorbei. Dazwischen entdeckte sie kleine Ansammlungen von Häusern oder auch einzeln stehende Hütten. Manche von ihnen sahen einladend aus, manche jedoch, als würden sie jeden Moment einstürzen. Die Straße wurde immer schlechter. Eigentlich war es schon eher ein Feldweg, den sie jetzt befuhren. Aber es war wohl der einzige Weg Richtung La Pavona, denn er war ziemlich befahren. An manchen Stellen musste der Bus fast anhalten, um dann vorsichtig durch ein Schlagloch zu rollen. Beeindruckt schaute Heli nun doch wieder zu Carlos und Benno.

Carlos lachte und hob die Schultern. „Solche Straßen werden wir noch öfter befahren. Mach dir aber keine Sorgen, wir kommen sicher an. Und wenn nicht, werde ich eine Lösung finden. Ich passe schon auf dich auf!"

„Ist klar." Heli fiel in sein Lachen ein. Sie spürte, wie allmählich die Anspannung von ihr abfiel. Urlaubsgefühl setzte ein. Sie schaute wieder nach draußen und atmete tief ein und aus. Auch wenn sie den letzten Satz überflüssig fand, wollte sie sich im Moment nicht darüber aufregen. Vielleicht war es Carlos' Art, nett zu sein. Was wusste sie schon über ihn?

Als der Bus endlich anhielt, war Heli heilfroh. Ihr Magen mochte dieses ganze Geschaukel nicht. Vorsichtig schaute sie zu Johanna, die ebenfalls ganz blass um die Nase war, sich aber tapfer hielt.

Hitze empfing die Reisegesellschaft. Heli hatte das Gefühl, dass es hier noch wärmer war als in der Stadt, wenn auch lange nicht so stickig.

„Was soll das jetzt sein?" Sieglinde Rübschläger sprach das aus, was wohl alle anderen auch dachten. Sie sahen sich fragend um. Carlos war in einem kleinen Häuschen verschwunden, das wie ein Kiosk aussah. Ein schmaler Fluss trieb träge vorbei. An seinem Ufer standen Einheimische mit diversen Gepäckstücken. Manche trugen schwere Einkaufstaschen, andere hatten Rucksäcke auf, die ebenfalls gut gefüllt aussahen.

Strahlend trat Carlos aus dem Häuschen. „Alles klar, gleich geht es weiter."

„Weiter? Womit?", fragte Fritz.

In diesem Moment tauchten drei schmale Boote wie aus dem Nichts auf und legten am Ufer an. Die Einheimischen begannen einzusteigen.

„Keine zehn Pferde kriegen mich in dieses wackelige Ding", sagte Sieglinde Rübschläger. „Ich habe keine Lust, in der braunen Brühe zu landen."

„Ach, das ist überhaupt nicht tief. Erst später, wenn der Fluss breiter wird. Und wenn du Glück hast, sind die Krokodile satt und lassen dich in Ruhe." Carlos grinste über seinen Scherz.

„Krokodile?" Sieglinde Rübschläger schnappte nach Luft.

„Wirklich?", fragte Johanna leise. „Ich meine, sind wir in den Booten sicher?"

Erst jetzt schien es Carlos bewusst zu werden, dass sein Spaß nicht so gut angekommen war. Er hob die Hände und seine Augen weiteten sich. „Oh no, es ist alles gut. Das ist das einzige Transportmittel, um nach

Tortuguero zu kommen. Das fahren die Leute hier jeden Tag." Er deutete hinunter zum Fluss, wo die Ticos im Boot saßen und sich das Schauspiel anscheinend gelassen ansahen.

Vielleicht waren sie es aber auch einfach gewohnt, dass sich die Touristen so anstellten, dachte Heli. „Na dann, wollen wir mal. Wie viele Personen passen denn in ein Boot?" Entschlossen ging sie zum Flussufer, obwohl ihr nicht entfallen war, dass Carlos die Sache mit den Krokodilen nicht aufgeklärt hatte. Sie schluckte. Der Bootsführer half ihr ins Boot und sie ließ sich auf einem der freien Plätze nieder. Es wackelte tatsächlich ganz schön, aber wenn die Leute das hier täglich nutzten, würde schon alles gut gehen.

„Verteilt euch auf die zwei Boote, in dem dritten wird euer Gepäck transportiert", sagte Carlos und nickte Heli dankbar zu. „Mehr als zehn Leute gehen nicht rein. Ihr also bitte ins nächste Boot steigen."

Als er endlich seine Schäfchen untergebracht hatte, schoben die Bootsführer die Boote vom Ufer weg und warfen den Motor an. Leise schnurrend folgten sie dem schmalen Fluss. Allmählich wechselte die Vegetation von hohen Gräsern und Bäumen zu Mangrovenwäldern. Obwohl der Fluss breiter wurde, wirkten die Waldränder wie grüne Mauern, die alle Eindringlinge abhalten wollten. Auch die Geräuschkulisse änderte sich. Die verschiedensten

Vogelstimmen drangen daraus hervor, zwischendrin lautes Affengebrüll.

Staunend nahm Heli die fremdartigen Töne und Gerüche auf. Plötzlich wackelten die Blätter und kleine Affen huschten von Baum zu Baum, als würden sie Fangen spielen. Eine Schildkröte schien sich am Flussufer zu sonnen. Ein knallblauer Schmetterling flatterte an ihnen vorbei.

„Was für ein Schauspiel“, sagte Johanna, die sich neben Heli gesetzt hatte. „Hast du so etwas schon mal gesehen?“

Heli schüttelte den Kopf. „Nein, noch nie“, flüsterte sie. Zu mehr war sie gerade nicht in der Lage.

„Morgen fahren wir da rein“, rief Carlos vom Anfang des Bootes. Er zeigte auf die grüne Hölle und lachte wieder herzhaft.

Heli und Johanna schauten sich lächelnd an. Heli zuckte mit den Schultern. „Wird sicher gut werden. Wir sind ja nicht die Ersten, die da durch wollen. Also, ich bin ganz gespannt.“

„Ja, spannend wird es sicher. Wie groß die Krokodile wohl sein werden?“ Johanna schaute wieder Richtung Mangroven.

Irritiert folgte Heli ihrem Blick. Darüber hatte sie nicht nachgedacht. Aber bestimmt gab es keine Riesenkrokodile, sonst würden die Boote wohl etwas ausladender sein, um mehr Sicherheit zu bieten.

Nach einer ganzen Weile entdeckten sie ein paar Häuser. Zwar waren sie in der Zwischenzeit auch an einsamen und anscheinend bewohnten Hütten vorbeigekommen, aber in der Ferne sah es nach einem Ort aus. Und tatsächlich legten dort die Boote am Ufer an.

Als sie alle wieder festen Boden unter den Füßen hatten, holten sie ihr Gepäck und folgten Carlos zu einer Ansammlung von kleinen Bungalows. Fünf Stück standen im Halbkreis zueinander; auf dem Platz davor, der einem Garten weit entfernt ähnelte, wuchsen Palmen und kleinere Pflanzen, die Heli nicht zuordnen konnte. Unter den Palmen entdeckte sie Picknickplätze aus Holz.

„Ihr könnt euch zusammentun, denn es müssen immer zwei in eine Hütte. Macht das mal unter euch aus." Damit verschwand Carlos hinter den Bungalows.

Da Heli und Johanna schon die ganze Zeit zusammen waren, nickten sie sich zu und bezogen die erste Hütte. Die beiden Pärchen folgten ihnen. Als Benno auf das vorletzte Haus zuging, hielt Karl-Eduard ihn zurück. „Kann ich mit dir in eine Hütte?", fragte er leise.

Benno verzog das Gesicht skeptisch. „Und Carlos soll mit deiner Mutter ein Haus beziehen? Falls er woanders schläft, können wir das gerne so machen. Aber warum sollte er das tun?"

Karl-Eduard ließ die Schultern fallen. „Du hast recht. Also ..." Er wandte sich um und bezog das letzte Haus. Sieglinde Rübschläger folgte ihm. Sie hatte die ganze Zeit am Reißverschluss ihrer Tasche herumgenestelt.

„Ganz schön spartanisch", sagte Heli, als sie ihr Domizil betreten hatten. Sie stand in dem einzigen Raum, der nur von einer kleinen Nasszelle abgetrennt war. Immerhin konnte man die Tür schließen. Die Größe des Hauses gab es gerade her, dass zwei Betten Platz hatten. Kein Schrank, kein Stuhl, nichts.

Wie auf Kommando kam Sieglinde Rübschläger wieder aus ihrer Hütte gerannt. „So geht das nicht! Das ist doch keine adäquate Unterkunft. So etwas stand nicht in der Reisebeschreibung!"

Auch die anderen Teilnehmer waren wieder nach draußen getreten. Johanna und Dörthe hatten sich beim Picknickplatz niedergelassen.

„Na ja, wenn du alles richtig gelesen hättest, hättest du festgestellt, dass da sehr wohl etwas von einfacher Unterkunft gestanden hat. Natürlich konnte man dabei nicht ahnen, dass es so einfach sein würde. Aber was soll's, wir sind in Costa Rica, nicht in Deutschland. Beschweren wird nicht viel bringen." Fritz lächelte Sieglinde Rübschläger aufmunternd an.

Die schnappte wieder heftig nach Luft. „Habt ihr die Fenster gesehen? Was heißt Fenster? Scheiben sind ja nicht drin, nur diese komischen Fliegengitter. Wie soll ich denn da sicher schlafen?“

In dem Moment schoss Carlos wieder gut gelaunt um die Ecke. „So, ihr habt euch schon eingelebt, ja? Sehr schön! Wir gehen jetzt gleich Richtung Strand, da werden wir eine Kleinigkeit essen und am Nachmittag könnt ihr dann machen, was ihr wollt.“ Er stand in ihrer Mitte und strahlte.

„Hier sind keine Scheiben drin“, sagte Sieglinde Rübschläger. Sie zeigte mit ausladender Geste auf eines der Fenster.

„Ja“, antwortete Carlos. „Nein, sind keine drin.“

„Und wie soll ich dann heute Nacht schlafen? Da muss ich ja Angst haben, dass ich überfallen werde.“

„Du hast ganz viel frische Meeresluft zum Schlafen. Und warum sollte hier jemand gerade dich überfallen?“ Carlos ließ sich nicht aus der Ruhe bringen. „Niemand hier im Ort hat Fensterscheiben. Immerhin gibt es hier schon solche Gaze in den Cabinas.“

Sieglinde Rübschläger sah sich in der Gruppe um. Da keiner reagierte, grummelte sie vor sich hin und verschwand in ihrem Haus.

„Wenn ihr wollt, könnt ihr Badesachen mitnehmen.“ Carlos wirkte unsicher.

„Ich will am Strand laufen gehen.“ Hardy hatte schon sein Sportoutfit übergestreift und begann mit Dehnungsübungen.

„Nichts essen?“, fragte Carlos.

„Je nachdem, ich muss schauen, was es gibt. Zu fettig geht nicht, sonst kann ich meinen Marathon im Sommer vergessen.“

„Dann wird es dir schmecken“, sagte Carlos und endlich strahlte er wieder. „Es gibt Mangos, frisch gepflückt.“

„Mehr nicht?“, rief Sieglinde Rübschläger von drinnen, doch Carlos tat so, als hätte er sie nicht gehört.

Kurz darauf saßen sie alle auf der Terrasse eines kleinen Restaurants und ließen sich die frische Mango und das süße Brot schmecken.

„Heute Abend essen wir wieder hier. Habe ich schon alles organisiert.“ Carlos war aufgestanden und schaute noch einmal über die Gruppe. „Ich hoffe sehr, dass es mit den Schildkröten klappt. Ich werde das mal organisieren gehen.“ Damit verschwand er und lief eilig am Strand entlang.

„Als würde er vor uns fliehen, was?“, sagte Dörthe. „Leicht hat er es nicht mit uns. Aber gut, dass er noch keine großen Vergleichsmöglichkeiten hat, wenn wir wirklich seine erste Gruppe sind.“ Sie lachte laut auf.

„Hoffentlich klappt das mit den Schildkröten“, sagte Johanna mehr zu sich selbst als in die Runde.

„Wie sieht’s aus? Wollen wir vor an den Strand gehen? Ich weiß zwar nicht, ob es mich ins Wasser zieht, aber ein bisschen in der Sonne ausspannen wäre jetzt schön." Heli schaute Johanna und Dörthe an. Als die beiden nickten, standen sie auf.

Im selben Moment sprang auch Hardy vom Stuhl hoch, reckte sich und lief ohne ein Wort zu sagen los. Simone blieb allein am Tisch sitzen und stocherte in den Resten ihres Obstes herum.

„Willst du mit zum Strand kommen?", fragte Dörthe.

Simone schaute auf und nickte. Ihre feuchten Augen ließen erahnen, dass es ihr nicht gut ging.

Dörthe schaute noch einmal zu Fritz, der sich angeregt mit Karl-Eduard und Benno unterhielt. Oder besser, er redete, die anderen beiden hörten zu. Trotzdem machte es einen harmonischen Eindruck.

„Wo ist eigentlich Sieglinde?", fragte Heli.

Allgemeines Schulterzucken war die Antwort. Am Strand ließen sie sich auf ihre Handtücher nieder.

„So langsam tauchen Urlaubsgefühle auf", sagte Heli. Sie hatte sich eine Flasche Wasser mitgenommen, die Carlos immer aus dem Hut zu zaubern schien. Die kühle Flüssigkeit fühlte sich angenehm an.

„Ja, hier könnte ich es auch eine Weile aushalten." Dörthe hatte sich ihr T-Shirt ausgezogen, einen großen Strohhut aufgesetzt und reckte sich in Shorts und Bikinioberteil der Sonne entgegen.

„Ist alles in Ordnung?" Johanna hatte ihre Hand auf Simones Unterarm gelegt.

Simone saß schluchzend neben ihr. Ihr ganzer

Körper bebte. Jetzt schniefte sie. „Ist schon alles gut. Geht gleich wieder."

„Falls du mal reden willst, ich kann gut zuhören", sagte Johanna leise.

Auch Heli und Dörthe schauten Simone mitfühlend an. „Können wir dir irgendwie helfen?", fragte Heli.

Simone schüttelte den Kopf. „Mir kann keiner helfen. Da muss ich alleine durch. Wenn ich nur wüsste ..." Sie brach mitten im Satz ab und der nächste Heulkrampf schüttelte sie.

„Um Himmels willen, was ist denn los? Willst du es dir nicht doch mal von der Seele reden? Ich weiß schon, wir kennen uns noch nicht lange, aber manchmal kann man sich Fremden sogar besser anvertrauen, glaub mir." Dörthe war näher an Simone herangerückt.

„Ich weiß nicht, ich will euch nicht damit belasten." Simone wühlte in ihrem Rucksack und angelte ein Taschentuch heraus. Sie schnäuzte sich kräftig.

„Also, ich habe schon so viel in meinem Leben gehört, ich denke, ich kann damit umgehen. Lass es raus, Mädel." Dörthe nickte ihr aufmunternd zu.

Simone seufzte tief. „Das ist aber nicht schön, was ich euch erzähle. Und Hardy darf es auf keinen Fall wissen." Sie schaute vorsichtig in die Gesichter der anderen Frauen.

Heli kam sich vor wie bei einem spannenden Film.

Gleich würde es die Auflösung geben. Sie versuchte, sich ihre Aufregung nicht anmerken zu lassen.

„Hardy und ich sind schon seit der Schule zusammen. Ich hatte noch nie einen anderen Mann. Es gab einfach keinen Besseren für mich. Aber seit ein paar Jahren fühlt es sich an, als wäre Hardy nicht mehr bei mir. Ich denke nicht, dass er fremdgeht, aber ..." Sie hielt kurz inne und überlegte. „Oder doch, in gewissem Sinne tut er das doch. Eben nicht mit einer Frau, sondern mit seinem Sport. Es fing alles ganz harmlos an, da fand ich es noch sehr attraktiv, dass er ab und an laufen ging und ein paar Hanteln stemmte. Aus ab und an wurde fünfmal in der Woche, danach wurde es täglich und mittlerweile dreht sich alles nur noch um Kilometer, Kalorien oder Wettkämpfe. Ich fühle mich so einsam neben ihm."

Die Frauen hingen eine Weile ihren Gedanken nach.

„Hast du mit ihm darüber gesprochen?", fragte Johanna.

Simone nickte. „Natürlich, nicht nur einmal. Aber er versteht es nicht. Er denkt, dass ich eifersüchtig bin und dass ich ihm nichts gönnen kann. So ein Quatsch!"

„Hm, das ist wirklich nicht so leicht. Ihr habt euch wohl in verschiedene Richtungen entwickelt. Und trotzdem seid ihr jetzt hier zusammen im Urlaub?" Dörthe wiegte den Kopf hin und her, als suche sie nach einer Lösung.

Jetzt schluchzte Simone wieder auf. „Das ist ja noch nicht alles.“

Heli ahnte, was jetzt kommen würde. Und es wunderte sie überhaupt nicht.

„Ich ... also, da gibt es jemanden, der ... ach, ist egal. Es ist wie es ist. Ich kann an meiner Situation nichts ändern.“

„Das würde ich nicht sagen“, sagte Johanna mit fester Stimme.

Verwundert schaute Heli auf. So hatte sie Johanna noch nicht kennengelernt. Auch Dörthe schaute sie interessiert an.

„Das ist dein Leben und du hast es in der Hand, es zu ändern. Nur du! Manchmal muss man eben seine Komfortzone verlassen und sich etwas trauen. Allemal besser, als den Kopf in den Sand zu stecken und sich zu bemitleiden.“ Johanna atmete schwer. Sie blinzelte, als hätte sie etwas im Auge. Dann wischte sie sich mit einer Hand übers Gesicht. „Entschuldige!“, murmelte sie schließlich. „Ich will nur sagen, du hast eine Wahl. Und das ist gut! Manchmal hat man die nicht mehr.“ Sie sprang auf, griff eilig nach ihrem Handtuch und lief in Richtung ihrer Cabins.

Heli und Dörthe schauten sich an. Ihr Blick verriet, dass sie ahnten, welches Geheimnis Johanna mit sich herum schleppte. Aber nun war sie weg und Simone saß noch immer wie ein Häufchen Elend vor ihnen.

Auch sie hatte den Kopf gehoben und Johanna hinterhergeschaut. Auf ihrem tränennassen Gesicht lag Unverständnis. „Was hat sie damit gemeint?“, fragte Simone mit erstickter Stimme.

„Tja, das wissen wir auch nicht genau. Und bevor wir hier Vermutungen anstellen, lassen wir es lieber mal so stehen“, antwortete Dörthe.

„Simone!“

Alle drei Frauen zuckten zusammen.

„Wo bist du denn? Ich suche dich überall! Mein Handy ist in den Sand gefallen. Ich muss das jetzt irgendwie retten. Warum bist du nicht im Haus?“ Hardy hatte sie in der Zwischenzeit erreicht.

Simone war direkt aufgesprungen und hatte alle Sachen zusammengerafft.

„Sie ist nicht zuhause, weil wir hier zusammen am Strand sitzen“, sagte Dörthe freundlich, aber bestimmt.

Hardy schaute sie nur kurz an, dann zog er Simone mit sich. „Du musst das irgendwie wieder hinkriegen. Ich kann ja sonst keine Laufanalysen mehr machen. Ich brauche die Daten zur Auswertung, wenn wir wieder zuhause sind.“

„Du kannst doch mein Handy nehmen“, antwortete Simone.

„Dein Handy, diese alte Gurke“, hörten Heli und Dörthe Hardy sagen, dann waren sie zu weit entfernt.

„Kein angenehmer Zeitgenosse“, sagte Dörthe. Sie

holte ihre Flasche Wasser aus der Basttasche und trank sie in einem Rutsch leer.

„Nein, den möchte ich nicht geschenkt haben." Heli schüttelte den Kopf. „Vielleicht können wir Simone noch ein bisschen gut zureden, dass sie auf ihr Herz hören soll. Aber um Johanna mache ich mir noch mehr Sorgen." Sie schaute über die glitzernde Wasseroberfläche des Meeres. Leise rauschten die Wellen an den Strand. Sie wandte den Kopf zur Seite. Palmen standen zwischen den kleinen Häusern, so wie zuhause die Obstbäume. Alles wirkte so friedlich und idyllisch und doch bedrückte sie die Einfachheit. Waren die Menschen hier eigentlich arm? Wovon lebten sie? Oder war sie selbst nur so verwöhnt, dass sie sich dieses Leben hier nicht vorstellen könnte?

„Im Grunde geht es uns nichts an", sagte plötzlich Dörthe in die Stille. „Weißt du, jeder von uns hat sich bewusst für diese Reise entschieden, wenn auch aus unterschiedlichen Gründen. Fritz und ich reisen nun mal gern. Und da wir nicht mehr die Jüngsten sind, wollten wir es mal mit einer Reisegruppe versuchen. Jetzt treffen wir hier alle aufeinander. Es ist trotzdem nicht so, dass wir für die anderen verantwortlich sind. Carlos ja, der sollte uns ein schönes Urlaubserlebnis bescheren. Aber du musst nicht auf Johanna aufpassen. Sie hat ihre Gründe. Das sind nicht deine. Versuch du, deinen Urlaub zu genießen." Sie hielt inne und schloss die Augen. „Aber natürlich, wenn jemand unsere Hilfe braucht, dann sind wir für denjenigen da." Ein Lächeln huschte über ihr Gesicht.

Heli seufzte. Natürlich wollte sie ihren Urlaub genießen. Aber noch schöner wäre es, wenn es allen Teilnehmern gut gehen würde.

„Ich gehe zurück zum Haus. Und du?" Dörthe war aufgestanden.

„Ich bleibe noch ein bisschen hier sitzen", antwortete Heli. Sie hatte ihre Arme um die Knie geschlungen. „Danke, Dörthe! Ich bin froh, dass ihr zu unserer Gruppe gehört."

„Oh, ich bin auch froh, dass du da bist. Und dass Fritz auch mal andere Zuhörer hat, die seinen Erzählungen lauschen." Sie lachte und schaute dann in Richtung Restaurant. Noch immer saßen Benno, Karl-Eduard und Fritz an einem Tisch und diskutierten. Dörthe winkte Heli zu und schlenderte langsam über den Strand zurück.

Heli sah aufs Meer hinaus. Es schien ihr eine Ewigkeit her zu sein, mal einen Augenblick für sich allein zu haben. Außer abends im Hotel, wenn sie hundemüde war. Die Zeitverschiebung steckte ihr noch in den Knochen. Sie holte tief Luft und zog ihr Handy aus der Tasche. Bisher hatte sie es nur für Fotos kurz angemacht, dann aber sofort wieder ausgeschaltet. Doch sie konnte sich nicht ewig verstecken.

Wenigstens ihren Eltern und Großeltern musste sie schreiben. Die machten sich sonst Sorgen.

Kaum hatte sie das Handy gestartet, hörte die Nachrichtenflut nicht mehr auf. Mehr als zwanzig Mal piepste es, auch für einige verpasste Anrufe. Vorsichtig öffnete sie die Nachrichtenapp. Wie erwartet, wurde der Ton bei ihren Eltern und Großeltern sorgenvoller. Schnell schoss sie ein Bild von der glitzernden Meeresoberfläche, dann noch eines mit Strand und Palmen und schickte es in die Familiengruppe, die sie eigens für den Urlaub erstellt hatte. Noch ein paar beruhigende Worte dazu, ein paar Anekdoten zur Reisegruppe und damit war der Teil erledigt.

Den einzigen anderen Chat mochte sie gar nicht erst öffnen. Natürlich hatte Marius geschrieben, obwohl sie sich eine Auszeit erbeten hatte. Doch diesen Wunsch konnte er schon in Deutschland nicht respektieren. Enttäuscht stellte sie das Handy wieder aus und verstaute es in ihrer Tasche. Warum war er nur immer so besitzergreifend? Hatte er denn aus keinem Gespräch gelernt? Wie oft hatte sie ihn gebeten, Entscheidungen erst mit ihr abzusprechen. Aber er empfand es als besondere Überraschung, sie vor vollendete Tatsachen zu stellen. So auch bei ihrem letzten Treffen.

Heli schluckte. Noch immer konnte sie nicht daran denken, ohne einen heftigen Druck im Magen zu spüren. Und solange es so weh tat, würde sie es auch von sich schieben. Zumindest hier im Urlaub. Vielleicht stellte sich ja irgendwann ein anderes Gefühl ein, doch im Moment wollte sie nicht mal an Marius denken. Sie vermisste ihn auch nicht. War das nicht auch ein Zeichen? Oder nur die Folge seines Handelns?

Seufzend legte sie ihr Kinn auf den Knien ab, die sie wieder umschlungen hatte. Deshalb war sie hier. Um sich Klarheit zu verschaffen. Und sie standen noch immer am Anfang der Reise. Also musste sie sich auch keinen Stress machen. Sie schloss die Augen und genoss die Sonne auf ihrer Haut.

***

Als sie endlich das kleine Ferienhaus erreicht hatte, fühlte sich Johanna so schwach wie selten bisher. Sicher hätte sie nicht mit den anderen in der Sonne sitzen sollen, andererseits wollte sie noch einmal alles genießen, was dieser Urlaub bot.

Johanna schleppte sich in den halbwegs kühlen Raum und ließ sich auf ihr Bett fallen. Sie hatte sich sofort für die Schlafgelegenheit in der Ecke entschieden. Helis Bett stand unter dem Fenster. Sie brauchte es jetzt dunkel und kühl.

Nachdem sie sich eine Weile ausgeruht hatte, kramte sie in ihrem Rucksack nach der kleinen Medizintasche.

Die Tabletten ertastete sie auch mit geschlossenen Augen. Sie drückte zwei Stück aus dem Blister und würgte sie trocken herunter. Erst dann nahm sie einen großen Schluck Wasser. Für einen Moment behielt sie die lauwarme Flüssigkeit im Mund, dann versuchte sie, vorsichtig zu schlucken. Wenn es ihr so schlecht ging, litt sie oft auch an Schluckbeschwerden. Heute jedoch blieb es ihr erspart. Wenn nur dieses Schwindelgefühl nicht gewesen wäre. An die Sehbeeinträchtigungen hatte sie sich gewöhnt. Auch mit der körperlichen Schwäche und den Depressionen konnte sie umgehen. Nur der Schwindel machte ihr Angst. Dann fühlte sie sich hilflos und das war das Schlimmste von allem.

Langsam schob sie sich an die Wand und lehnte sich dagegen. Sie wollte nicht liegen. Vielleicht würde sie dann heute nicht mehr aufstehen können. Und dann würden alle mitbekommen, was mit ihr los war. Das war zu früh. Sie ahnten doch sowieso schon, dass nicht alles stimmte. Aber was, das sollte noch ihr Geheimnis bleiben. Erst musste sich eine geeignete Situation ergeben. Und die würde kommen. Das spürte sie.

Allmählich glitt Johanna in einen unruhigen Schlaf. Im Traum sah sie sich in einem schicken Kostüm mit einem Rollkoffer auf ein Flugzeug zugehen. Sie hatte die Haare streng zu einem Dutt gesteckt, ihre Kolleginnen plapperten fröhlich durcheinander. Und dann trat er auf sie zu. Wahrscheinlich stand jedem

Mann eine Uniform, aber ihm ganz besonders. Noch besser gefiel er ihr, wenn er sich während der freien Tage einen Drei-Tage-Bart stehen ließ. Er schloss Johanna in die Arme und küsste sie zärtlich auf den Mund. Sie genoss den Duft seines Parfüms und roch sein Haar. Seine Augen leuchteten und sie verlor sich in ihnen. Er öffnete den Mund und beugte sich nahe zu ihr, um ihr etwas ins Ohr zu flüstern.

„Johanna? Geht's dir gut?"

Nein, das war es nicht, was er ihr sagen sollte. Das passte nicht. Das durfte er doch gar nicht wissen.

„Hey, wach auf! Du hast nur schlecht geträumt."

Erschrocken fuhr Johanna auf. Sie blinzelte und versuchte, sich zu orientieren. Wo war sie? Erst jetzt entdeckte sie Heli, die sich neben sie auf das Bett gesetzt hatte und sie mit großen Augen ansah.

„Hier, nimm mal einen Schluck Wasser. War es vorhin zu heiß in der Sonne? Wir müssen wirklich aufpassen, dass wir nicht gleich einen Sonnenstich bekommen. Deshalb bin ich jetzt lieber auch mal zurückgekommen." Heli reichte Johanna die Flasche Wasser, die neben dem Bett stand.

Johanna nahm einen Schluck. Vorsichtig bewegte sie den Kopf hin und her. Bisher war alles gut. Der Schwindel schien vorüber zu sein. Da Heli sie noch immer fragend anschaute, nickte sie lächelnd. „Du hast recht, das war sicher die Sonne. Jetzt geht es wieder."

„Du siehst aber noch ganz schön blass aus. Und hast im Schlaf gestöhnt. Vielleicht solltest du ein bisschen mehr essen. Die drei Stückchen Mango von vorhin reichen nicht weit. Warte, ich habe Kekse dabei.“

Heli sprang auf und öffnete ihren Rucksack.

„Nein, Heli, ich habe keinen Hunger. Wirklich! Außerdem gehen wir doch gleich Abendbrot essen. Ich habe mich hier ein bisschen ausgeruht und jetzt ist alles wieder gut.“ Entschlossen stand sie auf. Nur nicht zu schnell, damit Heli nicht merkte, wie schwach sie in Wirklichkeit noch war.

Ihre Worte schienen Heli zu beruhigen. Sie holte trotzdem die Rolle Kekse aus dem Rucksack und legte sie auf ihr Bett. „Bedien‘ dich, wenn du Lust darauf hast“, sagte sie.

Es klopfte an die Tür. „Leute, wir wollen los“, hörten sie Carlos sagen.

Heli öffnete die Tür und trat nach draußen. Johanna folgte ihr. Sie hielt sich die Hand schützend über die Augen, damit die Helligkeit sie nicht so überrumpelte. Auch wenn es schon auf den Abend zuging, war es nicht wirklich kühler geworden. Gerade überlegte sie, ob sie sich umziehen musste, da nahm Carlos ihr die Entscheidung ab.

„Wir gehen wieder in das Restaurant von heute Mittag. Ihr müsst euch also nicht schick anziehen, oder so. Eine Jacke vielleicht, das reicht.“

Als alle bereit waren zu gehen, sah Johanna, dass Heli ihre Badesachen und das Handtuch über den kleinen Zaun zum Trocknen gehängt hatte. „Warst du doch im Wasser?“, fragte sie.

Heli zuckte mit den Schultern. „Nur mit den Füßen, durch die Wellen bin ich aber trotzdem nass geworden.“

Das Abendessen sah ähnlich aus wie das gestrige. Nur gab es statt Fleisch diesmal Fisch. Und die Soße war mit ordentlich Kokosmilch angereichert. Johanna schmeckte es ausgezeichnet. Nur Sieglinde Rübschläger ärgerte sich. Sie mochte Kokos nicht. Aß ihren Teller dann aber doch leer.

„So, in einer halben Stunde treffen wir uns wieder hier vor den Cabins“, gab Carlos bekannt, als sie nach dem Essen zurück gingen. „Die Tortugas warten auf uns.“

„Wo sind unsere Badesachen?“, rief Heli plötzlich. „Ich hatte sie genau hierhin gehängt. Du doch auch“, sagte sie an Hardy gewandt, der nach seinem Lauf und der Reparatur seines Handys auch noch einmal in die Fluten gesprungen war.

Carlos schaute sich betrübt um. „Si, das solltet ihr vielleicht nicht einfach so rumliegen lassen. Es kann sein, dass es dem einen oder anderen gefällt. Und dann ...“ Er hob die Schultern.

„Du meinst, die haben unsere Sachen geklaut?“, fragte Heli.

In diesem Moment kam die Besitzerin der kleinen Ferienanlage um die Ecke und redete auf Carlos ein. Der nickte ununterbrochen und dann hellte sich sein Gesicht auf. Überschwänglich bedankte er sich. „Die Señora hat eure Sachen weggeräumt. Sie bringt sie sofort wieder. Ihr sollt demnächst nicht mehr so leichtsinnig sein. Sie meinte, es wohnen nur nette Menschen hier, aber man soll ja das Glück nicht herausfordern.“

Nach dieser Aufregung machten sie sich endlich auf den Weg zum Eingang des Nationalparks, wo sie schon erwartet wurden. Der Guide teilte allen eine Taschenlampe aus, dann sprach er kurz mit Carlos.

„Si, ähm, ich werde euch übersetzen, was der Guide erzählt. Er könnte sonst auch in englischer Sprache reden, aber ich weiß nicht, wie gut ihr das verstehen würdet“, lachte Carlos schallend. „Also, wir gehen jetzt bis zu einem bestimmten Sektor. Es sieht gut aus, dass wir die kleinen Tortugas sehen, da sie gerade schlüpfen. Das bedeutet allerdings, dass wir am Rand stehen bleiben müssen und aus einiger Entfernung zuschauen können. Sonst latschen wir noch auf so ein Baby. Das geht nicht.“

„Hoffentlich sehen wir überhaupt was und stehen nicht ewig weit weg.“ Sieglinde Rübschläger versuchte, ihre Taschenlampe anzuschalten. Da das nicht gleich funktionierte, schüttelte sie sie kräftig. Karl-Eduard nahm sie ihr aus der Hand, schaltete sie ein paar Mal ein und aus und siehe da, sie leuchtete. „Na ja, wir haben ja die Lampen, dann können wir ja schauen, wo die kleinen Tierchen sind."

„Das dürfen wir nicht", mischte sich Fritz ein. „Zum Schutz der Tiere und um sie nicht vom Weg zum Meer, der schon lang und gefährlich genug ist, abzubringen, müssen die Lampen ausbleiben."

Carlos schloss seinen Mund wieder und nickte Fritz zustimmend zu. „Si, so ist es", murmelte er. „Und auch keine Fotos. Das Blitzlicht stört genauso. Genießt also einfach das Schauspiel, ohne euch ablenken zu lassen." Er hatte schnell gesprochen, sicher um Fritz zuvorzukommen.

Nach einer kurzen Wanderung kamen sie an einen abgetrennten Bereich. Der Guide deutete an, wo sie stehen bleiben sollten. Der Reihe nach fädelten sie sich auf und nachdem alle Lampen gelöscht waren, versuchten sie, sich an das natürliche Licht zu gewöhnen.

Johanna stand zwischen Heli und Benno. Sie kniff die Augen zusammen. War dort nicht eine Bewegung ?

„Da", flüsterte Heli und zeigte genau an die Stelle. Auch die anderen schienen die kleine Schildkröte entdeckt zu haben.

„Und hier ist noch eine. Und dort hinten." Benno schien ganz außer sich zu sein. Er sprach zwar leise, zappelte aber neben Johanna mit Beinen und Armen. „Ist das nicht unglaublich, was die Natur für uns bereithält? Wir sollten Gott danken, was er alles erschaffen hat. Zum Beispiel kommt eine Schildkröte nach vielen Jahren wieder hierher an ihren Geburtsstrand und legt Eier in den Sand, die kleinen Schildkröten schlüpfen, krabbeln zum Meer und sind für viele Jahre verschwunden. Die Männchen kommen vielleicht nie mehr aus dem Wasser, nur die Weibchen irgendwann zur Eiablage. Sie können bis zu 100 Jahre alt werden. Macht das nicht demütig? Ich jedenfalls danke Gott für dieses Schauspiel!"

„Amen", sagte Heli daraufhin.

Johanna lachte leise. Es tat gut, mit diesen Menschen hier zu sein. Sie fühlte sich leicht wie schon seit Monaten nicht mehr. Mit Tränen in den Augen sah sie den vielen kleinen Schildkröten hinterher. Am liebsten hätte sie eine behalten oder ihnen geholfen, ins Meer zu kommen, bevor sie von Vögeln gefressen wurden. Sie schluckte. Ja, auch sie fühlte tiefe Dankbarkeit in sich, dieses Schauspiel gesehen zu haben. Vielleicht würde sie daran denken, wenn sie ... Johanna schüttelte den Kopf. Nein, das war nicht der richtige Augenblick, um sich darüber Gedanken zu machen. Jetzt wollte sie einfach nur genießen.

Tag 3 – Tortuguero

„Was für eine Nacht!“ Heli stöhnte, als das Handy um 5.30 Uhr zum Aufstehen klingelte. Sie stellte den Ton ab und setzte sich langsam auf. Die Müdigkeit schien in jedem ihrer Knochen zu stecken. „Wir sind noch nicht mal mitten im Busch, aber was die Tiere hier nachts veranstalten, ist mir ein Rätsel.“

„Besonders die Brüllaffen haben ihrem Namen alle Ehre gemacht“, fügte Johanna leise an. Sie hatte sich bisher noch nicht bewegt.

Heli stand auf und ging aufs Klo. „Wir müssen uns sputen. Um sechs fährt das Boot ab. Willst du einen Keks als Wegzehrung?“, rief sie durch die geschlossene Tür. Johanna antwortete nicht. Erst als Heli wieder den Schlafraum betrat, quälte sie sich auch aus dem Bett. „Ein Keks wäre prima“, sagte sie und ging ebenfalls zur Morgentoilette über.

Kurz darauf saßen alle in zwei Boote verteilt. Carlos stand noch am Ufer und schaute Richtung Dorf. „Ah, da kommt er.“ Er drehte sich zur Reisegruppe und zeigte auf einen dunkelhäutigen Mann in kurzer Hose und kurzem khakifarbenem Hemd. „Das ist Anselmo, unser Guide für heute. Der weiß alles, hört also gut zu.“

Wieder strahlte Carlos, als wäre Anselmo ein besonderer Gewinn. Langsam gewöhnte Heli sich an sein glückliches Gesicht. Vielleicht auch deswegen, weil es sich allmählich wie Urlaub anfühlte, auch wenn die körperliche Erholung noch ausblieb.

Anselmo begrüßte sie alle mit ebensolchem Strahlen. Über sein Englisch musste Heli grinsen. Aber immerhin verstanden sie ihn wenigstens.

Die beiden Ticos begannen, die Boote vom Ufer abzustoßen und mit langen Stangen weiter fortzubewegen. Spontan fiel Heli ein Ausflug in den Spreewald ein. Auch dort wurden die Wasserkanäle immer schmaler. Nur war es hier wärmer, roch anders, es gab unbekannte Geräusche und wunderschöne bunte Vögel. Gerade erzählte Anselmo, dass die rötlichen Vögel zur Familie der Quetzals gehörten.

Heli saugte alle Bilder in sich auf. Das Boot durchschnitt die spiegelglatte braune Wasseroberfläche und durch die immer schmaler werdenden Kanäle schien der Dschungel immer näher zu kommen.

Plötzlich hielt Anselmo inne und Carlos tat es ihm gleich. Der Guide hob seine Hand und zeigte grinsend auf einen Fleck im Wasser nicht weit entfernt. Alle richteten sich auf, um besser sehen zu können.

„Oh mein Gott“, sagte Sieglinde Rübschläger als

Erste, setzte sich und rutschte weiter in die Mitte des Bootes.

„Ein Krokodil, siehst du?“ Das war Benno, der hinter Heli saß und sich nah zu ihr gebeugt hatte.

Heli schluckte. Ihr erstes Krokodil! „Im Moment sehe ich nur die Augen“, sagte sie, auch um sich das Kribbeln, das sie in Bennos Nähe erfasst hatte, nicht anmerken zu lassen. Kurz blickte sie auf den Rand des Bootes, der nicht viel über die Wasseroberfläche ragte. Wie konnten sie denn hier entlang fahren, wenn Anselmo wusste, dass es Krokodile gab? Im selben Moment bewegten sich die Augen auf das Boot zu. Ein Raunen ging durch die Reisegruppe. Alle schienen wie im Schock erstarrt zu sein. Langsam glitt das Tier zwischen den Booten hindurch und tauchte schließlich im Morast ab.

„Es scheint satt zu sein“, sagte Carlos und zwinkerte Heli zu.

Erst jetzt merkte Heli, dass sie die ganze Zeit über die Luft angehalten hatte. Sie atmete tief ein und aus.

„No problem“, sagte Anselmo. Unbeeindruckt nahm er die Fahrt wieder auf.

In der nächsten halben Stunde entdeckten sie noch weitere Krokodile, ein paar Kaimane und neben den Vögeln auch jede Menge Affen, die durch die Bäume tobten.

Anselmo steuerte auf das Ufer zu.

„Wir wollen doch wohl nicht hier aussteigen?“, flüsterte Johanna Heli zu. Sie sah blass aus und hatte Schweiß auf der Stirn.

„Möchtest du was trinken?“, fragte Heli. Natürlich lag ihr wieder die Frage, ob alles in Ordnung war, auf der Zunge. Aber da sie darauf nie eine erschöpfende Antwort bekommen hatte, probierte sie es lieber mit praktischen Hilfeleistungen.

Dankbar nahm Johanna die Trinkflasche. Auch im Nachbarboot machte sich Unmut breit. „Also, ich denke, ich bleibe im Boot“, gab Sieglinde Rübschläger von sich. „Karl-Eduard auch. Der Busch da ist nichts für uns.“

Mittlerweile waren alle ausgestiegen und Karl-Eduard schickte sich gerade an, das Boot zu verlassen. Mit einer Falte auf der Stirn schaute er sich um. „Natürlich gehe ich mit den anderen mit. Anselmo wird schon wissen, wohin er uns führt. Ich glaube, es wäre besser, wenn du mitkommst und nicht allein hier zwischen den ganzen wilden Tieren auf uns wartest, oder?“

Hui, da mauserte sich aber allmählich jemand, dachte Heli und grinste. Johanna und Benno nickten sich auch anerkennend zu.

„Sieglinde, du musst mitkommen. Die Gruppe muss zusammenbleiben“, sagte jetzt auch Carlos.

Anselmo pfiff leise durch die Zähne und deutete

Sieglinde an, endlich auszusteigen. „Come on", sagte er knapp.

Widerstrebend kam nun auch Sieglinde Rübschläger aus dem Boot. Anselmo stiefelte, mit einer Machete den Weg freischlagend, vorneweg. Plötzlich blieb er stehen und zeigte auf ein kleines Haus, nicht weit vom Ufer entfernt. „My house", sagte er nicht ohne Stolz. „Belong to my father."

„Hier wohnst du?", fragte jetzt Fritz.

Es gab also doch etwas, das ihn noch beeindrucken konnte, dachte Heli.

Anselmo sah Carlos ratlos an.

„Nicht immer", erklärte Carlos. „Er hat im Dorf noch ein Haus mit seiner Familie." Er nickte Anselmo zu und sie machten sich wieder auf den Weg.

Die ganze Zeit über erklärte Anselmo Geräusche, zeigte Fußspuren von Tapiren und anderen Tieren und deutete auf Pflanzen, die die Einheimischen als Medizin nutzten. Zum Beispiel gegen Malaria, Asthma, Rückenschmerzen und vielem mehr. Vor einer Kakaopflanze blieb er stehen, schnitt eine Frucht vom Baum ab und öffnete sie. Dann reichte er sie weiter.

„Das soll Kakao sein? Sieht überhaupt nicht so aus. Warum ist das alles so weiß?" Karl-Eduard hatte zuerst nach der Frucht gegriffen, was ihm ein warnendes Schnaufen seiner Mutter einbrachte.

„Riecht auch überhaupt nicht nach Kakao", legte

Hardy nach, der bisher überraschend ruhig geblieben war. Heli hatte noch keine Laufberichte oder Pulswerte vernommen.

„Die Frucht ist ja auch frisch aufgebrochen. Wenn du am Ende Kakaobohnen haben möchtest, musst du die Samen mitsamt dem weißen Fruchtfleisch herausholen, in Holzbehälter geben und abdecken. Ursprünglich mit Bananenblättern, aber größere Betriebe nehmen extra Bottiche zur Fermentation." Fritz hielt inne und schaute von der Frucht auf. Dann reichte er sie weiter an Dörthe.

„Und dann?", fragte Carlos. Er hatte Anselmo ein Zeichen gegeben, dass Fritz das gut erklären konnte.

Fritz ließ sich nicht lange bitten. „Hitze entsteht, das Fruchtfleisch beginnt zu gären und langsam lösen sich die Samen heraus. Jetzt sind immerhin schon saftige Kakaobohnen entstanden, die aber noch weiter fermentiert werden müssen. Dabei entsteht dann der bitter-herbe Geschmack. Bevor sie aber in den Verkauf gehen, müssen sie noch tagelang getrocknet werden. Danach sehen sie so schön braun aus und riechen nach Kakao."

Die Frucht war in der Zwischenzeit wieder bei Karl-Eduard angekommen. „Woher weißt du immer alles, Fritz?", fragte er beeindruckt. Dabei schüttelte er mit großen Augen den Kopf.

Fritz zuckte mit den Schultern. „Das passiert, wenn

du dein Leben lang neugierig bleibst. Da kannst du studieren, was du willst, wenn es dich nicht interessiert, bleibt es nicht hängen. Bei unseren vielen Reisen ist eben viel hängen geblieben.“ Er lächelte Dörthe an und sie strich ihm zärtlich über den Rücken.

Carlos nickte erst Fritz anerkennend zu, dann Anselmo, als Zeichen, dass sie weiter gehen konnten. Doch der hob nur kurz die Hand. „Ai kumm back“, sagte er in kryptischem Englisch und verschwand im Busch.

„Was hat er gesagt?“, fragte Johanna. Aus Reflex hatte sie sich an Heli geklammert. „Hat er ein Tier entdeckt?“

„Ich glaube, es sollte heißen, dass er gleich wieder kommt“, lachte Benno. „Interessante Aussprache hat unser Anselmo.“

Erleichtert fiel Johanna in sein Lachen ein. Und als hätte es eine unsichtbare Mauer durchbrochen, fingen alle an zu kichern. Selbst Sieglinde Rübschläger hielt sich die Hand vor den Mund. Ihr ganzer Körper zuckte. Nur Carlos stand ratlos daneben und schaute Heli fragend an. Lächelnd schüttelte sie nur leicht den Kopf. Das schien Carlos zu beruhigen.

Im selben Moment trat Anselmo hinter einem Baum hervor. Er hatte seine Hände zusammengelegt und schüttelte sie heftig. Als er in der Mitte der Gruppe stand, öffnete er langsam die Hand.

„Oh", rief Fritz erstaunt aus. „Ein Pfeilgiftfrosch!"

„Was? Der ist giftig?" Sieglinde Rübschläger wich sofort zurück.

„Der ist giftig, aber gerade auch besoffen", sagte Carlos. „Anselmo hat den armen Kerl so geschüttelt, dass der sich erstmal wieder erholen muss."

Heli betrachtete das Tier. Es lag wirklich wie angetrunken da, hatte alle viere von sich gestreckt und schien zu schlafen. Sein Körper sah wunderschön schillernd in Rot und Blau aus. In Anselmos Hand wirkte er winzig.

„Nur anschauen, nicht anfassen", sagte plötzlich Dörthe. Sie schaute Fritz warnend an. Tatsächlich sah ihr Mann so aus, als hätte er das schönste Spielzeug vor sich.

Anselmo, der nichts verstand, schaute Fritz lächelnd an und nickte. Dann schüttelte er das kleine Tier noch einmal ordentlich durch und legte ihn Fritz in die Hand. Der strahlte über das ganze Gesicht. Dörthe schnappte nach Luft und als wolle sie ihren Mann beschützen, legte sie ihm eine Hand auf den Rücken.

Heli schaute die beiden gerührt an. Sie spürte ein Ziehen in der Magengegend. War das nicht die wirkliche Liebe, wenn man sich nach Jahrzehnten ohne Worte verstand? Sie fühlte förmlich das Band, das die beiden zusammenhielt. Es konnte sich dehnen, aber sie würden sich nie verlieren.

Unweigerlich tauchte Marius in ihren Gedanken auf. Sie versuchte, sich ihr Band vorzustellen, hatte aber das Gefühl, dass es nur in eine Richtung gedehnt wurde. War es mittlerweile sogar zerrissen? Warum fehlte er ihr überhaupt nicht? Lag das nur an der Enttäuschung? Hätte sie sich nicht über seinen Antrag freuen sollen?

„Heli, träumst du?“ Benno hatte seine Hand auf ihre Schulter gelegt. „Dem Frosch geht's gut. Anselmo hat ihn dort drüben auf einem Blatt abgesetzt.“ Er schaute sie freundlich an.

Heli schluckte. Gerade hatte sie noch über Marius nachgedacht und jetzt stand Benno vor ihr und sah sie liebevoller an, als Marius es je getan hatte. Irgendwie hatte er immer etwas Berechnendes an sich gehabt. Sie holte tief Luft. Wurde sie jetzt nicht ungerecht? Das war sicher die Hitze hier im Busch, die ungewohnte Umgebung.

Sie wanderten weiter durch den Urwald und versuchten, Anselmos Erläuterungen zu folgen. Immer wieder stolperte Heli über seine witzige Aussprache. Es kostete sie einige Mühe, auf den Weg zu achten und trotzdem alles mitzubekommen.

Am späten Vormittag legten die Boote wieder am Ufer von Tortuguero an. „Está bien, wir können jetzt gleich in dem Restaurant am Strand zum Frühstücken kommen. Habe ich alles organisiert. Haut richtig rein und nehmt euch noch was mit. Mittagessen ist nicht geplant."

„Das gibt's doch nicht" schrie Sieglinde Rübschläger später auf. „Die haben tatsächlich Rühreier! Schaut doch mal!" Sie zeigte auf ihren Teller, den ein junges Mädchen gebracht hatte.

„Habe ich für dich bestellt", antwortete Carlos lachend. Er hatte sich mit Heli und Johanna an den Tisch gesetzt.

Neben Rührei gab es noch Pancakes und wieder jede Menge Obst, dazu Kaffee. Heli spürte plötzlich, wie sie der Hunger übermannte. Den anderen schien es nicht anders zu gehen, denn beim Essen herrschte Stille auf der Terrasse des Restaurants.

„Wir können heute Nachmittag eine Nationalparktour machen, wenn ihr Lust habt." Als die ersten Reisenden sich verabschiedeten, war Carlos schnell aufgestanden. „Ich würde sagen, wir treffen uns um 2 vor den Cabins. Wer Lust hat, kommt mit, die anderen ruhen sich aus."

„Woher kannst du eigentlich so gut deutsch?", fragte Heli, als sich Carlos wieder gesetzt hatte. Das wollte sie schon die ganze Zeit über wissen.

Carlos nahm einen Schluck Kaffee und lehnte sich genüsslich im Stuhl zurück. „Ich komme ursprünglich aus Europa. Meine Eltern hatten auf Mallorca ein kleines Hotel. Na ja, und unsere Gäste waren meistens aus Deutschland. Als kleines Kind lernt man schnell, also konnte ich bald spanisch und deutsch."

„Und wie seid ihr dann nach Costa Rica gekommen?", fragte Heli weiter.

Johanna hatte die Augen geschlossen. Hoffentlich schlief sie jetzt nicht ein und rutschte vom Stuhl.

„Meine Vorfahren kommen aus Costa Rica. Warum wir in Mallorca gelandet sind, begreife ich bis heute nicht. Schon meine Großeltern sind dorthin gezogen. Meinem Onkel muss es ähnlich wie mir gegangen sein. Er hat als Erster einen Urlaub hier in Costa Rica verbracht und dann stand für ihn fest, dass er hier leben wollte. Nach und nach ist unsere ganze Familie hierher gezogen. Zuerst war ich erschüttert. Nicht, dass mir das Land nicht gefallen hätte, aber ich war in der Pubertät, hatte meine Freunde auf Mallorca, was sollte ich hier am anderen Ende der Welt?" Carlos hielt inne und lachte. Dabei streckte er beide Arme aus und legte den Kopf leicht schräg. „Aber es ist doch wunderschön hier! Pura vida! Da kann Mallorca nicht mithalten. Natürlich hat es auch schöne Ecken, aber nicht so viele wie hier."

Heli nickte lächelnd. Da war etwas Wahres dran. Sie war bisher erst einmal auf Mallorca gewesen und ja, dort gab es schöne Gegenden. Hier jedoch waren der Atlantik und der Pazifik. Hier gab es wunderschöne Strände, den Urwald, Vulkane, bunte Tiere und, was vielleicht das größte Plus war, keine Partyhotels und keinen Massentourismus, jedenfalls, was sie bis jetzt feststellen konnte.

„Entschuldigt ihr mich? Ich lege mich noch ein bisschen hin. Ich glaube, ich bleibe auch heute Nachmittag hier und ruhe mich aus." Johanna war aufgestanden und winkte den anderen beiden zu.

Erst jetzt fiel Heli auf, dass sich die Terrasse geleert hatte.

„Was ist mit Johanna?", fragte Carlos. Er schaute ihr immer noch hinterher.

„Ich weiß es nicht", antwortete Heli. „Ich mache mir auch ein bisschen Sorgen. Andererseits ist sie erwachsen und hat sicher ihre Gründe für die Reise."

„Wir sollten trotzdem ein bisschen auf sie aufpassen. Ich habe ein komisches Gefühl." Carlos massierte sein Kinn. Dann wandte er sich wieder Heli zu. „Wie gefällt es dir hier in Costa Rica, der reichen Küste?"

„Sehr gut! Was ich bis jetzt gesehen habe, übertrifft meine Erwartungen. Irgendwie hatte ich mit mehr Armut gerechnet. Also, mehr sichtbarer Armut. Frag mich nicht warum. Ich hatte leider auch keine Zeit, vorher einen Reiseführer zu studieren oder mich wie Fritz zu informieren." Sie grinste.

„Das musst du auch nicht, dafür bin ich ja da." Carlos grinste zurück. „Was machst du eigentlich in Deutschland? Ich meine, ich weiß, dass du

Musiktherapeutin bist und dein Studium beendet hast. Aber was machst du sonst? Wartet jemand auf dich?"

Heli zog die Luft tief ein. Mit dieser Frage hatte sie schon länger gerechnet, aber sich keine Antwort zurechtgelegt. Schließlich mussten Frauen in ihrem Alter doch vergeben sein. Oder frisch getrennt. Oder neu verliebt. Allein sein ging nicht, das hatte sie schon öfter festgestellt. Aber genau das wusste sie ja nun nicht.

„Ah, ist ein schwieriges Thema?", fragte Carlos. „Du musst es nicht erzählen. Nur wenn du möchtest."

Dankbar nickte Heli. „Ich weiß gerade selbst nicht, was bei mir los ist."

„Deshalb bist du allein hier?"

„Ja, wahrscheinlich schon. Aber nicht nur. Ich brauchte wirklich mal eine Auszeit. Und ... er ... wollte etwas anderes." Sie schüttelte den Kopf und stand auf.

Carlos hob beide Hände. „Schon gut, ich wollte dir nicht zu nahe treten. Wenn du jemand zum Reden brauchst, ich bin für dich da." Auch er schob sich vom Stuhl hoch. „Wir sehen uns zur Wanderung?"

„Ja, das lasse ich mir nicht entgehen." Heli winkte kurz und machte sich auf zu ihrem Häuschen.

***

Benno stand im Schatten einer Palme am Strand und

schaute den Wellen hinterher. Der Ausflug in den tiefsten Urwald hatte in ihm ein unglaubliches Glücksgefühl ausgelöst. Noch immer schien sein Herz schneller zu schlagen. Jedenfalls glaubte er das. Warum sonst fühlte er sich so leicht wie schon seit Monaten nicht mehr? Einerseits kribbelte es im ganzen Körper, andererseits war da diese innere Ruhe. Genau die Ruhe, nach der er seit dem Antritt seiner Pfarrstelle in Berlin suchte. Sie hatte sich einfach nicht einstellen wollen. Ständig war da diese Nervosität, die ihm die Luft nahm. Bereitete er sich auf eine Predigt vor, dann glaubte er, die richtigen Worte gefunden zu haben. Doch kaum stand er auf der Kanzel oder auch ganz nah bei seiner Gemeinde, kamen eben diese Worte nicht über die Lippen. So, als würden sie den Weg nicht finden. Als hätte er die Predigt nur für sich, nicht aber für die Menschen, die vor ihm saßen und ihn mit großen Augen aufmunternd anschauten, geschrieben. Allmählich war er sich lächerlich vorgekommen, hatte sich wie ein Grundschüler beim Aufsagen eines Gedichts gefühlt. Natürlich wusste er, dass auch er bewertet werden würde, eben genau wie jener Schüler. Aber tröstende oder auch anregende Worte fanden doch immer Zuhörer. Und das waren seine Worte. Tröstend und zum Nachdenken anregend. Jedenfalls glaubte er das.

Seufzend setzte sich Benno in den Sand. Er nahm

eine Handvoll und ließ die hellen Körner hindurchrieseln. Langsam ließ das Herzklopfen nach. Die Gedanken kehrten zurück, das Gefühl musste weichen. Aber das wollte er nicht. Hier im Busch, mitten im Urwald von Costa Rica, zwischen all diesen fremden Menschen, hier fühlte er sich plötzlich Gott viel näher als anderswo. Warum? Weil Anselmo ihnen die Ursprünglichkeit vor Augen geführt hatte? Weil die Menschen hier noch viel mehr mit der Natur lebten als in Berlin? Oder weil er keine Prüfung in Form einer Predigt bestehen musste? Er wusste es nicht. Vielleicht alles zusammengenommen. Oder doch nichts davon? Lag sein Problem tiefer vergraben? Wo musste er noch suchen, um die Lösung zu finden?

Benno setzte die Brille auf seine Haare. Wie sehr hatte er sich gefreut, als er die Nachricht über die neu zu besetzende Pfarrstelle bekommen hatte. Damals hatte er genug Urvertrauen, um sich selbstbewusst zu bewerben und daran zu glauben, dass die Stelle genau richtig für ihn war. Doch dann änderte sich plötzlich alles. Die alte Unsicherheit kehrte zurück. Dabei hatte er die doch so sehr bekämpft, hatte sie verdrängt und sich stark gegeben. Lag es an der Verantwortung, die er nun trug? So eine Gemeinde zu lenken sei kein Kinderspiel, hörte er noch die Dozenten während des Theologiestudiums sagen. Kinderspiel! Was war schon ein Kinderspiel? Gab es irgendetwas im erwachsenen

Leben, das leicht war? Wenn, dann hatte er es bisher nicht gefunden.

Das Kribbeln im Körper war verschwunden. Das Herz schlug wieder in seinem normalen Rhythmus. Die Gedanken vernebelten seine Gefühle. Vielleicht sollte er der Tatsache ins Auge sehen, dass es ein klassischer Fehlgriff war. Er war einfach nicht dafür gemacht, als Pfarrer vor einer Gemeinde zu stehen. Da konnte er noch so viele Seminare oder Trainings zur Steigerung des Selbstbewusstseins und der Bewältigung der Redeangst besuchen, es wurde einfach nicht besser. Logophobie nannte sich das. Aber auch zu wissen, was es war, brachte ihn nicht weiter. Und deshalb sollte er sich einen neuen Job suchen.

Etwas in Benno sackte in sich zusammen. Etwas, an das er sich bisher immer geklammert hatte. Sein Stolz! Ja, er war bisher immer stolz gewesen. Auf seinen Berufswunsch an sich, darauf, dass er während des Studiums immer zu den Besten gehört hatte, auf seinen geradlinigen Weg bis hin zur jetzigen Pfarrstelle. Alles hatte er sich mühsam erarbeitet und war stets weiter gegangen. Und nun? Lag es daran, dass er sein Ziel erreicht hatte? Oder war vielleicht Stolz ein schlechter Berater gewesen? Natürlich hatte er sich auch berufen gefühlt. Oh ja, sonst hätte er diesen Weg nie eingeschlagen. Schon in früher Jugend wusste er, was er einmal werden wollte. Und hatte es trotz mancher

Hänselei auch durchgezogen. Sollte er das jetzt wirklich alles aufgeben? Um danach was zu machen?

Unwillig warf er eine Ladung Sand von sich. Dann stand er auf und klopfte seine Hosen sauber. Deshalb war er ja hier, um herauszufinden, was er mit seinem Leben anfangen sollte. Es musste noch einen anderen Weg für ihn geben.

Als er Richtung Cabinas ging, schlich sich wieder das Glücksgefühl vom Vormittag ein. Die Wildheit der Natur hatte ihn beflügelt. Wenigstens das wollte er sich bewahren, auch wenn es ihm wahrscheinlich nicht weiterhalf.

***

Der Kreis der Wanderer am Nachmittag war ziemlich geschrumpft. Sieglinde Rübschläger wollte lieber ein paar Strandstunden genießen, Johanna hatte sich hingelegt und auch Dörthe ließ es sich im Schatten mit einem Buch gutgehen. So waren Heli und Simone die einzigen Frauen in der Männerrunde. Simone lief allerdings brav neben ihrem Mann her.

Als sie den Eingang des Nationalparks erreicht hatten, erblickte sie eine Horde Wildschweine, die sich aber glücklicherweise wenig um die Besucher scherte.

„Heli, du wohnst in einer Stadt, oder?“, fing Carlos ein Gespräch an, als er neben Heli auftauchte.

„Ich habe in Berlin studiert, aber im Moment wohne ich bei meinen Eltern in Zinnowitz. Warum?"

„Zinnowitz ... klingt lustig." Carlos lachte. „Das ist nicht groß, oder?"

Heli schaute kurz zur Seite, um Carlos' Gesicht zu sehen. Wollte er sie veralbern? Doch ihr Blick traf auf dunkle, interessierte Augen. „Nein, Zinnowitz ist nicht so groß. Aber mir gefällt's. Es liegt an der Ostsee. Warum willst du das wissen?"

„Hm, entschuldige, ich wollte nicht neugierig sein. Eigentlich wollte ich nur herausbekommen, ob du ein Stadtkind bist. Wegen deiner Schuhe." Er zeigte auf Helis Füße, als wüsste sie nicht, wo ihre Schuhe steckten.

„Was ist mit meinen Schuhen?", fragte sie. Doch mit der Frage dämmerte es ihr schon.

„Na ja, auch wenn es aussieht wie ein Wanderweg in Deutschland, hier wohnen doch ganz andere Tiere. Es wäre gut, wenn du das nächste Mal feste Schuhe anziehen würdest."

Heli wusste, dass Carlos recht hatte, aber es ärgerte sie. Normalerweise achtete sie auf so etwas und würde niemals in Flipflops durch den Busch ziehen. Sie war nicht dumm. Und auch nicht nachlässig. Wahrscheinlich hatte sie zu tief in ihren Gedanken gehangen. Welche auch immer: Marius, der Urlaub hier oder die Sorge um Johanna, die über den ganzen Mittag geschlafen hatte und auch jetzt liegen bleiben wollte.

„Mhm, mach ich“, grummelte sie. „Danke!“

Glücklicherweise jagte in dem Moment eine Horde Affen kreischend durch die Baumkronen. Begeistert schaute Heli ihnen zu, wie sie sich von Ast und Ast hangelten. Unglaublich, wie schnell sie waren und wie sie auch ihren Schwanz zum Festhalten einsetzten.

„Ah, Cocoman ist da. Komm Heli, wir besuchen einen Freund.“ Carlos deutete auf eine Art Hütte, die zwischen zwei Palmen stand. Dahinter sah sie in der Ferne das Meer. Es war schon komisch, einerseits mitten im Urwald zu sein, andererseits das Meer in Sichtweite zu haben.

„Wer ist Cocoman?“, fragte Heli. Sie schaute sich nach den anderen um, doch die Gruppe schien sich in Luft aufgelöst zu haben. Waren sie weitergegangen oder umgedreht? Sie konnte es nicht sagen.

„Du wirst schon sehen.“ Carlos war mittlerweile hinter die Hütte getreten.

Eigentlich konnte man noch nicht mal von einer Hütte sprechen. Als Rückwand und Dach dienten einige Bretter. Darunter lag eine kaputte fleckige Matratze. Heli entdeckte auch ein paar Konservendosen und einige Flaschen irgendwelcher Getränke. Diente das wirklich als Wohnhaus?

Sie hörte Stimmen und plötzlich tauchte ein dunkelhäutiger Mann mit langen Rastalocken, die zu einem Zopf zusammen gebunden waren, auf. Er trug nur eine kurze Hose, die auch schon bessere Tage gesehen hatte. Ansonsten hatte er nichts am Leib. Nicht mal Schuhe. Und da regte sich Carlos wegen ihrer Flipflops auf.

„Hola, Señorita", begrüßte sie der Rastamann. „Wollen Kokosmilch?"

Heli schaut zu Carlos. Sie fühlte sich überrumpelt. Aber Carlos nickte lachend. Eine Weile sprachen die beiden Männer auf Spanisch, dann nickte der Rastamann und verschwand.

„Was soll das? Was machen wir hier?", flüsterte Heli. Sie fühlte sich ganz und gar nicht wohl.

„Keine Panik. Er ist nett. Warte kurz." Heli hatte das Gefühl, dass Carlos das Lächeln ins Gesicht gemeißelt war.

Kurz darauf kam der Rastamann zurück. Er hielt eine Kokosnuss in der einen Hand, in der anderen eine ähnliche Machete wie Anselmo am Morgen im Busch. Mit einem Hieb köpfte er die Kokosnuss. Erschrocken war Heli zurückgewichen. Meine Güte, da hätte aber auch der Daumen dabei sein können. Aber so wie der Typ grinste, machte er das wohl öfter. Wahrscheinlich auch, um die Touristen mit seinem waghalsigen Schnitt zu erschrecken.

Er hielt Heli die Kokosnuss hin. Heli schaute zu Carlos, der nickte. Als Heli sich nicht rührte, nahm

Carlos die Kokosnuss und drückte sie Heli in die Hand. „Probier mal, schmeckt wirklich lecker."

Heli holte tief Luft. Wenn sie jetzt nicht mit den beiden Ticos alleine gewesen wäre, wäre es ihr besser gegangen. Sie besah sich die Frucht in ihrer Hand. Von wegen Kokosmilch. Die Flüssigkeit sah eher wie trübes Wasser aus.

„Hast gedacht, da ist Milch drin, was?" Carlos konnte sich sein schallendes Lachen nicht verkneifen.

Jetzt erinnerte sich Heli daran, schon einmal davon gehört zu haben, dass das Kokoswasser sehr gesund und vitaminreich wäre. Vorsichtig hob sie die Nuss an ihren Mund und nippte daran. Es schmeckte süß und natürlich nach Kokos.

Sie nickte und wollte die Frucht dem Rastamann zurück geben. Der hob aber beide Hände und deutete an, dass sie sie behalten konnte. Dafür hielt er dann eine Hand auf, mit der anderen machte er eine eindeutige Bewegung. Der wollte tatsächlich Geld dafür haben.

Jetzt regte sich Carlos. Er redete auf den Rastamann ein, der nur lächelnd die Schultern hob und Heli weiterhin fixierte.

„Ich habe kein Geld dabei", zischte sie Carlos zu.

Carlos schnaufte. Dann zog er einen Schein aus der Hosentasche und drückte ihn dem Rastamann in die

Hand. Der nickte lächelnd und verschwand wieder hinter seiner Hütte.

„Ein Freund, ja?“, fragte Heli, als sie ein paar Meter gegangen waren.

„Ja, ein Freund“, knurrte Carlos. „Sehr eigenwillig.“

„Wie viel hast du ihm gegeben? Das bekommst du natürlich von mir zurück.“ Heli balancierte die Kokosnuss, um ja wenig von der Flüssigkeit zu verlieren. Vielleicht wollte Johanna ja auch mal probieren.

„Nein, das schenke ich dir.“ Carlos stapfte missmutig neben ihr her.

„Ich möchte aber kein Geschenk von dir.“ Das konnte Heli gar nicht leiden. Sie hatte die Nuss schließlich auch bekommen, also würde sie dafür zahlen.

Plötzlich hellte sich Carlos‘ Gesicht auf. „Du darfst mich bei nächster Gelegenheit auf einen Drink einladen“, sagte er.

Heli schüttelte grinsend den Kopf. „Das hast du doch alles so eingefädelt“, sagte sie.

„Niemals!“ Carlos hob theatralisch die Hände. „Was denkst du von mir!“ Der Schelm stand ihm ins Gesicht geschrieben.

Heli spürte, wie die Anspannung des Tages allmählich von ihr abfiel. Vielleicht war Carlos doch ein prima Reiseführer. Auch wenn er ihr manchmal zu aufdringlich war. Und dann war da noch ihre undefinierbare Angst vor dem Unbekannten. Vor allem vor den Tieren, die sie noch nie gesehen oder von ihnen gehört hatte. Die Fahrt in den Busch heute war ein echtes Erlebnis gewesen, aber so richtig wohl hatte sie sich nicht gefühlt. Und auch die Begegnung mit Rastamann hatte ihr Gänsehaut bereitet. Warum konnte sie nicht einfach vertrauen und genießen? Wenn sie Benno bei ihrem Ausflug morgens angeschaut hatte, schien der völlig beglückt. Sicher hatten Pfarrer mehr Vertrauen in jegliche Schöpfung. Oder war das von Mensch zu Mensch verschieden?

Tag 4 – Cahuita

Der Wecker klingelte um acht Uhr. Heli stöhnte. Wieder war es in der Nacht viel zu warm gewesen. Immerhin schien sie sich allmählich an die Geräusche zu gewöhnen.

„Guten Morgen“, sagte Johanna neben ihr. Sie sprang aus dem Bett und reckte sich. „Ich verschwinde mal im Bad.“

Erfreut registrierte Heli, dass es Johanna besser zu gehen schien. Sie holte noch einmal tief Luft, dann stand auch sie auf. Schnell zog sie eine kurze Hose und ein Trägershirt über. Heute würden sie nur unterwegs sein und nicht in den Busch gehen. Also konnte sie Klamotten entsprechend den Temperaturen anziehen und ihre Flipflops tragen.

Lächelnd dachte sie an den gestrigen Abend. Wie immer hatte es Fisch oder Hühnchen mit Reis und Bohnen gegeben. Das Obst zum Nachtisch hatten sie am Strand gegessen. Nach und nach waren alle gegangen, bis sie am Ende nur noch mit Carlos und Benno im Sand gesessen hatte. Einer rechts, der andere links von ihr. Sie hatten über Gott und die Welt geplaudert.

„Leute, wir müssen zum Frühstück!", rief Carlos vor ihren Cabinas.

Johanna kam aus dem Mini-Badezimmer gestürzt. „Entschuldige, ich habe mich vertrödelt."

Heli staunte nicht schlecht. Johanna hatte ihre Haare zu einem Dutt zusammengebunden. Ihre Wimpern wirkten einen Hauch dunkler, was ihre grünen Augen gut zur Geltung brachte.

„Macht nichts, ich brauche nicht lange", antwortete Heli.

Nach dem Frühstück trafen sie sich an der Uferstelle, von der aus sie am Tag zuvor mit Anselmo aufgebrochen waren. Diesmal stiegen sie in ein längliches Motorboot mit Dach. Heli erinnerte es an die Ausflugsboote in Berlin, die auf der Spree schipperten. Allerdings hatte dieses hier keine Scheiben.

Langsam setzte sich das Boot in Bewegung. Sie folgten dem Rio Tortuguero in Richtung Süden. Da es genug freie Plätze gab, hatten sich Heli und Johanna jeweils nach außen gesetzt. Wie selbstverständlich rutschte Benno neben Heli und lächelte. Er sah müde aus, dachte Heli. Schon beim Frühstück war ihr aufgefallen, dass er kaum ein Wort hervorgebracht hatte.

„Ist alles in Ordnung bei dir?", fragte sie.

Benno lächelte immer noch und nickte.

„Du siehst müde aus. Kannst du nicht schlafen?“, bohrte Heli weiter.

Nun erstarb das Lächeln doch. „Es geht schon. Ich habe nur tausend Gedanken im Kopf. Und das ist zermürbend, da hast du recht.“

Mittlerweile war der Fluss etwas breiter geworden. Sie entdeckten hin und wieder einzelne kleine Häuser oder auch Siedlungen mit schlichten Holzhütten.

„Willst du deine Gedanken loswerden? Ich kann gut zuhören.“ Heli löste ihren Blick vom Uferrand und schaute Benno an.

Auch Benno wandte sich ihr zu. Eine Weile ruhte sein Blick auf ihr und Heli dachte schon, er wolle sie hypnotisieren, dann seufzte er.

„Ich weiß nicht. Es ist ... wie soll ich sagen ... ja, es ist vielleicht sogar etwas peinlich.“ Bennos Augen flackerten.

„Hm, es ist also etwas Peinliches passiert und deswegen bist du jetzt hier?“ Heli legte den Kopf schief.

Benno nickte, dann schüttelte er seine Locken. „Nein, es gab kein einschneidendes Erlebnis. Es ist eher eine Erkenntnis.“

„Und die ist peinlich? Sind Erkenntnisse nicht eher etwas Gutes, um zu sich selbst zu finden?“

„Das stimmt! Nur ... was mache ich mit der Erkenntnis, wenn sie nicht in mein Lebenskonzept passt? Wenn ich sie vor allen verbergen muss?“

Heli kniff die Augen zusammen. „Jetzt wird es schwierig. Wie wäre es, wenn wir gegenseitig etwas preisgeben? Du erzählst von deiner Erkenntnis, wenn du magst, und ich von meinem Dilemma, in dem ich gerade stecke.“ Hoppla, so hatte sie das gar nicht sagen wollen. Bisher wusste noch niemand von der Abfuhr, die sie Marius erteilt hatte. Oder vielleicht mittlerweile doch. Sicher hatte er es seinen Eltern und Freunden erzählt. Und dann wussten es auch bald ihre Eltern. So groß war Zinnowitz nicht.

Benno schaute eine ganze Weile aus dem Fenster. Noch immer hatte sich die Kulisse nicht verändert. Dann nickte er plötzlich. „Gut, so können wir es machen. Es tut sicher gut, sich jemandem anzuvertrauen. Und manchmal sind Fremde genau die Richtigen dafür. Außerdem ...“ Jetzt schaute er Heli wieder an. „Außerdem interessiert es mich, was dich im Leben so umtreibt. Warum ist so eine attraktive Frau allein unterwegs? Welches Geheimnis steckt dahinter?“ Er grinste.

„Ich habe meinen Mann umgebracht und bin jetzt auf der Flucht vor der Polizei“, konterte Heli.

Benno zog die Luft scharf ein. Eine Falte bildete sich auf seiner Stirn, dann lachte er schallend los. „Ein bisschen kenne ich dich ja schon, um dir das nicht abzukaufen. Aber es klang fast echt. Nur, dein Handy würde dich verraten, oder nicht?"

„Das ist ein Prepaidhandy, nicht nachverfolgbar." Heli fiel in Bennos Lachen ein. „Ohne Mist, das hätte ich mir wirklich beinahe zugelegt. Aber nicht, um vor der Polizei zu fliehen, sondern vor ..." Sie hielt inne. Sollte sie Benno wirklich davon erzählen? Andererseits hatte er recht. Sie würden sich nach dem Urlaub nie wieder sehen. Was konnte es schaden, sich mal ein bisschen was von der Seele zu reden?

Benno nickte ihr aufmunternd zu.

„Vor meinem Freund und seinem Antrag", beendete Heli den Satz.

„Oh", sagte Benno. „Da bist du nicht die Erste."

„Das macht es nicht besser." Heli zuckte mit den Schultern. Bennos Antwort war nicht gerade das, was sie jetzt tröstete.

„Nein, entschuldige! Ich meine ja nur, dass ich schon mit einigen Frauen und übrigens auch Männern gesprochen habe, die mir ihr Herz zu diesem Thema ausgeschüttet haben. Nicht, dass ich Experte in dieser Beziehung bin, aber eben Pfarrer. Und als solcher kann ich gut zuhören."

Jetzt schaute Heli Benno direkt an. „Es fühlt sich überhaupt nicht gut an, wenn du den Menschen, den du glaubst zu lieben, so enttäuschen musst. Aber es hat sich in dem Moment einfach nicht richtig angefühlt, ihn zu heiraten. Und das tut es noch immer nicht. Im Gegenteil, ich vermisse ihn gar nicht. Kann das an einer Art Schock liegen? Oder bin ich nicht bindungsfähig, wie mir Marius vorgeworfen hat? Ich weiß es nicht."

„Marius also", murmelte Benno. Er hielt Helis Blick stand. „Warst du geschockt, als er dir den Antrag gemacht hat? Warum? Weil du ihn nicht heiraten willst? Oder war er zu unromantisch? Das ist auch für viele ein Kriterium."

„Nein!" Heli fiel Benno ins Wort. „Es war eher das Drumherum. Der Antrag war ja nicht das einzige Thema. Er hat auch schon eine Kaufoption für ein Haus. Ohne mich zu fragen. Den Kaufvertrag hat er mir quasi mit dem Ring präsentiert."

„Manche Frauen wären sehr glücklich, wenn der Mann für ein schönes Nest für die Familie sorgt. Vielleicht auch andersherum, ist mir bisher aber noch nicht begegnet. Findest du das nicht ein bisschen übertrieben, deshalb sauer zu sein? Hast du dich übergangen gefühlt, weil du nicht mitbestimmen konntest?"

Heli spürte den Druck im Magen größer werden. Vielleicht war es doch keine so gute Idee, Benno davon zu erzählen. Oder war sie einfach nur nicht bereit, sich mit dem Thema auseinanderzusetzen? „Das war ja noch nicht alles. Das Haus steht genau neben dem seiner Eltern. Und ja, spätestens bei dieser Information habe ich mich übergangen gefühlt. Ich mag seine Eltern, das ist es nicht. Aber Marius verbringt sowieso schon sehr viel Zeit bei ihnen. Ich könnte mir vorstellen, dass du das sehr löblich findest. Ich hingegen war mir oft nicht sicher, auf welchem Platz ich in seiner Liebstenhierarchie liege. Ich habe einfach keine Luft bekommen, als er davon erzählt hat. Und deshalb musste ich ihm absagen."

Benno pfiff leise durch die Lippen. „Das ist natürlich was anderes. Hm ..." Er schien zu überlegen. „Manchmal frage ich mich, warum sich Menschen so wenig kennen, obwohl sie doch schon lange zusammen sind. Das seid ihr doch gewesen, nehme ich an."

Heli nickte. „Für unser Alter schon. Wir haben uns vor acht Jahren auf einer Party kennengelernt."

„Und du bist jetzt wie alt?"

„26. Ist das wichtig?"

„Du hast über dein Alter gesprochen. Da muss ich doch mal nachfragen." Benno lächelte wieder, dann holte er tief Luft. „Was ich sagen wollte: Da möchte Marius ein Leben lang mit dir zusammensein und das mit einer Hochzeit besiegeln. Wieso hat er dir nicht einfach einen Heiratsantrag gemacht und ihr hättet in Ruhe über eure Wohnsituation gesprochen? Zumal, wie du erzählt hast, es ja noch gar nicht feststeht, wo du mal arbeiten wirst. Also, warum fällt er gleich mit allen Lebensideen mit der Tür ins Haus?“

Heli schaute Benno mit großen Augen an, sagte aber nichts. Die Gedanken purzelten einfach zu stark durcheinander.

„Heli, als Außenstehender betrachtet, hast du die richtige Entscheidung für den Moment getroffen. Eine Ehe kann nicht mit einem Kompromiss beginnen. Das geht meistens schief. Was aber nicht heißt, dass du ihn für immer verloren hast. Sprecht darüber, wo ihr gemeinsam wohnen könnt, oder ob du überhaupt schon dafür bereit bist. Erkläre ihm, welche Gefühle du bei seinem Antrag hattest. Und wer weiß, dann findet ihr eine Lösung für das Problem. Und vor allem wieder zueinander.“

Noch immer schaute Heli Benno an. Sie musste schlucken. Selbst jetzt fühlte es sich nicht nach Aufbruch an. Sollte es nicht so sein, dass nach Bennos Aufmunterung die Schmetterlinge wieder flatterten? Oder dass sie wenigstens ein warmes Gefühl bekam, wenn sie daran dachte, mit Marius wieder vereint zu sein? Aber da war nichts. Hatte das zu bedeuten, dass sie ihn nicht mehr liebte? Oder war das einfach nur Enttäuschung?

„So schlimm?“, fragte Benno.

Er hatte seine Stimme gesenkt. Sie legte sich wie ein warmer Mantel um Helis Herz. Ihr Nicken kam wie von selbst. „Noch schlimmer“, flüsterte sie. Nicht mal die Tränen wollten kommen, was auch gut war. Sie hätte nicht gewollt, jetzt auch noch vor Benno zu heulen. Es zeigte, wie weit sie sich schon von Marius entfernt hatte. Wann hatte das begonnen?

„Ach du liebes bisschen“, schrie plötzlich Sieglinde Rübschläger, natürlich von der ersten Reihe, laut auf. „Mir wird ganz schlecht! Hoffentlich bleiben die dort.“

Aufregung erfasste alle im Boot.

„Was ist denn?“, fragte Heli, die sich fühlte, als sei sie aus einem Traum erwacht.

„Na, da drüben auf der Sandbank. Siehst du die Krokodile?“ Johanna war zu ihnen herübergekommen, um die Tiere besser sehen zu können. Jetzt entdeckte auch Heli sie.

„Ist ja der Hammer. So riesige Krokodile habe ich noch nie gesehen!“ Eilig holte sie den Fotoapparat aus dem Rucksack und machte ein Bild nach dem anderen. Die Tiere lagen in der Sonne wie Ausstellungsstücke. Manche hatten ihr Maul weit aufgerissen, was noch gefährlicher wirkte.

„Die Krokodile sind wechselwarme Tiere. Sinkt ihre Temperatur im Wasser zu weit ab, suchen sie sich Stellen, bei denen sie durch die Sonne wieder aufheizen. Das Maul reißen sie deshalb auf, damit ihr Gehirn nicht überhitzt. In der Mundschleimhaut ist genug Feuchtigkeit, die verdunstet und somit das Blut in der

Kopfregion kühl hält." Fritz hatte bei der Erklärung seinen Blick nicht von den Krokodilen gewandt.

„Woher weißt du das?", fragte Karl-Eduard. Auf seinem Gesicht spiegelte sich Erstaunen, aber auch Respekt wider.

„Nun ja, ich bin Biologielehrer und interessiere mich für sehr viele Dinge. Es gibt doch zu allen Themen etwas zu lesen. Da ist es nicht schwer, sich ein bisschen Allgemeinwissen anzueignen."

„Also, ich könnte noch so viel lesen, ich würde mir trotzdem nie alles merken. Aber du scheinst ein wandelndes Lexikon zu sein."

Jetzt drehte sich Fritz doch zu Karl-Eduard um. Er klopfte ihm auf die Schulter. „Komm in mein Alter, dann weißt du auch viel mehr. Wahrscheinlich habe ich die meisten Dinge einfach mehrmals gelesen." Er schmunzelte. „Aber es gibt natürlich noch einen entscheidenden Punkt. Du musst dich in genau dem Moment für das Thema interessieren, dann bleibt es auch im Gehirn verankert. Noch besser ist es, wenn du eine Verbindung zu deinem Leben schaffst. Wenn es für dich wichtig ist, dann vergisst du es nie wieder."

Karl-Eduard sah Fritz mit offenem Mund an. „Ich habe schon so viel probiert. Jura, Marketing, BWL und noch einiges mehr. Noch nie ist mir ein Beruf untergekommen, der mich wirklich gefesselt hat. Obwohl ich mich doch für alles Mögliche interessiere."

„Vielleicht liegt hier der Hase im Pfeffer. Es wäre sicher gut, erstmal herauszufinden, was dich am allermeisten interessiert. Hast du darüber schon mal nachgedacht?"

„Natürlich hat der Karl-Eduard das. Wir waren schon auf so manchen berufsbildenden Seminaren. Und da kamen immer ganz tolle Berufe heraus. Ich denke ja, die Dozenten unterschätzen meinen Sohn. Es kann überhaupt nicht sein, dass er für nichts geeignet ist." Sieglinde Rübschläger hatte sich wieder gesetzt und fächelte sich mit einem Tuch Luft zu. „Der Karl-Eduard war schon als Kind sehr wissbegierig, hochbegabt, wenn du mich fragst."

„Weißt du was? Ich setze mich zu deiner Mutter und ihr beiden plaudert noch ein bisschen. Vielleicht kann dich Fritz ja unterstützen." Dörthe schob, ohne abzuwarten, Karl-Eduard auf ihren Platz und ließ sich neben Sieglinde Rübschläger nieder.

„Aber ich muss doch auch wissen, was der Fritz meinem Sohn erzählt. Am Ende setzt er ihm noch irgendwelche Flausen in den Kopf." Sieglinde Rübschläger schüttelte unwillig ihre verschwitzten Haare.

„Ach, lass mal die beiden reden", ließ sich Dörthe nicht von ihrem Plan abbringen. „Carlos hat vorhin erzählt, dass es hier auch Schildkröten gibt. Vielleicht sehen wir nochmal welche."

„Aber die großen, oder? Doch nicht die Babys. Die sind mittlerweile im Meer verschwunden."

Dörthes Plan, Sieglinde Rübschläger zu beschwichtigen, schien aufgegangen zu sein, denn sie schaute neugierig aus dem Fenster.

Auch die anderen hatten sich alle wieder gesetzt.

„Nun zu deiner Erkenntnis", begann Heli ohne Umschweife. Die großen Krokodile und die Erklärung von Fritz hatten sie mächtig beeindruckt. Was sie in diesem Urlaub schon alles gelernt hatte!

Benno machte ein zerknittertes Gesicht.

„Kneifen gilt nicht", legte Heli nach. „Ich habe dir auch von mir erzählt, jetzt bist du dran. Das war die Abmachung!"

Benno seufzte, nickte aber. „Okay, ich muss mich nur kurz sammeln." Er schaute aus dem Fenster, ein wehmütiges Lächeln schob sich auf sein Gesicht. „Ich bin nicht geeignet als Pfarrer", sagte er schließlich.

„Wie jetzt? Du arbeitest doch schon lange als Pfarrer?", fragte Heli.

„Das schon, aber das heißt ja nicht, dass ich es gut kann." Wieder hielt Benno inne.

„Eben hast du mir erzählt, dass sich dir schon einige Leute anvertraut haben. Da steckt ja das Wort Vertrauen drin. Ohne das würden sie nicht zu dir kommen."

„Leider ist das ja nicht alles. Ich kann mit jedem aus

meiner Gemeinde wunderschöne Gespräche führen. Oder eben auch nicht so schöne, aber ich kann für alle da sein. Nur ..."

Diesmal fragte Heli nicht nach. Sie ließ ihm die Pause, die Benno zum Weitersprechen brauchte.

„Wenn sie dann alle da sind und vor mir sitzen, kann ich nicht mehr sprechen. Ich bereite mich auf jeden Gottesdienst akribisch vor, ich übe vorher, ich versuche, mir einzureden, dass ich mich wahnsinnig darauf freue und dann ... stehe ich vor dem Altar oder auf der Kanzel und habe das Gefühl, ich stottere nur noch. Mein Kopf ist leer, ich lese stupide vom Blatt ab. Verstehst du? Wie kann ich ein guter Pfarrer sein, wenn ich die Botschaft nicht mit Leidenschaft transportiere? Wie soll ich meine Schäfchen halten, wenn ich sie für Gottes Wort nicht begeistern kann?" Die letzten Sätze hatte er nur noch gezischt. Hardy und Simone, die vor ihnen saßen, schauten sich irritiert zu ihnen um.

Heli lächelte ihnen zu und deutete an, dass alles in Ordnung war. „Das stelle ich mir in der Tat schwierig vor." Sie legte ihre Hand auf Bennos Unterarm. Er hatte die Hände in seinen Schoß gelegt und den Kopf gesenkt. „Gibt es da nicht irgendwelche Therapien, die einem in so einer Situation helfen?"

„Habe ich schon alles probiert", sagte Benno leise. Er nahm Helis Hand und drückte sie vorsichtig.

Einem ersten Impuls folgend, wollte Heli ihm ihre

Hand entziehen. Aber sie hielt es aus und stellte fest, dass es sich gut anfühlte. So freundschaftlich nah. Wenn sie Benno schon nicht mit Worten helfen konnte, dann eben mit einem Händedruck.

„Achtung", rief Carlos vom Bug des Schiffes aus.

Der Kapitän und Carlos sprangen gemeinsam ins Wasser. Erschrocken schrien einige auf, dann sahen sie, dass die beiden nur bis zu den Oberschenkeln im Bach standen. Heli schaute sich um. Es war kein Krokodil zu sehen. Hoffentlich auch nicht unter Wasser. Der Kapitän wusste sicherlich, was er tat.

Das Boot drehte sich gegen die Strömung, etwas schlurfte unter ihnen entlang, dann änderten sie wieder die Richtung und die beiden sprangen zurück ins Boot.

„Hier gibt es einige Sandbänke. Und da wir im Moment wenig Wasser haben, müssen wir das Boot eben umlenken", rief Carlos von vorn.

„Und die Krokodile?", fragte Johanna. Sie hatte richtig Farbe im Gesicht. Heli nickte ihr zu, um die Frage zu unterstreichen.

„Das Wasser ist zu flach. Erfahrungsgemäß halten sie sich eher dort auf, wo wir vorhin vorbeigekommen sind."

„Und wenn nicht?", fragte Johanna weiter.

„Dann müsst ihr allein nach Cahuita schippern. Ist nicht mehr weit." Carlos lachte laut und wandte sich wieder nach vorn.

„Sehr witzig“, hörte Heli Johanna murmeln. Erst jetzt merkte sie, dass sie noch immer Bennos Hand hielt. Er starrte, ohne eine Miene zu verziehen, nach vorn und machte keine Anstalten, ihre Hand loszulassen. Da seine Haltung aber auch signalisierte, dass es im Moment nichts zu sagen gab, setzte sich Heli etwas bequemer hin, um den Rest der Fahrt zu genießen. Was allerdings bedeutete, dass sie näher an ihn heranrutschen musste, um ihren Arm zu entlasten. Benno rührte sich nicht.

So folgten sie noch eine Weile dem Fluss, passierten die Stelle, an der sich Salz und Süßwasser vermischten, da sie durch ein Delta fuhren, und kamen schließlich in Moin an.

Vorsichtig drückte Heli Bennos Hand und löste sie aus seiner. „Ich denke drüber nach, ja?“, sagte sie. Dabei kam sie sich furchtbar hilflos vor.

„Worüber?“, fragte Benno. Er sah aus, als wäre er weit weg gewesen.

„Über dich und deine Angst“, antwortete Heli.

„Das musst du nicht, ich werde es schon irgendwie hinbekommen. Oder etwas anderes machen. Erstmal genieße ich den Urlaub hier. So etwas kommt sicher nicht so schnell wieder.“ Benno stand auf und streckte sich. „Wer weiß, vielleicht bleibe ich ja hier.“ Er lächelte und wollte schon nach vorn Richtung Ausgang gehen, hielt aber nochmal inne. „Danke für die schöne Fahrt, Heli! Das hat sehr gut getan!“

Heli holte tief Luft. Mir auch, lag ihr auf der Zunge, aber es wollte nicht raus. Was sicher auch besser so war. Außerdem hatte Benno sich sowieso schon auf den Weg gemacht. Sie schnappte sich ihren Rucksack und folgte den anderen.

An die Busfahrt nach Cahuita konnte sich Heli später nicht mehr erinnern. Sie hatte versucht, die Augen offen zu halten und die verschiedensten Eindrücke aufzunehmen. Dabei war sie allerdings eingeschlafen.

Ein Rütteln riss sie aus ihren Träumen. „Was ist?“, fragte sie verschlafen.

„Schau mal, was für ein hippes Örtchen“, antwortete Johanna. Sie sah immer noch gesund und munter aus, ganz im Gegensatz zu den letzten Tagen.

Heli folgte Johannas Blick. Und wirklich hatte sie sofort das Gefühl, die Leute würden sich tanzend zur Reggaemusik bewegen. Gerade fuhren sie eine sandige Straße entlang, die rechts und links von kleinen bunten Häusern gesäumt war. Der Bus wirbelte mächtig Staub auf, aber das schien die Menschen in ihrer bunten Kleidung nicht zu stören. Entweder saßen sie unter kleinen Strohschirmen oder standen im Eingang zu Bars und Restaurants. Kurz darauf änderte sich die

Gegend. Hier schien es hauptsächlich Unterkünfte zu geben.

„Das nenne ich effizient. Das Leben spielt sich auf einer einzigen Straße entlang der Küste ab, im Rest des Ortes herrscht Ruhe“, sagte Heli, als der Bus anhielt.

„Wir haben mehrere Cabins für euch. Wie immer passen zwei Leute rein. Ich schlafe bei Tito, dem gehören die Häuschen hier.“ Carlos war beim Fahrer stehen geblieben und hatte sich ihnen zugewandt. „Abendessen gibt es vorn im Ort im *Cha Cha Cha*. Ich gehe danach noch in Rickys Bar, wer Lust hat.“ Beim letzten Satz schaute er Heli an und zwinkerte ihr zu.

Heli holte tief Luft. Lust hatte sie ganz bestimmt, zumal sie sich nach der Stunde Schlaf ausgeruht fühlte. Aber ob es gut war, sich mit Carlos dort zu treffen? Sie würde ja sehen, was die anderen vorhatten.

Die kleinen weißen Häuschen mit den blauen Fensterläden erinnerten sie ein wenig an griechische Feriensiedlungen. Nur dass die Häuser hier weitläufig mitten auf einer großen Wiese standen. Auch folgten sie keinem Muster. Es sah fast so aus, als hätte Tito sie dahin gebaut, wo er gerade Lust hatte.

„Wollen wir wieder zusammen?“, fragte Johanna.

Heli nickte, dann stutzte sie. Mit einem Mal sah Johanna verändert aus. Sie hatte dunkle Ringe unter den Augen und schaute gehetzt von einem Bungalow zum nächsten, als hätte sie es eilig, könne sich aber nicht entscheiden. Heli nahm sie am Arm und schob sie zu einem Häuschen am Rande der Wiese.

„Wie wäre es damit?“, fragte sie, wartete jedoch Johannas Reaktion nicht erst ab.

Johanna ließ alles mit sich geschehen. Im Haus stellte sie ihren Rucksack achtlos neben eines der Betten, legte sich hin und schob einen Arm über die Augen.

„Sollte ich irgendwas wissen?“, fragte Heli nach einer Weile. „Mit dir stimmt doch was nicht, oder?“ Als Johanna nicht antwortete, fragte Heli nach. „Meinst du nicht, dass es gut wäre, wenn du mit mir reden würdest? Brauchst du Medikamente? Soll ich dir irgendwas bringen?“

Jetzt nahm Johanna den Arm vom Gesicht. „Es ist alles gut“, sagte sie leise. Ihre Stimme klang, als würde sie jeden Moment einschlafen.

„Schon klar, das sieht man. Den ganzen Tag über warst du fit und gut drauf und jetzt verwandelst du dich wieder in ein mattes Hühnchen. Verkauf mich bitte nicht für dumm. Wenn du nicht sagen willst, was los ist, ist das deine Sache. Aber wenn du mir vor der Nase umkippst, muss ich wissen, was zu tun ist. Oder was ich dem Notarzt sagen soll.“

Johanna hatte sich aufgesetzt. Sie angelte nach ihrem Rucksack und zog schließlich eine Flasche Wasser und ein kleines Täschchen heraus. Aus dem

Tablettenblister, der zum Vorschein kam, drückte sie zwei Stück auf ihre Bettdecke, steckte sie anschließend in den Mund und spülte sie mit dem Wasser runter.

„MS“, sagte sie ruhig. Dann legte sie sich wieder hin.

„MS? Multiple Sklerose?“, fragte Heli nach.

Johanna nickte.

„Scheiße!“ Mehr wusste Heli nicht dazu zu sagen. Das war doch diese Muskelschwundkrankheit. Unheilbar, wenn sie sich nicht täuschte. Aber man sah es Johanna nicht an. Wobei Heli nicht genau sagen konnte, wie der Verlauf war. Sie hatte nur ab und an in ihrem Leben Menschen getroffen, die deswegen im Rollstuhl saßen. „Wie weit ... ich meine, wie geht es dir damit? Kann es schnell schlechter werden? Oder gibt es vielleicht Medikamente, die die Krankheit stoppen?“

Johanna seufzte. „Das ist bei jedem anders. Bei mir geht alles noch. Ich bin nur häufig von einem auf den nächsten Moment müde. Und dann überkommt mich ein Schwindelgefühl, was ich viel beängstigender finde. Ich muss mich nur ein bisschen ausruhen, dann geht es gleich wieder.“

„Heli, Johanna, kommt ihr?“, hörten sie Carlos von draußen rufen.

Heli schaute Johanna an. „Und jetzt?“, fragte sie.

„Geh ruhig, ich komme hier zurecht. Hab ja noch ein paar Kekse von dir.“ Johanna versuchte es mit einem Lächeln.

„Das kommt überhaupt nicht infrage. Ich lass dich doch jetzt hier nicht allein. Ich sage einfach, dass wir nachkommen. So groß ist der Ort ja nicht, da werden wir dieses Cha Cha Cha schon finden." Ohne eine Antwort abzuwarten, lief sie nach draußen.

„Carlos, wir kommen nach. Wir müssen uns noch kurz ausruhen und frisch machen. Wo ist das Restaurant?"

Carlos schaute sie mit argwöhnischem Blick an. „Geht es Johanna schlecht? War die Fahrt zu anstrengend?"

„Wieso meinst du, dass es ihr schlecht geht?", fragte Heli.

„Na, das sieht man doch auf Anhieb, dass sie nicht gesund ist. Außerdem hatte sie doch öfter schon einen Schwächeanfall. Heli, ich habe Augen im Kopf."

Erstaunt betrachtete Heli Carlos. Solche sensiblen Beobachtungen hätte sie ihm gar nicht zugetraut. Vielleicht war der Mann ja doch eine Mogelpackung. Schließlich nickte sie. „Sie braucht nur ein bisschen Ruhe, dann kommen wir nach, ja?"

„Okay, dann geht ihr einfach immer den Weg Richtung Ort, so wie wir gekommen sind. Nach Rickys Bar geht es rechts rein, dann ist das Restaurant auf der linken Seite. Kannst du nicht verfehlen. Ach ja, und schaut mal nach, ob die Boa da ist. Wenn nicht, seid vorsichtig."

„Welche Boa?" In Heli brach direkt Panik aus.

„Tito meint, die wohnt in einem Baum kurz vor Rickys Bar. Schau immer nach links, da seht ihr mal eine Baumhöhle ziemlich weit oben, gleich unterhalb vom Geäst. Die Boa erkennst du an dem schwarz-gelben Muster. Ist es nur dunkel, ist sie nicht da." Carlos lachte.

„Du machst einen Scherz, oder?" Heli versuchte, ihre Atmung in den Griff zu bekommen. Wenn sie etwas nicht mochte, dann waren es Schlangen. Oder Spinnen. Oder andere Krabbeltiere.

„Kein Scherz, aber du musst keine Angst haben. Meistens ist sie zuhause. Dann geht sie wieder auf Jagd und ruht sich tagelang aus. Außerdem ..." Carlos hielt inne und schaute sie schelmisch an. „Wenn du noch mit in die Bar gehst, begleite ich dich nach Hause und passe auf dich auf."

Das war durchaus eine Überlegung wert, dachte Heli. Sie nickte wieder und versuchte sich an einem Lächeln.

„Gut!", sagte Carlos und klatschte in die Hände. „Dann sehen wir uns später."

Schwungvoll drehte er sich um und winkte den anderen zu. Als alle das Gelände verließen, ging Heli nachdenklich zum Haus zurück. Sollte sie Johanna davon erzählen? Würde sie das zu sehr aufregen? Beim Eintreten bemerkte sie, dass auch hier die Fenster keine Scheiben hatten. Es gab nur die Fensterläden.

Wurden die nachts geschlossen? Erleichtert stellte sie fest, dass es wenigstens Moskitonetze gab, die über jedem Bett hingen. Aber ob die einer Boa standhielten, wagte sie zu bezweifeln. Vorsichtig schaute sie unter die Betten und lugte in alle Ecken.

In dem Moment kam Johanna aus dem Badezimmer. „Was machst du? Hast du was verloren?"

Heli zuckte zurück. „Alles gut. Ich dachte, ich hätte eine Kakerlake gesehen, war aber nur eine große Fliege." Spontan entschied sie sich dagegen, Johanna von der Schlange zu erzählen.

„Die Tabletten wirken schon halbwegs. Wenn du willst, können wir den anderen gemütlich folgen."

Wirklich sah Johanna schon wieder viel besser aus. Nur Heli hatte es die Lust verdorben, in den Ort zu laufen. Aber es blieb ihr wohl nichts anderes übrig.

Jeden Zentimeter des Weges betrachtete sie. Allerdings wusste sie auch nicht, was sie tun sollte, wenn die Schlange plötzlich auftauchen würde. Wie groß war so eine Boa eigentlich? Gehörte sie zu den Würgeschlangen? Aus Reflex griff sich Heli an den Hals.

„Irgendwas stimmt doch nicht mit dir", bemerkte Johanna. Sie war stehengeblieben und schaute Heli mit einer Falte auf der Stirn an. „Raus damit! Werden wir verfolgt?"

Heli schnaufte. „So ungefähr", sagte sie schließlich.

„Nur nicht von Ganoven, sondern von einer Schlange." In dem Moment entdeckte sie die Baumhöhle. Sie zog Johanna auf die andere Straßenseite, so weit weg wie möglich, und zeigte nach oben. „Ich glaube, dort wohnt sie. Hast du Angst vor Schlangen?"

„Ich weiß nicht", antwortete Johanna wesentlich weniger zittrig, als Heli sich fühlte.

„Willst du mal nachschauen, ob sie da ist? Carlos sagt, man sieht sie gut, wenn sie zuhause ist."

Johanna überquerte die Straße und stellte sich auf Zehenspitzen. Dann drehte sie sich Heli zu. „Du kannst dich entspannen. Sie ist da."

Heli sackte zusammen. Plötzlich spürte sie die Anspannung. „Lass uns schnell zu den anderen gehen und hoffen, dass sie später auch noch schläft. Oder verdaut. Oder was auch immer sie tut."

Lachend hakte sich Johanna unter und gemeinsam suchten sie das Restaurant.

Nach einem ausgiebigen Essen mit Fisch in allen Variationen überredete Heli Johanna, noch mit in Rickys Bar zu kommen.

Auch Benno und Karl-Eduard wollten mit. Fritz und Dörthe hatten Sieglinde Rübschläger angeboten, sie nach Hause zu begleiten. Vielleicht konnte man ja noch ein Glas zusammen trinken. Widerwillig ließ sich Sieglinde Rübschläger mitziehen.

„Schatz, bitte, lass uns noch mitgehen“, hörte Heli Simone sagen, die am anderen Ende des Tisches saß.

„Hast du mal auf die Uhr geschaut? Wenn ich morgen ganz früh am Strand laufen gehen will, dann muss ich jetzt ins Bett. Ich fühle mich sowieso schon unwohl. Wir haben den ganzen Tag im Boot oder im Bus gesessen. Wie soll ich diesen Trainingsrückstand je wieder aufholen?“ Hardy tippte, ohne Simone anzuschauen, auf seiner Pulsuhr herum. „Hier siehst du, mein Puls schnellt in die Höhe. Ich weiß nicht, wie ich im Mai den Marathon schaffen will, wenn ich jetzt solche Werte habe.“

„Du könntest tanzen, das hält auch fit“, versuchte es Simone noch einmal. Ihr trauriger Blick sprach allerdings schon Bände.

„Tanzen?“ Jetzt hob Hardy doch den Kopf und schaute seine Frau vorwurfsvoll an. „Das ist ein Scherz, oder? Mit Tanzen gewinne ich keinen Blumentopf. Und kann schon gar nicht einen Marathon laufen. Es bleibt dabei, wir gehen nach Hause.“

„Simone kann mit uns kommen. Dann kannst du schlafen und sie tanzen.“ Benno, der direkt neben den beiden saß, schaute Hardy lächelnd an.

Plötzlich war es still am Tisch. Alle wollten hören, wie Hardy reagierte. Heli nickte die ganz Zeit und schaute zwischen Benno und Simone hin und her.

„Das geht nicht. Wir machen immer alles

zusammen“, sagte Hardy. Seine Stimme klang allerdings nicht mehr so streng wie noch zuvor bei Simone. Er räusperte sich und schaute in die Runde.

„Na ja, du gehst ja morgen früh auch alleine laufen, da kann Simone doch jetzt mit uns in die Bar kommen.“ So schnell ließ sich Benno anscheinend nicht aus der Ruhe bringen.

Simone sah Benno an und schüttelte leicht den Kopf. Für Heli sah es aber eher so aus, als wolle sie einfach keinen Ärger mit ihrem Mann bekommen. Sie überlegte, ob sie auch noch etwas sagen sollte, ließ es dann aber.

„Das ist doch was anderes“, versuchte es Hardy noch einmal.

„Ach, komm schon, ihr seid im Urlaub. Da tut man Dinge, die einem sonst nicht einfallen würden. Lass Simone mitgehen, du gehst schlafen und morgen früh laufen und alle sind glücklich.“

Hardy stand auf und schaute Simone an. „Wenn du meinst, dass du das brauchst“, sagte er. Dann schnappte er sich seinen Rucksack und verließ das Restaurant.

Simone schaute ihm mit großen Augen hinterher. „Das hat er bisher noch nie gemacht“, sagte sie leise. „Ich meine, dass er einfach geht und mich zurücklässt.“

„Oh, wolltest du doch lieber mit ihm ...“ Benno hob beide Hände. „Ich wollte dich nicht dazu zwingen, dachte nur, dass du ..." Er verzog das Gesicht.

Simone ließ die Luft ausströmen, die sie angehalten hatte. „Dass ich tanzen will? Und ob ich das will! Das habe ich mir schon den ganzen Urlaub lang gewünscht. Aber bisher gab es ja nie eine Gelegenheit. Wenn nicht hier, wo dann?" Sie strahlte und sprang auf. „Gehen wir?"

Die Gruppe folgte Carlos, der wieder bis zur Hauptstraße ging. Helena schaute sich diesmal genauer um. Bei der Durchfahrt mit dem Bus war sie noch zu verschlafen gewesen. Allerdings gab es nicht viel zu sehen, denn rechts und links endete der Ort schon wieder. An dieser Straße schienen sich alle Geschäfte, Bars und einige Restaurants angesiedelt zu haben.

Schon von weitem hörten sie karibische Klänge aus einem der zweistöckigen Holzhäuser. Im Obergeschoss verlief ein schmaler Balkon rundherum, der im unteren Teil die Bedachung einer Terrasse bildete. Die Tische waren alle belegt und es herrschte eine entspannte Stimmung, so wie sich Heli die Karibik vorstellte. Von allen Seiten konnten sie nach innen gelangen, da alle Türen weit offen standen. Einige Wände waren bunt bemalt.

Carlos hatte sie zielstrebig zur Bar geführt und übernahm die erste Runde.

„Der ist für dich", sagte er strahlend und drückte Heli einen bunten Cocktail in die Hand. „Eine

Extramischung mit viel Frucht. Keine Angst, ist nicht so viel Alkohol drin."

Heli betrachtete trotzdem skeptisch das Getränk. „Was ist denn drin?", fragte sie.

„Trink, das wird dir schmecken!" Carlos nickte aufmunternd.

Vorsichtig nippte sie an dem Glas. Sofort entfaltete sich eine Geschmacksexplosion. Carlos hatte nicht zu viel versprochen. Ob es daran lag, dass hier alle Früchte frisch gepflückt verarbeitet wurden? „Es schmeckt himmlisch!", rief sie endlich Carlos zu, der auf ihr Urteil zu warten schien.

„Si, es bueno! Komm, wir gehen tanzen!" Er prostete Heli zu. Dann nahm er ihr den Drink aus der Hand und stellte beide Gläser auf den Tresen. Mit einem Griff zog er Helena auf die Tanzfläche.

„Carlos, ich kann das nicht", versuchte sie sich zu wehren. Sie würde sich sowas von blamieren. Um sie herum bewegten sich die Menschen mit schwingenden Körpern zum Rhythmus. So hatte sie definitiv noch nie getanzt.

Mit einer schwungvollen Bewegung zog Carlos sie zu sich heran und begann sofort, sich zum Takt zu bewegen.

„Siehst du, du kannst es", strahlte Carlos. Seine dunklen Augen glühten vor Energie.

Anfangs versuchte sie noch krampfhaft, Carlos im

Gleichklang zu folgen, ohne ihn dabei zu treten. Doch irgendwann übernahm die Musik das Zepter. Heli ließ sich voll und ganz auf diesen besonderen Rhythmus ein. Auch wenn sie nicht annahm, dass sie sich nur ansatzweise so harmonisch bewegte wie alle anderen um sie herum, es war ihr egal. Sie spürte den Takt und machte mit. So frei hatte sie sich schon lange nicht mehr gefühlt. Es kam ihr so vor, als könnte sie allmählich etwas von der Last loslassen, die sie seit ihrer Abreise mit sich herumtrug.

„Ich muss was trinken", rief sie nach einigen Liedern. Sie wischte sich den Schweiß von der Stirn, konnte aber kaum mit Strahlen aufhören.

Carlos schob sie sanft von der Tanzfläche. Am Tresen standen noch immer ihre Gläser. Heli nahm ein paar große Schlucke. Es schien wirklich nicht viel Alkohol drin zu sein, sonst hätte sie schon längst husten müssen.

Glücklich schaute sie sich um und sah, dass Simone und Johanna ebenfalls auf der Tanzfläche waren. Und die Männer? Als sie zur anderen Seite schaute, sah sie direkt in Bennos Augen. Er stand mit einem Glas Bier in der Hand ein paar Schritte neben ihr und wippte mit dem Fuß. Heli konnte seinen Gesichtsausdruck nicht deuten. Er schaute sie unentwegt an. Auf seinen Lippen lag ein leichtes Lächeln. Jetzt musterte er sie kurz von Kopf bis Fuß, dann prostete er ihr zu.

Auch wenn diese Geste Heli verunsichert hatte, wollte sie gerade auf ihn zugehen, als Carlos schon mit dem nächsten Drink neben ihr auftauchte.

„Ist mit viel Kokosmilch und ganz ohne Alkohol, damit du morgen keine Kopfschmerzen hast."

Schon hatte Heli das nächste Glas in der Hand. Sie schaute noch einmal zu Benno und wollte ihm ebenfalls zuprosten, doch er hatte sich weggedreht und lauschte Karl-Eduards Worten. Ein kleiner Stich pikste in ihr Herz. Was sollte das denn? Benno hatte sie lediglich nett angeschaut und ihr zugeprostet. Schnell trank sie ein paar Schlucke von der Kokosmilch.

„Hm, lecker!", rief sie Carlos zu.

Allmählich füllte sie die Bar. Die Stimmung wurde immer ausgelassener.

„Ich gehe zu Johanna und Simone tanzen. Kommst du mit?"

Carlos begann wieder zu leuchten. „Si, claro!"

„Puh, war das heiß zum Schluss!", sagte Simone, als sie sich ein paar Stunden später auf den Heimweg machten. Sie hatte sich bei Johanna untergehakt und sah aus wie eine völlig andere Frau. Ihre Haare klebten verschwitzt am Kopf, ihre Augen strahlten und die ganze Körperhaltung verriet, dass sie glücklich war.

„Du hast aber auch ein Rhythmusgefühl", sagte Johanna. Auch sie lief beschwingt neben Simone her. „Woher kannst du so gut tanzen?"

„Ich war in meiner Jugend in einem Tanzclub. Die lateinamerikanischen Tänze haben mir schon immer am meisten Spaß gemacht."

„Und jetzt tanzt du nicht mehr?", fragte Heli, die sich bemühte, neben die beiden zu gelangen. Sie wollte so gerne mehr über Simone hören. Allerdings war das kein leichtes Unterfangen, denn Carlos hatte seinen Arm um ihre Schulter gelegt und hielt sie fest. In seinen Drinks schien mehr Alkohol gewesen zu sein oder er vertrug nicht viel, denn er schwankte so sehr, dass Heli Mühe hatte, ihn zu halten.

„Nein, jetzt bin ich zu alt", antwortete Simone.

„Zum Tanzen ist man nie zu alt", murmelte Carlos.

Aha, er schien wenigstens dem Gespräch noch folgen zu können.

„Ja, das mag sein. Aber Hardy ist kein Tänzer. War er noch nie. Und seitdem er seinen Sport entdeckt hat, gehen wir auch kaum noch aus."

„Wer ist eigentlich der andere Mann, den du letztens erwähnt hast. Magst du ein bisschen erzählen?" Johanna hatte leise gesprochen. Heli ahnte, dass Carlos nichts mitbekommen sollte.

Durch Simone Körper ging ein Ruck.

„Nur, wenn du willst", legte Johanna nach. „Manchmal tut es ja gut, auch über verbotene Dinge zu sprechen, als sie immer nur in sich reinzufressen."

Da hatte sie recht, dachte Heli. Erst jetzt fiel ihr

wieder das Gespräch vom frühen Abend ein, als Johanna von ihrem Problem erzählt hatte.

„Er heißt Frank und arbeitet in der gleichen Abteilung wie ich“, begann Simone plötzlich.

Auch sie sprach sehr leise, so dass Heli ihren Kopf weit in ihre Richtung schieben musste. Carlos trabte brav neben ihr her.

„Er ist einfach freundlich und zuvorkommend. Manchmal bringt er mir einen Kaffee. Er hat sich auch gemerkt, wie ich ihn gerne trinke. Ab und an gehen wir mittags zusammen essen. Mehr ist da nicht, aber wir wissen beide, dass wir ...“ Sie hielt inne und schien nach den richtigen Worten zu suchen.

„Dass ihr zusammen gehört?“, beendete Johanna den Satz.

„Ja, vielleicht. Ach, ich weiß nicht. Ich bin mit Hardy verheiratet. Wir sind schon so lange zusammen, das setzt man doch nicht leichtfertig aufs Spiel.“

Eine ganze Weile liefen sie schweigend nebeneinander her. Kurz überlegte Heli, ob sie schon am Boa-Baum vorbei gelaufen waren. Was, wenn die Schlange sich hier irgendwo aufhielt? So viel dazu, dass Carlos sie beschützen wollte. Sie schluckte. Vielleicht war es gut, dass sie zu viert über die Sandstraße liefen, umso mehr Erschütterung würde es wohl geben. So war jedenfalls ihre laienhafte Theorie.

„Und du hast schon mit Hardy über eure Probleme

gesprochen. Das hast du uns erzählt", begann Johanna schließlich wieder. „Aber er scheint nicht auf deine Sorgen eingegangen zu sein. Sonst würde er dich respektvoller behandeln. Hast du schon mal an eine Paartherapie gedacht?"

Simone seufzte. „Das habe ich. Und auch mit Hardy darüber gesprochen. Seine Antwort könnt ihr euch denken."

„Will er nicht oder sieht er das Problem nicht?", fragte Helena.

„Erst das eine und dann das andere. Wir haben doch kein Problem. Ich habe das Problem, sagt er. Also muss ich mich darum kümmern. Und zu so einer Psychotante würde er niemals mitgehen. Seine Worte."

„Es könnte auch ein Psychoonkel sein", knurrte Heli. „Aber das ist wahrscheinlich egal. Er ist also beratungsresistent."

Simone kicherte. „So kann man das auch sagen."

Mittlerweile waren sie am weitläufigen Gelände, auf dem die Bungalows standen, angekommen. Helis Blick wanderte automatisch zu dem Häuschen, in dem Benno schlief. Alles war dunkel. Sie hatte nicht mitbekommen, wann er und Karl-Eduard nach Hause gegangen waren.

„Ich danke euch für diesen wunderschönen Abend! Ich glaube, ich hätte noch die ganze Nacht durchtanzen können." Simone umarmte Johanna und

Heli, dann verschwand sie fast lautlos in der Dunkelheit.

„Und was machen wir mit ihm hier?“, fragte Johanna. Sie hakte Carlos auf der anderen Seite unter, da er beinahe zu schlafen schien, so wie er schwankte.

„Wir versuchen es mal bei Tito. In der Hoffnung, dass er ihn noch reinlässt.“

Tag 5 – Cahuita

„Was machst du?“, schrie Heli auf. Im Traum war sie gerade im Meer schwimmen gewesen. Wobei es eher wie Tanzen aussah.

„Ich? Ich mache nichts! Was ist das?“

Johannas panische Stimme holte Heli schnell in die Wirklichkeit. Sie hielt sich am Bett fest. Wellenartig bebte die Erde unter ihnen. Die Möbel im Zimmer wackelten. Heli wurde übel.

„Wir müssen raus aus dem Haus!“ Sie sprang aus dem Bett. Gerade hatte sich der Boden ein wenig beruhigt. „Schnell, komm, Johanna!“

„Ich kann nicht! Ich habe schreckliche Kopfschmerzen“, antwortete Johanna. Sie saß im Schneidersitz auf ihrer Bettdecke und hielt sich beide Schläfen.

„Wenn das Haus zusammenstürzt, hast du noch größere Kopfschmerzen.“ Heli zog Johanna am Arm vom Bett. Torkelnd lief sie hinter Heli her.

„Was ist das? Ein Erdbeben?“ Auch die anderen waren aus ihren Bungalows gestürzt. Alle riefen durcheinander.

Von Titos Haus her kam Carlos gelaufen. Er hatte beide Hände gehoben. Es sah aus, als wolle er gleich auf die Knie fallen und anfangen zu beten. Doch er lachte und versuchte, sie zu beruhigen. „Ein Erdbeben. Kein Grund zur Sorge. Das passiert hier öfter mal. Das Epizentrum ist wohl diesmal nicht so weit entfernt von Cahuita, aber weit genug weg, um uns nicht zu schaden. Bleibt einfach ruhig und wartet ab. Das ist bald vorbei!"

Und tatsächlich, kaum hatte Carlos die Worte ausgesprochen, wurden die Erdbewegungen weniger, bis sie ganz ausblieben.

„Na, seht ihr, nichts passiert!"

„Du hättest uns ja aber vorwarnen können", echauffierte sich Sieglinde Rübschläger. Sie japste, als wäre sie gerade einen Marathon gelaufen.

„Es steht in vielen Reiseführern. Ich erwähne so etwas nicht gerne, sonst hättet ihr einfach zu viel Angst davor gehabt. Meistens gibt es kein Erdbeben. Aber heute ... ihr hattet Glück, so etwas mal mitzuerleben. Wie gesagt, der Erdbebenherd ist meistens weit im Busch drin und tief in der Erde. Natürlich gab es bei manch einem Erdbeben auch Tote. Die Beben können ja überall in Costa Rica auftreten. Oder auch in Panama im Süden oder Nicaragua im Norden. Also ..." Er hob die Schultern. „Wir leben damit."

„Es hat allerdings ganz schön lang gedauert. Und die

Erde hat heftig gebebt. Vielleicht war es doch näher, als du dachtest?" Fritz stand im Schlafanzug vor ihnen und strich sich nachdenklich über das Kinn.

„Wenn du das möchtest, bekomme ich es heraus", antwortete Carlos. Mit einem Mal wirkte er müde und abgeschlagen. Er schaute auf sein Handy. „Noch nicht mal 6 Uhr. Versucht, einfach noch ein bisschen zu schlafen, ja? Wir treffen uns um 9 Uhr zum Frühstück." Ohne eine Reaktion seiner Gruppe abzuwarten, drehte er sich um und schlurfte zu Titos Haus.

Heli stand fassungslos da. Ihr erstes Erdbeben! Sie hätte nie gedacht, dass das so schnell vorbei sein würde. Aber jetzt konnte sie sich vorstellen, wie schlimm es sein musste, mittendrin zu sein. Oder das in einer großen Stadt zu erleben. Wenn die Häuser alle schwankten oder einstürzten. Ein Schauer lief ihr über den Rücken.

„Ist alles in Ordnung?", fragte plötzlich eine ruhige Männerstimme neben ihr.

Sie schaute auf. Benno, nur mit Shorts bekleidet, sah sie fragend an. Sie spürte seine Wärme. Ihr Blick wanderte über seinen nackten Oberkörper. Schmal und trotzdem muskulös. Beinahe war sie versucht, sich an ihn zu lehnen, so tröstlich hatte seine Frage auf sie gewirkt. Im letzten Moment konnte sie sich noch zurückhalten. Sie räusperte sich. „Ja, danke! Ich glaube schon, habe nur noch nie ein Erdbeben miterlebt."

Benno lächelte. „Ich auch nicht. Ist schon ein unglaubliches Gefühl, wenn man Mutter Natur so ausgesetzt ist."

Plötzlich sackte Johanna neben ihnen zusammen. Wie aus dem Nichts und ohne ein Wort zu sagen.

„Johanna", schrie Heli auf. Sie beugte sich zu ihr herunter.

Auch Benno war sofort auf die Knie gegangen und hielt Johannas Kopf. „Johanna, hörst du mich?", fragte er.

Die anderen kamen erschrocken herbei.

„Haben wir eigentlich keinen Arzt unter uns? Im Film würde jetzt einer auftauchen", sagte Dörthe. Ihr Gesichtsausdruck verriet, dass sie sich große Sorgen machte.

„Der Karl-Eduard hat mal Medizin studiert", rief Sieglinde Rübschläger laut und schob ihren Sohn nach vorn.

„Mutter, das waren gerade mal zwei Semester gewesen. Ich bin weit davon entfernt zu wissen, was ich jetzt tun muss."

„Ihr müsst gar nichts tun", flüsterte Johanna. Sie hatte die Augen noch immer halb geschlossen. „Heli, bringst du mich ins Bett? Ich muss mich nur ausruhen."

„War wohl doch zu lange gestern Abend, was?

Feiern wie die Großen und nichts vertragen." Das kam von Hardy, der zwar leise gesprochen hatte, aber doch alle Ohren erreichte.

Simone schüttelte ungläubig den Kopf. Sie hatte die Augen weit aufgerissen. „Das meint er nicht so, Johanna", sagte sie entschuldigend. „Wartet, ich komme mit."

Mittlerweile hatten Benno und Heli Johanna auf die Beine geholfen. Langsam gingen sie zum Bungalow.

„Dann gehe ich jetzt laufen", rief ihnen Hardy hinterher. Er drehte sich weg und verschwand.

„Die arme Johanna! Hoffentlich erholt sie sich schnell." Dörthe schüttelte traurig den Kopf.

„Meine Liebe, wollen wir vor an den Strand gehen und den Morgen begrüßen?", fragte Fritz seine Frau.

Dankbar nickte Dörthe. „Das ist eine gute Idee. Aber nicht im Schlafanzug."

Sieglinde Rübschläger war ohne ein Wort in ihrem Häuschen verschwunden.

„Und du?", fragte Fritz. Karl-Eduard stand immer noch am selben Fleck und rührte sich nicht. „Gehst du nochmal schlafen?"

Wie aus einer Starre erwacht, sah Karl-Eduard Fritz an. „Ich kann jetzt nicht mehr schlafen. Und meine Mutter ist beleidigt, da möchte ich nicht in ihrer Nähe sein. Ich habe nur gerade gedacht, dass ich ..." Er stockte. Dann holte er tief Luft. „Dass ich wirklich nichts richtig kann. Ich habe so viele Sachen angefangen und abgebrochen. Hätte ich Medizin fertig studiert, hätte ich Johanna helfen können. Aber so ... Wozu tauge ich eigentlich?“

Fritz holte tief Luft, dann schaute er zu Dörthe. Die nickte lächelnd und zog sich zurück. „Lass uns mal eine kleine Runde durch den Garten gehen“, sagte Fritz. Schon ging er langsam los. Karl-Eduard folgte ihm.

„Weißt du, wenn das Medizinstudium oder all die anderen Ausbildungen die richtigen für dich gewesen wären, dann hättest du eine von ihnen beendet. Wie bist du eigentlich auf die Idee für dieses Studium oder die anderen Sachen gekommen?“

Karl-Eduard räusperte sich. Sein Körper wand sich, als wolle die Antwort nicht raus. „Das meiste davon hat Mutter vorgeschlagen. Und ich dachte immer, sie kennt mich am besten. Sie wird schon wissen, was ich kann.“ Die letzten Worte hatte er nur noch ganz leise gesprochen.

„Das habe ich mir schon fast gedacht.“ Fritz nickte nachdenklich. „Wie alt bist du jetzt, Karl-Eduard?“

„Fast 30, warum?“

„Ich dachte nur gerade, dass du trotz allem schon viel in deinem Leben gelernt hast. Und sei es, dass du jetzt weißt, was du nicht machen möchtest. Ich fürchte nur, wenn du wirklich deine Berufung finden möchtest, musst du dich von deiner Mutter lösen. Das würde ich dir jedenfalls sehr ans Herz legen. Du wohnst noch bei ihr zuhause?“

Karl-Eduard nickte. „Ich weiß das ja alles, aber du erlebst doch meine Mutter jeden Tag. Wie soll ich mich gegen sie wehren?“

„Nun, das tun wir hier in der Reisegruppe auch alle. Versteh mich nicht falsch, wir mögen deine Mutter. Aber sie hat eben eine besondere Art, sich mitzuteilen. Der Unterschied zu dir besteht darin, dass wir ihr mit unseren Reaktionen zu verstehen geben, wie weit sie gehen kann. Wir treten ihr so gegenüber, dass sie unsere Haltung klar erkennen kann. Für dich als Sohn ist das natürlich wesentlich schwieriger, da ihr in die Situation hineingewachsen seid. Aber du könntest es probieren. Versuche, Dinge, die du tun möchtest, klar und deutlich auszusprechen. Freundlich und bestimmt. Nicht mit einem Fragezeichen im Gesicht und auch nicht mit der Stimmlage, dass du sofort bei ihr bleiben würdest, falls sie das möchte. Verstehst du, was ich meine?“

„So bin ich?“, fragte Karl-Eduard. Er war fast nicht mehr zu hören.

„Nein, so bist du ganz und gar nicht. Ich habe dich als einen klugen und wissbegierigen jungen Mann kennen gelernt. So verstellst du dich quasi, wenn du mit deiner Mutter zusammen bist. Dann wirst du zum kleinen Kind.“

Sie waren einmal quer durch den Garten und wieder zurückgelaufen. Vor den Bungalows blieben sie stehen.

„Das ist natürlich deine Entscheidung! Ich dachte nur, dass es vielleicht nicht schaden könnte, dir meinen Eindruck zu vermitteln. Und ich wollte dir noch einen Vorschlag machen."

Gespannt starrte Karl-Eduard Fritz an und nickte auffordernd.

„Wenn du möchtest, können wir im restlichen Urlaub darüber reden, was dich interessiert und welche beruflichen Möglichkeiten es gibt. Wäre doch gelacht, wenn wir nicht etwas für dich finden."

Karl-Eduard schluckte. „Das würdest du für mich tun?"

„Nicht für dich, mit dir", lachte Fritz. „So, aber jetzt muss ich los, Dörthe wird schon warten." Er verabschiedete sich und ging ins Haus.

Ein breites Lächeln hatte sich auf Karl-Eduards Gesicht ausgebreitet. Er reckte sein Kinn nach oben und machte sich noch einmal auf, die nächste Runde durch den Garten zu drehen.

In der Zwischenzeit hatten Benno und Heli Johanna vorsichtig in ihr Bett gebracht. Sie saßen jetzt gemeinsam mit Simone vor dem Bungalow auf der kleinen Terrasse. Da nur zwei Stühle da waren, hatte sich Benno auf den Boden gesetzt und lehnte an der Hauswand.

„Johanna ist krank, oder?“, fragte Benno leise.

Heli starrte in die Ferne. Sie wusste nicht, ob sie den anderen beiden von Johannas Problem erzählen durfte. Sie zuckte mit den Schultern und deutete ein Nicken an.

„Du darfst nicht darüber reden?“, hakte Benno nach.

„Ich weiß nicht, ob es ihr recht ist.“

„Aber warum macht sie dann so eine anstrengende Reise?“ Simone hatte den Kopf auf die Rückenlehne gelegt und die Augen geschlossen. „Das muss sie doch noch mehr erschöpfen als uns.“

„Das habe ich mich auch schon gefragt“, antwortete Heli. „Wir haben noch nicht darüber geredet. Sie hat auch nie erwähnt, dass zuhause jemand auf sie wartet, oder? Auch telefoniert hat sie bisher nicht.“ Sie schaute Benno an. „Ob vielleicht unser Herr Pfarrer mal mit ihr reden möchte?“ Sie lächelte.

Benno verzog das Gesicht und hob eine Schulter. „Wenn sie mit mir darüber redet, sehr gern. Allerdings bist du wohl eher ihre Vertrauensperson. Aber ich kann es natürlich probieren.“

„Vielleicht will sie gar keine Hilfe“, sagte Simone leise. Sie seufzte. „Manchmal will man mit seinem Problem einfach alleine fertig werden.“

Heli schaute sie nachdenklich an. „Das schon. Aber wenn sie uns hier ständig umkippt, ist das nicht mehr nur ihr Problem. Dann mische ich mich ein.“ Sie nickte zum Nachdruck.

„Heli?“, rief eine schwache Stimme von drinnen. „Kannst du mir meine Tabletten und die Flasche Wasser bringen?“

Erschrocken sprang Heli auf. Hoffentlich hatte Johanna nicht alles gehört, was sie eben besprochen hatten. Andererseits wusste sie dann, dass sie sie nicht allein lassen würden. Auch wenn sie das vielleicht wollte.

Sie verabschiedete sich von den anderen beiden und lief ins Haus.

Tag 6 – San José

Zwei Stunden später saß Benno bereits beim Frühstück, als er Heli über die Wiese laufen sah. Sie hielt den Kopf gesenkt und schaute immer wieder von einer Seite zur anderen, als suche sie etwas.

„Kaffee?“, fragte Titos dralle Frau mit leuchtenden Augen. Benno schrak bei ihrer Frage auf und nickte. Lächelnd hielt er ihr seine Tasse hin.

Der Frühstücksplatz, ein Pavillon aus robustem Holz, lag hinter den Bungalows ebenfalls mitten auf der Wiese. Eine überdachte Außenküche und drei Holztische mit Bänken zu beiden Seiten ergaben ein einladendes Ambiente. Das Frühstück selbst war schlicht, aber ausreichend und lecker. Es gab Toast mit Marmelade, frische Ananas und Kaffee.

Heli ließ sich gegenüber von Benno auf die Bank fallen. Sie hatte dunkle Ringe unter den Augen und wirkte übernächtigt.

„Wie geht's Johanna?“, begann Benno das Gespräch, als Heli nichts sagte. Neben ihnen saßen Fritz und Dörthe, die sofort den Kopf hoben.

„Nicht gut. Sie will nicht aufstehen, sich lieber heute

ausruhen.“ Heli knabberte an ihrem Toast, dann schaute sie wieder auf den Boden. Sie holte tief Luft und zog die Beine an, um sich in den Schneidersitz zu setzen.

„Und deswegen geht es dir jetzt auch nicht gut?“, fragte Benno.

„Natürlich finde ich das nicht schön! Ich weiß ehrlich gesagt nicht, wie sie den Rest der Reise überstehen will. Aber sie wirkt heute auch irgendwie anders, so hoffnungslos. Das macht mir Sorgen.“ Ihr Blick huschte über die Wiese und weiter zum Dach des Pavillons.

„Wonach schaust du denn die ganze Zeit? Hast du was verloren?“, fragte jetzt Dörthe.

Heli lachte hysterisch auf. „Ich habe nichts verloren, aber Tito heute Nacht. Die Boa hat einige Hühner geholt. Ich fühle mich gerade mega unwohl, wenn ich daran denke, dass die hier noch irgendwo unterwegs sein könnte.“

„Da musst du dir wahrscheinlich keine Sorgen machen. Wenn sie heute Nacht jagen war, dann liegt sie jetzt satt und zufrieden in ihrer Baumhöhle und schläft.“ Natürlich war es Fritz, der Heli antwortete.

„Na siehst du“, sagte Dörthe und tätschelte Helis Hand. „Jetzt iss mal ordentlich, sonst kippst du uns später im Nationalpark um. Ich glaube, dort kann man sich schon ein paar Stunden aufhalten. Vergesst also nicht, eine Flasche Wasser einzupacken."

Fritz und Dörthe erhoben sich und machten sich schon auf den Weg zur Wanderung. Carlos hatte ihnen den Weg zum Eingang des Nationalparks gezeigt. Er selbst hatte heute noch etwas zu erledigen. Allerdings ahnten alle, dass es an den Nachwehen vom gestrigen Tanzabend lag.

„Da nun alle schon weg sind und Johanna nicht mitkommt, wollen wir zusammen den Park erkunden?", fragte Benno.

Heli blieb für einen Moment still sitzen und schaute Benno an, dann nickte sie kauend. Eine zarte Röte überzog ihr Gesicht. Sie aß noch einen zweiten Toast und nahm zwei Scheiben für Johanna mit.

Kurz darauf klopfte Benno an Helis Bungalowtür. Heli öffnete und winkte ihn herein. Johanna lag auf die Seite gedreht auf ihrem Bett und stierte ins Nichts.

„Hast du mit ihr gesprochen?", fragte Benno leise.

„Habe ich. Du kannst sie auch begrüßen." Heli deutete an, dass er näher treten konnte.

Benno hockte sich vor Johannas Gesicht, um auf Augenhöhe zu sein. Eine Lektion, die er schnell gelernt hatte. Am liebsten setzte er sich mit den Menschen, die zu ihm kamen. Da fühlte er sich gleichwertig. Und sein Gegenüber hoffentlich auch.

„Hallo Johanna, wie hast du geschlafen?", fragte er.

Tatsächlich nickte Johanna nach einer Weile. „Ganz gut", murmelte sie.

„Aber du möchtest nicht mit uns in den Park kommen?"

Nun schüttelte sie den Kopf.

„Fühlst du dich körperlich schwach? Sollen wir einen Arzt rufen?" Benno setzte sich, da seine Beine allmählich einschliefen.

„Wozu? Damit er mir sagt, dass ich sterbe? Das weiß ich. Dazu brauche ich keinen Arzt mehr." Johanna drehte sich auf den Rücken und stierte zur Decke.

„Ich dachte eher, damit der Arzt dir etwas verschreiben kann, das dich wieder auf die Beine bringt. Wir haben noch eine lange Reise vor uns. Oder möchtest du lieber nach Hause?"

„Zuhause wartet niemand auf mich. Was soll ich da? Mich irgendwann ins Pflegeheim stecken lassen? Das wird nicht klappen, da wird mein Geld nicht reichen."

Benno atmete tief ein und aus, dann stand er auf. „Ich würde es auch schön finden, wenn du weiter mit uns reisen könntest. Ruh dich aus! Wir bleiben nicht so lange weg. Und wenn was ist, du hast unsere Handynummern, ja?" Fast war er geneigt, Johanna über den Kopf zu streichen, konnte sich aber im letzten Moment zügeln. Ihre Körpersprache zeigte eindeutig, dass sie allein sein wollte. Das konnte er verstehen. Manche Dinge musste man mit sich selbst ausmachen.

Er schaute Heli an und deutete an zu gehen. Sie verabschiedeten sich und traten nach draußen. Auf den ersten Metern sagte keiner ein Wort. Erst als sie auf der staubigen Straße liefen, seufzte Heli.

„Ich mache mir wirklich Sorgen, Benno. Sie wirkt so teilnahmslos, oder?“

Benno dachte eine Weile über Helis Worte nach. „Vielleicht ist es genau das. Sie will nicht teilhaben an dieser Krankheit. Weißt du, wann sie die Diagnose erhalten hat?“

„Genau weiß ich es nicht, aber es ist schon eine Weile her. Johanna hat mal erwähnt, dass sie anfangs noch dachte, dass sie damit ja alt werden könnte. Aber der Verlauf ist eben bei jedem anders. Bei ihr treten die Schübe stärker und häufiger auf. Was auch immer das zu bedeuten hat.“ Heli blieb stehen und schaute zur anderen Straßenseite.

„Was ist?“, fragte Benno.

„Hier wohnt die Schlange. Hat euch doch Carlos sicher gezeigt. Schaust du mal nach, ob sie da ist?“

Benno lächelte. Da wirkte Heli immer so stark, als würde sie alles meistern können, aber eine Schlange brachte sie aus dem Konzept. Andererseits war eine Boa ja keine Blindschleiche. Er stellte sich vor dem Baum auf Zehenspitzen und entdeckte schwarz-gelbe

Flecken. „Sie ist da und bewegt sich nicht. Genau wie Fritz es vorausgesagt hat."

Erleichtert pustete Heli sich ihre Haare aus der Stirn. Dabei schaute sie Benno lachend an.

Bennos Herz machte einen Hüpfer. Es fühlte sich gut an, Heli glücklich zu sehen. So wie gestern Abend, als sie sich auf der Tanzfläche ausgetobt hatte. Da war sie ganz sie selbst, jedenfalls glaubte er das. Wenn Menschen mal loslassen konnten und ihre Probleme beiseite schoben, wirkten sie oft, als würden sie schweben. Schon so manches Mal hatte er das beobachten dürfen. Und doch war es hier bei Heli etwas anderes. Warum?

Als sie weiterliefen, beobachtete er sie von der Seite. Sie war hübsch, ohne Frage. Aber da war noch etwas, das er sich nicht erklären konnte. Trotz ihrer Stärke wirkte sie zerbrechlich, trotz ihres Selbstbewusstseins meinte er, Unsicherheit zu sehen. Das war ihm schon bei der ersten Begegnung am Flughafen aufgefallen.

„Hab ich was im Gesicht oder warum starrst du mich so an?" Heli hatte den Kopf schief gelegt und grinste ihn an.

Ertappt schaute Benno weg. Andererseits konnte er sie doch anschauen, wann er wollte. „Ich habe über dich nachgedacht, Helena Frischauf."

„Oh weh, was kommt jetzt?", fragte Heli.

Gerade waren sie am Eingang zum Nationalpark

angekommen. Sie steckten ein paar Colones in die Kasse des Vertrauens und folgten dem Pfad in den Wald.

Sofort nahm Benno die Atmosphäre gefangen. Im dichten Blätterdach hörten sie kreischende oder gurgelnde Vogelstimmen. Die feuchte Hitze schien sich hier zu stauen. Plötzlich blieb Heli stehen.

„Schau mal!“ Sie deutete in den Wald hinein. „Da auf dem Baumstamm“, flüsterte sie.

Benno folgte mit den Augen ihrem Arm. „Ist das ein Ameisenbär?“, fragte Benno. So einen langnasigen Gesellen hatte er vorher noch nie gesehen.

„Das scheint er uns gerade beweisen zu wollen. Wenn mich nicht alles täuscht, schleckt er irgendwas aus dem zerfallenen Baumstamm. Könnten Ameisen sein.“

„Die werden ja nicht nur Ameisen fressen, oder? Ach, wenn doch Fritz hier wäre, dann würden wir die Antwort sofort serviert bekommen.“ Benno lachte leise und Heli fiel ein.

Kurz darauf entdeckten sie zwei Leute vor sich. Einen Mann und eine Frau, die Englisch sprachen. Vor irgendetwas hatte sie Angst. Kurz bevor Heli und Benno bei ihnen waren, bogen die beiden Richtung Meer ab.

„Was hatten die denn?“, fragte Heli, der das Gleiche aufgefallen zu sein schien.

Benno schüttelte den Kopf. Er hatte keine Ahnung. Vorsichtig näherten sie sich der Stelle. Ein Baumstamm lag oder besser hing quer über den Weg. Gerade wollte sich Heli darunter durchschieben, als mit einem Mal ein braunes Fellknäuel angesprungen kam.

Erschrocken wich Benno zurück.

„Was ist das?“, schrie Heli auf.

Erst jetzt entdeckte Benno, dass es ein Affe war, der auf Helis Rucksack saß und an den Schnüren knabberte. Was sollte er jetzt tun? War das Tier gefährlich? Obwohl ihm die Gedanken durch den Kopf schwirrten, bewegte sich sein Körper schon auf den Affen zu und versuchte, ihn zu verscheuchen. Der Affe sprang auf den Baumstamm, lief ein Stück weg und fauchte laut.

Schnell eilten Heli und Benno unter dem Baumstamm hindurch. Erst nach ein paar Metern blieben sie stehen und schauten noch einmal zurück. Mittlerweile hatten sich noch zwei Affen um den Angreifer geschart.

„Diese Cappuccinoäffchen sind ja gemeingefährlich“, sagte Heli mit aufgerissenen Augen.

„Die scheinen hier auf die Touris zu warten. Es sah wirklich so aus, als würde der deinen Rucksack öffnen wollen.“

„Und dann? Wollen die unser Toastbrot klauen?“

„Wer weiß. Gesund ist es sicher nicht für die

Kollegen, aber vielleicht einfacher, als irgendwelche Nüsse zu knacken. Oder was die sonst so fressen."

Langsam setzten sie sich wieder in Bewegung.

„Du weißt schon, dass die auf Deutsch nicht Cappuccinoaffen heißen?", fragte Benno nach einer Weile.

„Was? Das hat doch Anselmo ständig gesagt." Heli schaute sich zu Benno um und blieb stehen. Einige Haarsträhnen hatten sich aus Helis Zopf gelöst. Sie steckte sie hinter die Ohren.

Wenn sie so erhitzt war und angriffslustig schaute, sah sie unwiderstehlich aus, dachte Benno. Wieder meldete sich sein Herz. Oh nein, er würde sich doch jetzt nicht in Heli verlieben? Das ging auf gar keinen Fall. Schließlich wartete zuhause auf sie ihr Zukünftiger und auch er selbst war nicht wirklich Herr seiner Sinne. Solange er nicht wusste, was er vom Leben wollte, konnte er keine Gefühle zulassen.

„Benno? Ist alles in Ordnung?" Heli war noch einen Schritt auf ihn zu gegangen.

Benno räusperte sich. „Ja klar", sagte er schnell. Er musste diese Gedanken augenblicklich loswerden.

„Also, warum hat Anselmo immer von Cappuccinoaffen gesprochen, wenn die gar nicht so heißen?"

Benno lächelte. „Das weiß ich nun zufällig auch ohne Fritz. Anselmo hat immer von Mono Capuchino gesprochen. Das ist Spanisch und heißt übersetzt Kapuzineraffe."

Auf Helis Stirn bildete sich eine Falte. „Und da hast du mich die ganze Zeit von Cappuccinoäffchen reden lassen? Haben sich schon alle lustig gemacht?"

„Ach Quatsch, eigentlich haben es doch alle so gesagt. Und irgendwie passt es auch mit ihren cremefarbenen Gesichtern und Schultern und dem braunen Körper. Eben wie ein Kaffee mit Milchschaum." Benno konnte nicht anders, er musste Heli am Oberarm berühren. Ihr irritiertes Gesicht war einfach zu anziehend.

„Sag ich doch." Jetzt lächelte Heli erleichtert. „Die sehen aus, wie ein Cappuccino schmeckt. Weißt du was, ich nenne sie weiter so." Erst jetzt schien sie Bennos Hand zu bemerken. Sie schaute Benno an. Ein fragender Ausdruck lag auf ihrem Gesicht.

Schnell zog Benno seine Hand zurück. Hatte er sich nicht gerade noch vorgenommen, seine Gefühle wieder in den Griff zu bekommen?

Sie folgten für ein paar Kilometer dem Waldpfad, entdeckten weiter viele Vögel und sahen die Brüllaffen, wie sie sich schreiend durch die Baumwipfel schwangen. Was der Urwald für Geräusche verbarg, dachte Benno. So völlig anders als ein Waldspaziergang in Deutschland mit dem zarten Vogelgezwitscher.

Allmählich verspürte Benno Hunger. Gerade kamen sie wieder an einer Abzweigung vorbei, die zum Meer führte. Er hatte das Gefühl, lieber dort ein Picknick machen zu wollen, als in diesem Dickicht. Da Heli einverstanden war, bogen sie ab und setzten sich kurz darauf auf den Stamm einer Palme, der weit ins Wasser ragte.

„Hier bietet uns die Natur aber Fotomotive", sagte Heli. Sie trank einige Schlucke aus ihrer Wasserflasche.

„Ich kann dich gern fotografieren, wenn du möchtest." Benno hatte schon den ersten Toast, den sie vom Frühstück als Wegzehrung mitgenommen hatten, verspeist.

„Ja, warum nicht. Zu so einer Kulisse kommt man nicht alle Tage." Heli war bereits aufgesprungen und legte den Rucksack ab. Sie überlegte kurz, dann zog sie ihr T-Shirt über den Kopf und die kurze Hose aus. Ein knallblauer Bikini kam zum Vorschein.

Benno schluckte. Darauf war er nicht vorbereitet gewesen. Er räumte seinen Picknickplatz und versuchte, nicht zu nervös zu wirken.

„Hier, nimm mein Handy", sagte Heli. Sie ging wieder zu der Palme und lehnte sich halb liegend auf den Stamm. Ein Bein baumelte und berührte fast den Sand.

Plötzlich gab Helis Handy ein piepsendes Geräusch von sich, dann wurde das Display schwarz. „Oh, ich fürchte, dein Akku ist leer. Warte, ich nehme mein Handy. Oder hast du einen Fotoapparat mit?"

„Hab ich in der Aufregung um Johanna ganz vergessen", antwortete Heli. „Also, wenn es dir nichts ausmacht, kannst du gerne deins nehmen und mir die Bilder nachher schicken."

Schon während Benno sich auf Heli konzentrierte, nistete sich in seinem Unterbewusstsein ein Gedanke ein. Selbst wenn er Heli die Bilder schicken würde, sie waren noch immer in seiner Galerie. Hoffentlich brachte er es später übers Herz, sie zu löschen.

Benno suchte nach immer neuen Motiven. Mal mit Meer im Hintergrund, mal mit dem Strand, dann mit dem Urwald. Irgendwann hielt er inne. Das musste reichen.

„Danke!", rief Heli von der Palme her. „Soll ich dich auch knipsen?" Sie ging wieder zu ihren Sachen und zog sie über.

In der Zwischenzeit hatte Benno ein paar einfache Naturbilder ohne Heli als Mittelpunkt gemacht. „Nein, lass mal. Mir reicht das."

Gerade als er seinen Rucksack unter der Palme hervorziehen wollte, bückte sich auch Heli nach ihrem. Mit einem Mal war Helis Gesicht so nah wie noch nie. Er schaute ihr in die Augen, roch ihren Duft und spürte ihre Wärme. Ohne zu überlegen, strich er ihr eine Haarsträhne aus dem Gesicht und küsste sie sanft auf die Wange.

Heli wich zurück. Sie atmete heftig. Doch dann huschte ein Lächeln über ihr Gesicht.

„Benno?", hauchte sie. Dabei strich sie sich mit der Hand über die Stelle, die er eben geküsst hatte.

„Entschuldige!", sagte Benno eilig. Er schnappte sich seinen Rucksack und wandte sich ab. „Ich weiß nicht, was eben passiert ist. Es hat mich einfach überkommen. Vergiss es bitte, ja? Ich ..." Er zuckte mit den Schultern und schaute dann wieder zu Heli. Die stand noch immer lächelnd da.

„Ist schon gut", murmelte sie.

Benno hätte sich ohrfeigen können. Wie konnte ihm so etwas passieren? Da hatte er ihr vor einigen Tagen noch gut zugeredet, dass sie ihre Beziehung retten konnte und jetzt brachte er sie in so eine Lage. Das würde er sich nicht verzeihen können. Er holte tief Luft. Andererseits hatte es sich unbeschreiblich schön angefühlt. Und immerhin hatte Heli ihn nicht weggestoßen. Aber was für ein Schlamassel!

Ohne ein weiteres Wort zu reden, machten sie sich auf den Rückweg. Gerade als sie den Nationalpark verließen, kam ihnen Carlos entgegen. Er sah irgendwie zerknirscht aus.

„Ist was mit Johanna?", fragte Heli direkt ohne Begrüßung.

Auch Benno hatte sofort so etwas angenommen.

„Mit Johanna? Nein, alles gut. Um euch habe ich mir Sorgen gemacht. Ihr seid die Letzten, die noch im Park waren. Unser Bus ist schon da. Wir müssen heute noch nach San José. Habt ihr das vergessen?"

Während Carlos gesprochen hatte, hatte er Heli nicht aus den Augen gelassen.

„Oh je, das habe ich wirklich ganz vergessen", sagte sie. „Tut uns leid, Carlos. Wie spät ist es denn?"

„Gleich drei", murmelte Carlos. „Aber macht nichts, jetzt bist du ja da. Komm!" Er trat neben Heli, legte seine Hand auf ihren Rücken und schob sie an, als könnte sie nicht selbst laufen.

Benno kam sich in dem Moment ziemlich überflüssig vor. Auch wenn Carlos von beiden gesprochen hatte, hatte er doch nur Angst um Heli gehabt. Er spürte einen Stich im Herzen, als er den beiden hinterherschaute. Sie unterhielten sich gestenreich. Heli schien von ihren Erlebnissen mit den Äffchen zu erzählen. Benno fand, dass Carlos übertrieben erheitert reagierte. Immer wieder legte er seine Hand auf Helis Rücken oder drückte sie kurz an sich.

Er schaute weg. Was machte er hier eigentlich? Nur weil er seine Gefühle nicht im Griff hatte, musste er nicht andere verurteilen. Er hatte seine Hände zu Fäusten geballt. Schluss jetzt damit. Das hier war ein

Urlaub zur Erholung und zur Suche nach seinem Weg im Leben. Er musste sich nicht extra noch Probleme aufhalsen.

Gerade als sie den Eingang zur Bungalowwiese erreicht hatten, drehte sich Heli zu ihm um. Sie blieb kurz stehen. „Danke für den schönen Ausflug“, sagte sie leise. Dabei berührte sie sanft seine Hand. Dann drehte sie sich um und lief zu ihrem Häuschen.

Bennos Hand brannte wie Feuer. Seine Gedanken überschlugen sich und ließen sich auch nicht einfangen. Wie konnte denn der Urlaub jetzt weiter gehen?

***

Sie stand am Strand und schaute über das Meer. Gerade war die Sonne untergegangen. Ein rötlicher Streifen lag über dem Horizont, darüber ein paar Wolkenbahnen. Aber irgendetwas stimmte nicht. In ihrem Innern brodelte es, obwohl sie die Idylle genoss.

Plötzlich legten sich von hinten zwei Arme um sie und hielten sie vorsichtig fest.

„Wir werden ein wundervolles Paar sein, wenn wir erst verheiratet sind“, sagte eine ihr bekannte Stimme.

Der letzte Schein der Sonne war mit einem Schlag verschwunden. Graue Wolken hatten sich davor geschoben. Sie schnappte nach Luft. Nein, sie konnte

Marius nicht heiraten. Das hatte sie ihm doch deutlich gesagt. Oder hatte er alles falsch verstanden?

„Und wenn wir dann in unserem Haus neben meinen Eltern wohnen, dann zeugen wir unseren Sohn, danach unsere Tochter. Das Leben wird so schön als Familie."

Hastig trat sie einen Schritt nach vorn. Die Arme ließen sie nicht los. Im Gegenteil, durch den erhöhten Druck bekam sie jetzt noch weniger Luft. Sie versuchte, sich aus der Umklammerung zu lösen. Warum akzeptierte Marius denn ihre Entscheidung nicht? Was musste sie denn noch tun? Sie wollte ihm nicht wehtun, konnte aber auch nicht mehr mit ihm zusammen sein. Es fühlte sich an, als würde die Welt immer kleiner, als wäre der Sauerstoff gleich alle. Sie musste ihm noch einmal klar sagen, warum es nicht ging. Mit letzter Kraft riss sie sich von Marius los. „Lass mich in Ruhe", schrie sie aus vollster Kehle über das Meer hinweg. Dann drehte sie sich um. Irritiert schaute sie in sein Gesicht. Der Sand unter ihren Füßen begann, sich zu bewegen. Langsam sank sie immer tiefer in den Schlick. Die Wellen umspülten ihre Beine. Was war mit seinem Gesicht los? Das war nicht Marius. Das war Benno.

„Heli, wach auf!"

Sie schlug die Augen auf. Schwer atmend versuchte sie, sich zu orientieren. Sie saß in einem Bus, die Sonne lugte durch den dichten Wald. Allmählich sickerte die

Erkenntnis in ihr Gehirn, dass sie nicht am Ostseestrand stand. Sie schaute zur Seite. Johanna schaute sie mit großen Augen an.

„Du hast schlecht geträumt, oder?"

Helis Atem beruhigte sich allmählich. Sie probierte ein Lächeln. Doch im selben Augenblick tauchte hinter Johanna Bennos Gesicht auf. Er schaute sie fragend an. Schnell lehnte sie sich zurück und schloss die Augen wieder.

„Es ist alles gut", versicherte sie Johanna.

Gar nichts ist gut, dachte sie insgeheim. Was wollte ihr der Traum denn sagen? Dass ihre Beziehung mit Marius noch nicht abgeschlossen war und schon klopfte der nächste Mann an ihre Tür? Oder klopfte nur ihr Herz? Denn Benno hatte ihr doch zu verstehen gegeben, dass sie das Verhältnis zu Marius wieder kitten konnte. Sie musste nur mit ihm reden.

Aber warum hatte er sie dann auf ihrem gemeinsamen Ausflug durch den Nationalpark geküsst? Und wieso hatten seine Berührungen wie sanfte Stromstöße gewirkt, wurden bei seinem Lächeln ihre Knie weich? Was war nur los mit ihr? War sie nicht hier, um den Kopf frei zu bekommen? Sollte sie nicht besser über ihre Beziehung zu Marius nachdenken?

Ja, sie musste sich endlich dem unguten Gefühl stellen, eine Entscheidung treffen zu müssen. Auch wenn sie das überhaupt nicht wollte. Hätte Marius es nicht einfach bei dem belassen können, was sie sich gemeinsam aufgebaut hatten?

Heli suchte nach ihrer Wasserflasche und nahm einen großen Schluck. Johanna neben ihr hatte die Augen geschlossen.

Aber was hatten sie sich schon aufgebaut? Heli hatte in Berlin ihr Studium beendet und wohnte jetzt wieder bei ihren Eltern in Zinnowitz, bis sich eine Jobidee ergab. Und Marius war gar nicht erst richtig weggekommen. Nach seiner Ausbildung zum Restaurantfachwirt war er bei seinen Eltern eingestiegen, die ein renommiertes Fischrestaurant betrieben. Irgendwann würde er es übernehmen, so viel war klar. Aus seinem Elternhaus war er nie ausgezogen. Natürlich hatten sie gemeinsame Freunde, doch die hatten sich allmählich in alle Winde verstreut und kamen nur noch selten auf die Insel Usedom. Wenn sie es jetzt aus der Ferne betrachtete, war ihre Beziehung schon deshalb zum Scheitern verurteilt, weil Marius unbedingt auf Usedom bleiben wollte und Heli lieber Erfahrungen bei verschiedenen Arbeitsstätten sammeln würde. Die gab es aber nicht in ihrer Heimat. Sie könnte in Fachkliniken oder in Kindergärten arbeiten. In neurologischer Richtung oder in der Psychiatrie, präventiv oder im akuten Bereich. Es gab so viele Möglichkeiten. Noch hatte sie sich für keine entscheiden können. Deshalb wollte sie nach ihrem

Urlaub auf die Suche gehen. Aber wie passte ihre Lebensplanung zu der von Marius?

Johanna stöhnte leise.

„Geht es dir gut? Brauchst du irgendwas?“, fragte Heli und beugte sich zu Johanna. Dabei fiel ihr Blick auf Benno, der weggedöst war. Er hatte sich an das Fenster gelehnt und den Kopf auf seine Jacke gebettet. Bei jeder Erschütterung rutschte er ein Stück tiefer, um kurz darauf wieder nach oben zu ruckeln. Die Brille hatte er vom Kopf genommen und hielt sie in der Hand. Ein warmer Schauer durchflutete ihren Körper. Schnell wandte sie sich wieder Johanna zu.

„Eine Pause wäre nicht schlecht“, antwortete Johanna.

Sie hatte sich zwar von ihrem Schwächeanfall erholt, fühlte sich aber noch immer schlapp. Sie waren nun schon fast drei Stunden unterwegs.

Heli quetschte sich an Johanna vorbei und ging nach vorn zu Carlos. Auch der döste vor sich hin, rutschte aber direkt zur Seite, damit sich Heli neben ihn setzen konnte. Fragend strahlte er sie an.

„Wie lange fahren wir noch nach San José? Können wir eine Pause einlegen?“, fragte sie.

Augenblicklich wurde Carlos ernst. „Du meinst, Johanna braucht eine Pause?“

Heli nickte lächelnd.

„Okay, machen wir.“

Als Heli wieder nach hinten gegangen war, lenkte der Fahrer den Bus in die nächste Parkbucht. In der Ecke entdeckte Heli ein kleines hölzernes Häuschen mit einem eingeschnitzten Herz. War das überall auf der Welt das Zeichen für eine Toilette? Am anderen Ende des kleinen Platzes stand eine etwas größere Hütte. Ein alter Mann mit Strohhut bot Früchte und Getränke an.

„Bevor ihr jetzt aussteigt und weil ich nicht weiß, ob ihr später alle zum Abendbrot erscheint, möchte ich euch sagen, dass wir für die nächsten drei Tage einen anstrengenden Trip geplant haben. Wir fahren mit dem Bus zur Halbinsel Osa, schlafen die erste Nacht in La Palma, laufen dann einmal quer durch den Park bis nach Sirena, das schon in Sichtweite des Meeres liegt. Dort übernachten wir in einem Camp mit Schlafsälen und gehen am nächsten Tag am Strand entlang bis nach Carate. Dort holt uns ein Taxi ab, das uns nach Puerto Jiménez bringt. Wieder eine Nacht und dann ab zurück nach San José. Ich sag mal so, es ist keine schwere Wanderung, aber es geht eben mitten durch den artenreichsten Nationalpark Costa Ricas.“ Carlos hielt inne.

„Und das bedeutet?“, fragte Fritz. Er war während Carlos‘ Erzählung immer näher gerutscht.

„Das bedeutet, es wird dir gefallen, da es viele besondere Tiere und Pflanzen gibt. Aber wer ein bisschen ängstlich ist, für den habe ich ein Programm hier in San José zusammengestellt. Mein Cousin wird euch begleiten."

„Was für Tiere?", fragte Karl-Eduard. Er hatte rote Wangen und leuchtende Augen.

„Oh, es gibt wunderschöne Aras", begann Carlos. „Na ja, und Reiher und Tapire." Er hielt inne, dann holte er tief Luft. „Aber eben auch viele giftige Schlangen, Krokodile, große Horden von Pekaris, also Wildschweinen, und Raubkatzen." Er kratzte sich am Hinterkopf. „Jaguar, Puma, Ozelot und so weiter. Ach ja, und Affen. Natürlich, die Affen habe ich vergessen." Carlos lächelte freundlich in die Runde.

„Da kriegen mich keine zehn Pferde hin", quiekte Sieglinde Rübschläger von der ersten Reihe. „Karl-Eduard, wir bleiben in San José. Nachher überfällt uns noch so eine Horde Wildschweine oder frisst uns ein Puma. Nein, das machen wir nicht mit."

Es herrschte kurze Stille im Bus.

„Wie oft gibt es denn Angriffe auf Menschen in diesem Park? Ich meine, wenn du uns dorthin führst, wird es doch auch ziemlich sicher sein, oder?" Es war Dörthe, die als Erste nachfragte.

„No, no, no, das klingt alles schlimm, ist es aber nicht. Ich war in den letzten Jahren sehr oft dort und habe bisher nur einen Puma und ein paar Wildschweine gesehen. Von weitem! Ihr müsst natürlich feste Schuhe anziehen, falls ihr mal auf eine Schlange tretet. Es gehen täglich einige Menschen durch den Park und kommen alle lebend wieder raus." Carlos kicherte. „Okay, überlegt es euch und gebt mir heute Abend Bescheid, wer mitkommt."

Nach der Pause herrschte eine unruhige Stimmung im Bus. Selbst Fritz und Dörthe, die vor Heli und Johanna saßen, schienen über den morgigen Tag zu diskutieren.

„Was machst du?", fragte Johanna. „Ich bleibe auf jeden Fall in San José. Ich denke, ich werde keinen der Ausflüge mitmachen, sondern mich in unserem Hotel an den Pool legen und ausruhen. Wir sind doch wieder im gleichen Hotel wie am Beginn unserer Reise?"

Heli nickte. „Ja, ich denke schon. Schließlich haben wir ja unsere restlichen Sachen dort gelassen." Sie seufzte. „Ehrlich gesagt, ich bin ja schon in manchen Dingen ein ängstlicher Typ. Auf so eine Begegnung mit einem Puma oder Jaguar habe ich nicht unbedingt Lust. Aber wenn ich mir die Beschreibung vom Corcovado Nationalpark durchlese, dass es einer der unberührtesten Flecken Costa Ricas sein soll, dann reizt es mich doch. Ich glaube, ich würde mich ärgern, wenn ich nicht mitfahren würde."

„Das habe ich mir schon gedacht. Und ich würde es genauso machen wie du." Johanna verzog das Gesicht.

„Hast du Schmerzen?", fragte Heli.

Johanna schüttelte den Kopf. Sie hatte wieder die Augen geschlossen. Eine Träne bahnte sich den Weg über ihre Wange.

„Es gibt bestimmt auch in San José schöne Dinge anzuschauen. Vielleicht kannst du dich einen Tag ausruhen und am zweiten den Ausflug mitmachen?“ Heli hatte ihre Hand auf Johannas Arm gelegt.

„Ja, vielleicht“, sagte Johanna. Sie hatte die Augen wieder geöffnet und zog ihren Arm weg. Plötzlich sah sie verändert aus. Sie hatte die Lippen zusammengekniffen, den Blick starr nach draußen gerichtet und zog die Luft scharf ein. „Es gibt sicher eine andere Lösung.“

Nachdenklich lehnte sich Heli in ihrem Sitz zurück. Es war ihr in den letzten Tagen schon häufiger aufgefallen, dass Johanna von einen auf den anderen Moment verändert wirkte. Irgendwie entschlossen. Aber wozu?

Sie fuhren in San José ein. Das quirlige Treiben nahm Helis Aufmerksamkeit in Anspruch. Ja, sie würde diese Tour mitmachen und versuchen, ihr Unbehagen in den Griff zu kriegen.

Tag 7-9 – San José – Halbinsel Osa – San José

Als Heli, mit der sie sich diesmal auch im Hotel ein Doppelzimmer teilte, am nächsten Morgen zum Frühstück verschwunden war, drehte sich Johanna noch einmal im Bett um. Sie hatte Heli versichern können, dass bei ihr alles in Ordnung sei, sie nur keinen Hunger hatte. Natürlich stimmte das nur zur Hälfte. Die Lust auf Essen hielt sich in Grenzen und im Grunde ging es ihr gut. Allerdings hatte sich in den letzten Tagen wieder dieser Gedanke manifestiert, den sie in Ruhe verfolgen wollte.

Warum war sie nur jemals von ihrem Plan abgekommen? Sie hatte sich zuhause doch schon alles zurechtgelegt. Nach einer ausgiebigen Recherche hatte sie sich entschieden. Sie wusste, wie sie es machen wollte. Der einzige Schwachpunkt war das Wo. Aber da war sie sich sicher gewesen, dass sie einen schönen Ort finden würde. War dies hier der geeignete Platz? Die Hauptstadt? Ein Hotelzimmer? Etwas romantischer hatte sie sich es schon vorgestellt.

Johanna schob die Beine aus dem Bett und setzte sich mühsam auf. Sie wackelte mit den Zehen, dann ließ sie ihren Kopf kreisen. Alles fühlte sich gut an. Keine Schmerzen, kein Schwindelgefühl. Sollte sie doch noch einen Tag warten und den Ausflug mit den Zurückgebliebenen unternehmen? Das könnte sie tun und dann heute Abend ... vielleicht.

Sie trat ans Fenster und schaute in die Parkanlage, die zum Hotel gehörte. Palmen und bunte Blumen säumten die Kieswege. In der Mitte strahlte im schönsten Blau ein geschwungener Pool. Weiße Liegen luden zum Ausspannen ein. Johannas Herz begann schneller zu schlagen. Das kam der Kulisse in ihren Vorstellungen schon sehr nahe. Natürlich hatte sie nicht gedacht, von vielen Menschen angegafft zu werden, aber was spielte das schon für eine Rolle. Sie würde es sowieso nicht mehr mitbekommen. Hingegen mit diesem Blick einzuschlafen, das hatte etwas. Außerdem wäre sie wenigstens auch nicht in der freien Natur und würde von irgendwelchen Tieren angeknabbert. Das war ihr dann doch wichtig.

„Du bist auf? Das ist schön! Wie geht es dir jetzt?“ Heli stürmte fröhlich zur Tür herein. „Hier, ich habe dir ein süßes Brötchen und etwas Obst mitgebracht. Kaffee oder Tee, beides da.“

Johanna drehte sich vom Fenster weg. Sicher, sie könnte erst noch ein bisschen vom Obst naschen.

Nirgends hatte sie bisher frischeres gegessen. „Danke", sagte sie und lächelte Heli an.

„Okay, ich muss auch gleich wieder los. Meinen großen Rucksack lasse ich hier, die paar Sachen habe ich gepackt, meine Waschtasche brauche ich noch." Mehr zu sich selbst sprechend huschte Heli durchs Zimmer und sammelte alles zusammen, was für die nächsten drei Tage nötig war. „Ach Mensch, ich finde es total schade, dass du nicht mitkommen kannst." Heli stand jetzt direkt vor Johanna. „Aber du hast recht. Ruh dich aus, lass mal die Seele baumeln und wenn ich wieder da bin, unternehmen wir gemeinsam etwas. Wir könnten uns ja mal unten an der Bar verwöhnen lassen. Was meinst du? Also, falls ich diese Urwaldwanderung überlebe und nicht von Pumas oder Wildschweinen angegriffen werde." Heli verzog das Gesicht und griff sich an den Hals. Dann lachte sie, dabei umarmte sie Johanna. „Na dann, bis bald und alles Gute, ja?"

„Dir auch", flüsterte Johanna. Allerdings war Heli da schon auf dem Weg zur Tür hinaus.

Seufzend ließ sie sich auf ihr Bett fallen. Das war der Grund, warum sie ihr Ziel aus den Augen verloren hatte. Heli und Dörthe, Benno und Simone. Sogar Carlos mit seinen komischen Witzen. Und natürlich Fritz, der immer alles wusste. Oder der arme Karl-Eduard mit seiner Übermutter Sieglinde. Hardy wohl eher nicht, der war mit sich beschäftigt. Aber die anderen. Warum hatte sie zuhause nicht solche Freunde? Waren das denn Freunde? Für diesen Urlaub schon. Ihrer Meinung nach ging es über eine Urlaubsbekanntschaft hinaus. Jedenfalls bei einigen. Bei Heli ganz sicher. Diese junge Frau mit der einnehmenden Energie. Wenn Heli in ihrer Nähe war, schien die Sonne. Zwar hatte es Johanna anfangs genervt, dass Heli doch hinter ihr Geheimnis gekommen war. Andererseits fühlte es sich auch gut an, aufgefangen zu werden. Das hatte sie vorher nicht gekannt.

Sie zog das Tablett mit dem Frühstück aufs Bett und begann ein paar Ananasstücke herauszupicken. Die saftigen Früchte begannen sofort auf der Zunge zu kribbeln. Viel mehr als in Deutschland, wo sie nach der langen Reise reifer waren.

Warum war ihr Leben nur so verlaufen? Wann war sie falsch abgebogen? Wahrscheinlich hatte alles angefangen, als ihr Vater starb. Ihre Mutter hatte sie verlassen, als sie noch ein kleines Kind war. Aber der Vater war immer für sie da gewesen. Sie hatte sich frei entwickeln können. Mehrere Berufe ausprobieren. In dieser Hinsicht verstand sie Karl-Eduard sehr gut. Schließlich war sie bei einem Möbeltischler hängengeblieben. Alte Stücke zu restaurieren oder Neues aus duftendem Holz herzustellen bedeutete ihr großes Glück. Deshalb hatte sie viele Abende und auch öfter die Wochenenden in der Werkstatt verbracht. Die Freundschaften waren auf der Strecke geblieben und irgendwann blieben die Einladungen zu Partys ganz aus. Und dann hatte es noch Jan gegeben, aber der hatte sich letztendlich für eine andere Frau entschieden. Ihr Radius hatte sich auf ihre kleine Wohnung, die Werkstatt und ein paar Läden beschränkt. Er wurde erst erweitert, als sie die Diagnose bekam. Ab da hockte sie mehr bei Ärzten und in Kliniken herum als bei ihren Möbeln zu sein. Ihr Chef war verständnisvoll, ersetzte sie aber doch irgendwann durch einen neuen Mitarbeiter. Von nun an durfte sie noch Hilfsjobs erledigen. Es half ihr auch nicht, dass die Ärztin immer wieder betonte, dass sie selten einen so raschen Fortgang der Krankheit erlebt hatte. Johanna sollte täglich eine Handvoll Medikamente nehmen. Und irgendwann hatte sie die Nase voll. Ihr Leben hatte sich gewandelt. Aber so wollte sie es nicht mehr. Deshalb war der Entschluss gereift.

Sie schob das nächste Stück Ananas in den Mund. Und jetzt traf sie hier auf eine quirlige Gruppe, die das Leben plötzlich wieder lebenswerter machte. Aber sie wollte sich doch nichts vormachen. Nach dem Urlaub ging jeder wieder seiner Wege und sie blieb zurück. Nein! Das wollte sie nie wieder!

Johanna stellte das Tablett auf den Tisch und ging ins Bad, um zu duschen. Danach frisierte sie sich ihre Haare, legte ein leichtes Make-up auf und zog das einzige Sommerkleid an, das sie besaß. Sie schaute in den Spiegel. Ein paar Kilo hatte sie seit dem Beginn der Krankheit schon verloren, doch das stand ihr nicht schlecht. Alles in allem war sie zufrieden mit ihrem Anblick.

Sie zog ein kleines Täschchen aus ihrem Rucksack. Danach legte sie die Tablettenblister auf das Bett. Eine ganze Weile stand sie da und starrte darauf. War es nun also so weit? Was sollte sie mitnehmen? Eine Flasche Wasser in jedem Fall. Ein Buch zur Tarnung? Das war vielleicht nicht schlecht.

Gerade als sie wieder in ihrem Rucksack kramte, klopfte es an die Tür. Der Reflex *Herein!* zu rufen, setzte sofort ein. Im nächsten Augenblick trat Dörthe ins Zimmer.

„Johanna, Liebes, ich wollte nur nochmal nach dir schauen, bevor wir uns auf den Weg machen. Brauchst du noch irgendetwas? Soll ich dir aus der Stadt was mitbringen?“ Dörthe wurde still. „Oh, da hast du aber einen gewaltigen Vorrat an Tabletten. Alles wegen der MS?“

Eilig raffte Johanna die Tabletten zusammen und stopfte sie in das kleine Täschchen. „Ja, die Ärztin meinte, ich soll mal lieber ein paar mehr mitnehmen.

Am Ende stecken wir irgendwo im Busch fest und ich ... na ja, du weißt schon."

Dörthe lächelte. „Da möchte ich gar nicht dran denken. Was meinst du? Möchtest du vielleicht doch mitkommen? Es wird sicher ein entspannter Ausflug. Carlos' Cousin hat uns zwar noch nicht verraten, was wir machen, aber es klang eher nach Stadt als nach anstrengenden Wandertouren."

„Ich bleibe heute lieber hier und ruhe mich aus", antwortete Johanna. Sie versuchte sogar ein Lächeln, obwohl ihr überhaupt nicht mehr danach war. „Aber danke!"

Dörthe nickte und verabschiedete sich. Johanna blies die Luft aus ihren Lungen. Wieder so ein netter Versuch, ihr das Leben zu versüßen. Aber sie spürte, dass ihr Entschluss feststand. Der Motor war angelaufen. Sie schnappte sich die Flasche Wasser und das Buch und ging hinunter. Gerade sah sie den Rest der Gruppe das Hotel verlassen. Sie hatte jetzt also ein paar Stunden Zeit.

***

Obwohl es nur etwa 300 Kilometer bis La Palma auf der Halbinsel Osa waren, brauchten sie fast sechs Stunden für die Fahrt. Trotzdem wurde es nie langweilig, denn Carlos und Fritz wussten so einiges zu berichten. Fritz und Karl-Eduard saßen in der ersten Reihe, dahinter Heli. Hinter dem Fahrer hatte sich Hardy eingenistet und tippte die ganze Zeit abwechselnd auf seinem Handy oder seiner Pulsuhr herum. Die Reihe dahinter belegte Benno. Carlos stand mal hier, mal da oder unterhielt sich mit dem Fahrer.

So ganz wohl hatte sich Heli nicht gefühlt, als sie gehört hatte, dass keine andere Frau dabei sein würde. Und noch unwohler fühlte sie sich, weil Benno ihr offensichtlich aus dem Weg zu gehen schien. Zwar war er freundlich, aber reserviert. Seit gestern hatte sie immer wieder an ihren gemeinsamen Ausflug in den Nationalpark in Cahuita denken müssen. Wie angenehm es gewesen war, mit ihm die Natur zu erkunden. Interessant, witzig und abenteuerlich. Sie musste sich an das Fotoshooting zwischen Palmen und Meer erinnern. Und natürlich an den Kuss. Ob es ihn genervt hatte, dass sie sich immer wieder in Pose geworfen hatte? Aber hatte er sie nicht dazu animiert? Vielleicht sollten Pfarrer so etwas auch nicht tun? Obwohl er ja der evangelischen Kirche angehörte. Da konnte er doch sogar heiraten und eine Familie gründen.

Heli wollte nicht weiter grübeln, aber die Gedanken ließen sich einfach nicht abschütteln. Es konnte natürlich auch sein, dass es mit seiner Selbstfindung zu tun hatte. War er am Ende zu einem Entschluss gekommen? Aber der hatte doch nichts mit ihr zu tun, deshalb konnte er sich ihr gegenüber doch normal benehmen.

„Wisst ihr eigentlich, dass wir schon die ganze Zeit auf der Panamericana fahren? Hier lang geht's nach Alaska und in diese Richtung nach Feuerland." Carlos zeigte stolz einmal nach hinten, dann in Fahrtrichtung. „Das muss traumhaft sein, so viel Zeit zu haben und wirklich dem ganzen Highway zu folgen." Seine Augen begannen zu leuchten.

„Also, historisch gesehen beginnt die Panamericana erst in Mexiko und führt nach Süden. Und auch dort ist sie nicht leicht zu befahren. Da verzweigt sie sich und du kannst verschiedene Routen nehmen, die alle unter dem Begriff geführt werden. Manche Teilstücke kannst du nur in der Trockenzeit befahren und zwischen Panama und Kolumbien wird's ganz schwierig. Durch den Darién Gap, ein bergiges und sumpfiges Regenwaldgebiet, kommst du gut zu Fuß, vielleicht noch mit einem Boot oder Motorrad. Manche haben es auch mit einem Geländewagen geschafft. Mit anderen Fahrzeugen ist es besser, du weichst über die Atlantikküste aus und folgst ab Turbo wieder der Panamericana." Fritz nickte, als er geendet hatte, so als wolle er seine Worte damit bekräftigen.

„Ach Fritz, ich mag dich auch!", seufzte Carlos. „Es geht doch nicht darum, ob die Amis und Kanadier einfach ein Stück dran gemogelt haben oder ob ich wirklich auf direktem Weg der Carretera folge. Ich stelle mir einfach das Lebensgefühl unglaublich vor. Du hast die Freiheit, selbst zu entscheiden, wann du wohin weiterfährst. Das meine ich." Carlos klopfte Fritz auf die Schulter.

Da er im Gang zwischen den Sitzen stand, bückte er sich leicht und schaute aus einem der Seitenfenster. „Ah, Fritz, du weißt doch bestimmt, wo wir jetzt gleich sind?" Carlos schaute weiter aus dem Fenster.

Fritz stand ebenfalls auf und tat es ihm gleich. „Beim Cerro Chirripó sind wir noch nicht", murmelte Fritz. Er kratzte sich am Kopf. „Ich muss passen", sagte er lachend und wandte sich Carlos zu.

„Ich bin enttäuscht, Fritz! Hier irgendwo ist gleich der höchste Punkt der Panamericana zwischen Alaska und Feuerland. Sag nicht, du weißt das nicht." Carlos grinste.

„Ach, natürlich!" Fritz schlug sich mit der flachen Hand an die Stirn.

„Und welcher Berg ist dann hier in der Nähe?"

Fritz schloss kurz die Augen und hob eine Hand. Dann plötzlich schnipste er mit den Fingern. „Ich hab's: Der Cerro de la Muerte, der Gipfel des Todes."

Carlos nickte anerkennend und beide Männer klatschten sich ab.

„Aber warum Gipfel des Todes?", fragte Karl-

Eduard. Er hatte sich seitlich gesetzt und schaute die beiden mit großen Augen an.

Fritz übergab mit großzügiger Geste das Wort an Carlos.

„Früher mussten die Leute den Bergpass noch mit Ochsenkarren überqueren. Der Cerro de la Muerte ist 3.500 Meter hoch. Auch wenn sie nicht über den Gipfel mussten, war es sehr mühsam und es konnte nachts schon mal richtig kalt werden."

Karl-Eduard schaute ehrfürchtig aus dem Fenster.

Heli hatte den beiden Experten interessiert zugehört. Es hatte den Anschein, als würde sich Carlos allmählich damit anfreunden, dass Fritz gut vorbereitet auf die Reise gegangen war. Lächelnd schaute sie zu Benno. Doch kaum hatten sie Blickkontakt, drehte er sich weg. Heli seufzte. Genau das konnte sie jetzt gar nicht gebrauchen. Sie hatte ihre Seele beruhigen und nicht noch mehr Stress haben wollen. Vielleicht war es ja auch ganz gut so, dann konnte sie sich jetzt wieder auf sich konzentrieren und ihre Gefühle für Marius immer mal wieder beobachten.

Kaum hatte sie zu Ende gedacht, setzte sich Carlos neben sie. „Das finde ich sehr mutig von dir, mit in den Corcovado zu kommen."

Heli runzelte die Stirn. „Ist das denn wirklich so gefährlich?"

Schnell schüttelte Carlos den Kopf. „Nein, nein, es

ist nicht ganz wie ein Spaziergang durch einen Stadtpark, aber ich bin ja bei dir und passe auf." Er legte seine Hand auf ihren Unterarm. „Ich freue mich jedenfalls sehr, dass du dabei bist."

Langsam zog Heli ihren Arm unter seiner Hand weg. „Carlos?", fragte sie. Jetzt konnte sie ihn doch mal in ein persönliches Gespräch verwickeln. Es sollte bei ihrer Frage nichts schief gehen, schließlich trug er einen Ring am Finger. „Warten zuhause eigentlich eine Frau und ein paar Kinder auf dich?" Sie zog die Augenbrauen hoch und schaute ihn grinsend an.

Carlos setzte sich gerade hin, dann drehte er sich demonstrativ ihr zu. „Nein, warum fragst du?"

Ups, entweder er log oder sie hatte sich verkalkuliert. „Wegen dem hier." Sie tippte auf den goldenen Ring.

„Ah!" Carlos lachte. „Das ist eine gute Tarnung, falls mich die Frauen meiner Reisegruppe zu attraktiv finden. Den Tipp habe ich von einem Kumpel bekommen. Gut, was?"

Heli verzog das Gesicht. „Ja, tolle Idee!"

„Aber dir verrate ich das jetzt, denn du bist anders. Ich finde dich umwerfend, Heli. Du bist wie ein Kolibri. Immer in Bewegung, aber doch fokussiert." Er lachte über seinen Vergleich.

„Ein Kolibri, aha." Heli stimmte in sein Lachen ein. „Aber Kolibris können fliegen und ich fliege auch bald wieder davon."

„Si, das weiß ich. Aber jetzt bist du hier und allein in so einem schönen Urlaub. Da denke ich doch, dass auch niemand auf dich wartet. Also können wir uns besser kennenlernen. Was meinst du? Am Ende bleibst du doch hier in Costa Rica?“

„Pura vida, was?“, fragte Heli. Ihr Magen schnürte sich zusammen. Carlos meinte das doch hoffentlich nicht ernst.

„Si, Pura vida! Das Lebensmotto der Ticos.“ Carlos suchte wieder nach Helis Arm und schloss ihre Hand in seine.

„Nein, Carlos! Ich brauche keinen Urlaubsflirt. Und ob jemand auf mich wartet, weiß ich auch noch nicht genau.“ Wieder entzog sie ihm ihren Arm.

„Wie, das weißt du nicht? Gibt es jemanden in deinem Leben oder nicht?“

Tja, das genau war die Gretchenfrage. Sie hatte schon ein paar Tage lang ihr Handy nicht mehr angemacht. Vielleicht hatte es Marius aufgegeben und füllte ihr Postfach nicht mehr mit seinen Nachrichten, die alle ähnlich klangen. Sie ließ ihren Blick über die karge und doch grüne Landschaft gleiten. Was wäre, wenn er nicht mehr da wäre? Würde sie sich dann besser fühlen? War es nur die Vergangenheit und die Idee von einer Zukunft, die sie noch hielt, die Marius aber mit einer Frage zerstört hatte? Oder war es wirklich der Mann, in den sie sich verliebt hatte? Wie auch immer, mit Carlos würde sie nichts anfangen und das musste sie ihm jetzt klipp und klar sagen.

„Ja, es gibt einen Mann, der auf mich wartet und der mich heiraten will“, sagte sie. Erschrocken zog sie die Luft ein. Die Worte waren ihr viel zu laut über die Lippen gekommen. Das hatte sicher nicht nur Carlos gehört. Vorsichtig lenkte sie ihren Blick auf die Nachbarbank, auf der Benno saß. Er schaute sie direkt mit seinen grün-braunen Augen an. Dann lachte er kurz auf, nickte ihr zu und wandte sich wieder ab.

Was war das denn jetzt? Er war doch derjenige, der seiner Bestimmung folgte. Jedenfalls, wenn sie sein Verhalten richtig deutete. Dann konnte er doch jetzt nicht beleidigt sein, wenn sie sich auch Gedanken über ihr Leben machte. Sie schob das Kinn nach vorn und lehnte sich wieder zurück.

Carlos hatte die Szene ganz genau beobachtet. Jetzt schaute auch er Heli durchdringend an. „Ach, so ist das“, sagte er nur. „Dann weiß ich ja Bescheid.“ Er stand auf. „Falls du es dir anders überlegst, mein Herz wartet auf dich.“ Er zwinkerte ihr zu und ging wieder nach vorn zum Fahrer.

„Wenn ihr nach links schaut, seht ihr den Cerro Chirripó, den höchsten Berg Costa Ricas. Wer mehr wissen will, kann ja Fritz fragen.“ Damit beugte er sich zum Fahrer und verwickelte ihn in ein Gespräch.

Heli schüttelte den Kopf. Das war alles zu viel auf

einmal. Der eine Mann wartete zuhause auf ihre Hochzeitszusage, der andere möchte einen Urlaubsflirt und der dritte ... tja, der war gerade in seiner eigenen Welt unterwegs. Es war doch besser, wenn sie sich wieder auf sich selbst und ihre Bedürfnisse konzentrierte. Schade, dass Johanna nicht mit war, mit der könnte sie sicher darüber reden. Oder mit Dörthe, die hatte so viel Lebenserfahrung. Sie lehnte ihren Kopf an die Fensterscheibe und ließ die Landschaft an sich vorüberziehen. Und schon bald war sie eingeschlafen.

***

Obwohl der Stadtverkehr vor dem Hotel tobte, empfand es Johanna im Park hinter dem Hotel angenehm ruhig. Sie hatte sich auf eine der Liegen neben dem Pool gesetzt, so dass sie den Eingang zum Hotel sehen konnte. Im Moment war sie allein. Und das wollte sie auch bleiben. Für den nächsten Schritt brauchte sie keine Zuschauer.

Johanna legte das Alibibuch auf die Nachbarliege und nahm die Flasche Wasser in die Hand. Sie drehte den Deckel ab und legte ihn neben das Buch. Bedächtig holte sie das kleine Täschchen aus ihrem Rucksack. Sie spürte, wie ihr Herz beim Anblick der vielen Tabletten höher schlug. Jetzt nur nicht schlapp machen. Es gab keine Alternative, die für sie infrage kam. Das hatte sie doch nun schon hundert Mal durchgekaut.

Sie hob den Blick, um sich wieder zu besinnen. Vielleicht gab es noch schönere Orte, mit Meerblick zum Beispiel. Ja, das hätte sie sich auch gut vorstellen können. Aber im Moment war das Meer weit weg. Und sie wollte den Augenblick nicht verpassen. Ihre Reisegruppe hatte sich auf den Weg gemacht und sie zurückgelassen. Wenn das kein Wink des Schicksals war. Außerdem fand sie es auch hier ganz schön. Das Hotel wirkte einladend. Nicht so groß und unpersönlich. Die Poolanlage war gepflegt, ein paar Palmen und blühende Sträucher gaben Johanna Schutz vor der Weite des Himmels. Nichts über sich zu wissen, hätte sie jetzt nicht ertragen. Dann wäre die Einsamkeit zu sichtbar gewesen. Wobei es ihr dann vielleicht nicht so schwer gefallen wäre. Fiel es ihr denn schwer? Lenkte sie sich nicht nur von dem Unvermeidbaren ab? Die Entscheidung stand fest, es gab kein Zurück.

Langsam löste sie eine Tablette nach er anderen aus dem Blister und ließ sie in die halbvolle Wasserflasche gleiten. Sie zelebrierte es förmlich und mit jedem neuen Aufsprudeln des Wassers rutschte sie tiefer in eine Art Trance. Sie versuchte, keine Gedanken zuzulassen. Das hatte sie bei einem Meditationskurs gelernt. Tauchten doch welche auf, schob sie sie beiseite und machte weiter. Ihr Atem ging allmählich ruhiger. Nur noch ein paar Tabletten, dann war es soweit.

Vollkommen ruhig schob sie das leere Täschchen zu den anderen Sachen. Sie atmete tief ein und aus. Johanna schloss die Augen und genoss noch einmal die Wärme auf ihrem Gesicht. Fast meinte sie, dass sie in diesem Augenblick die Sonne, den Wind, die Geräusche und Gerüche viel deutlicher wahrnahm als jemals sonst in ihrem Leben. Sollte das so sein? Hatten alle Menschen so etwas kurz vor ihrem Ende gefühlt?

Ohne die Augen noch einmal zu öffnen, setzte sie die Flasche an den Mund.

Im nächsten Moment legte sich eine Hand auf ihre und drückte sie nach unten. „Das würde ich nicht tun, meine Liebe!" Eine vertraute Stimme holte sie zurück in die Wirklichkeit.

„Dörthe, was ...?" Johanna blinzelte in die grelle Sonne. Mit einem Mal waren die Eindrücke zu viel. Das Licht zu hell, der Wind zu stark, die Geräusche zu laut.

„Ich habe die Tabletten auf deinem Bett liegen sehen. Und ich kann eins und eins zusammenzählen. Von Anfang an hatte ich das Gefühl, dass wir auf dich aufpassen müssen. Aber dass du so etwas vorhast, habe ich dann doch nicht geahnt." Dörthe hatte sich eine Liege herangezogen und sich neben Johanna gesetzt.

„Du bist doch aber vorhin mit den anderen rausgegangen?", versuchte es Johanna noch einmal.

Sie konnte nicht glauben, was hier gerade passierte.

„Ja, und dann habe ich Migräne vorgetäuscht und bin wieder zurückgekommen. Als du nicht auf deinem Zimmer warst, habe ich an der Rezeption nachgefragt. Und bin Gott sei Dank noch rechtzeitig gekommen."

„Das sehe ich anders", flüsterte Johanna. Eine Träne bahnte sich ihren Weg, lief über die Wange nach unten und kühlte ihren Hals.

„Jetzt sind nur wir zwei hier und wir haben Zeit. Möchtest du mir erzählen, was dich zu so einem Schritt getrieben hat? Das kann doch nicht nur deine Krankheit sein. Die hätte dir noch viel Zeit zum Leben gelassen. Also, was ist es dann?" Dörthe hatte sich so gesetzt, dass sie Johanna Schatten spendete. Sie wollte jetzt nicht nach einem Schirm Ausschau halten. Der Moment, Johanna zum Reden zu bringen, war zu kostbar.

„Ja? Hätte sie? Aber was wäre das denn für ein Leben gewesen? Ich möchte nicht in einem Pflegeheim dahinsiechen, mich nicht mehr bewegen können und darauf warten, dass es endlich vorbei ist. Ich möchte das lieber selbst bestimmen, wenn ich es noch kann." Beinahe hätte Johanna einen Schluck aus der Wasserflasche genommen, doch nicht vor Dörthe. Das ging nicht.

„Das kann ich gut verstehen", sagte Dörthe.

In diesem Satz lag so viel Traurigkeit, dass Johanna

vorsichtig zu Dörthe schielte. „Woher?“, fragte sie nur.

Dörthe nahm einen tiefen Atemzug. Sie lächelte gequält. „Fritz und ich hatten einen Sohn. Er kam mit einer Behinderung auf die Welt, was uns aber nicht davon abhielt, ihn abgöttisch zu lieben. Er war unser kleiner Sonnenschein. Jeden Tag, bis sein Herz aufgehört hat zu schlagen. Und du hast recht, die letzten Monate waren schrecklich. Für uns, weil wir gesehen haben, wie er langsam verschwindet, aber natürlich besonders für ihn. In wachen Momenten konnte er nicht begreifen, warum er nicht aufstehen und spielen durfte, warum er Schmerzen hatte. Ja, Johanna, ich kann dich gut verstehen. Aber weißt du, du hast dich noch einmal hierher auf die Reise gemacht, da war doch sicher auch der Gedanke, noch etwas zu erleben. Oder nicht?“ Dörthe fuhr sich über die Augen.

Johanna war schlecht. Sie hatte kaum etwas gegessen, der Durst plagte sie, aber noch mehr das schlechte Gewissen. Trotzdem! Sie hatte sich diesen Weg ausgedacht. Der hatte nichts mit Dörthes Sohn zu tun. Das war ihre Entscheidung!

„Der Unterschied besteht darin, dass ihr für euren Sohn da sein konntet. So schrecklich es auch ist, ihr durftet ihn in den letzten Tagen oder Stunden begleiten. Bei mir ist da niemand. Ich werde allein sterben. Es gibt keine Familie oder Freunde. Vielleicht ein paar

Bekannte, aber die sollen mich nicht so sehen. Ich ...“ Johanna schloss die Augen. „Ich bin allein!“

Eine ganze Weile saßen die beiden Frauen nebeneinander unter den Palmen am Pool. Von außen sah es vielleicht idyllisch aus, doch in Johanna brodelte es. War sie jetzt sauer auf Dörthe? Weil sie sie gerettet hatte? Oder weil sie von ihrem Erlebnis erzählt hatte? Oder war sie am Ende sauer auf sich selbst? Johanna stöhnte, dann öffnete sie die Augen wieder. Sie wusste nicht, was sie jetzt tun sollte. Erst jetzt bemerkte sie, dass Dörthe sie die ganze Zeit betrachtete. Die Flasche Wasser hatte sie weit weg gestellt.

„Weißt du, was ich gerade denke?“, begann Dörthe. „Eventuell sollte es so sein, dass du genau diese Reise hier machst. Du solltest uns alle treffen, denn wir haben dich in unserer Mitte aufgenommen. Du bist ein Teil unserer Gruppe, ein sehr angenehmer Teil, wenn ich das anmerken darf. Du bist also nicht mehr allein! Wir sind da.“

„Und am Ende fahren alle wieder nach Hause und dann? Du glaubst doch nicht, dass wir Kontakt halten, dass sich irgendwer meiner annehmen würde.“ Johanne schüttelte den Kopf. Das konnte nicht sein, dass Dörthe so naiv war. Wie viele Urlaubsbekanntschaften hatte sie schon geschlossen, Handynummern und E-Mail Adressen ausgetauscht, geblieben war keine einzige davon. Meistens hatten sie sich nicht einmal beieinander gemeldet. So sah doch die Realität aus.

„Nein, da hast du wahrscheinlich recht", antwortete Dörthe. „Hab trotzdem noch ein bisschen Vertrauen in das Leben. Manchmal hält es ein Wunder bereit. Wer weiß? Lass uns noch ein bisschen zusammen weiterreisen. Bitte!"

Dörthes Hand ruhte schwer auf Johannas Arm. „Vertrauen in das Leben? Hoffen auf eine Wunderheilung?" Sie konnte den Sarkasmus nicht aufhalten, obwohl sie wusste, dass sie Dörthe damit wehtat. Aber was sollte sie sonst auch machen? Ihr Plan A schwamm in der Wasserflasche, die ihr Dörthe sicher nicht wiedergeben würde. Einen Plan B hatte sie nicht. „Lass uns reingehen, ich brauche dringend etwas zu trinken. Und vielleicht ein bisschen Schlaf."

„Ist gut!", sagte Dörthe. „Und sei mir nicht böse, wenn ich in deiner Nähe bleibe. Ich möchte dich nicht verlieren."

Der letzte Satz hallte noch lange in Johanna nach. Hatte das schon jemals jemand zu ihr gesagt? Nicht mal ihr Freund, der sie bei den ersten Anzeichen der Krankheit verlassen hatte.

Sie kuschelte sich in das weiche Bett im klimatisierten Raum. Es fühlte sich gut an. Vielleicht sollte sie tatsächlich erst noch die Reise beenden.

Allerdings schwor sie sich, dass sie ihren Plan nicht endgültig aufgeben würde.

***

Als am nächsten Morgen Helis Handywecker um 5.30 Uhr klingelte, hätte sie die Wanderung am liebsten abgesagt. Ihr Kopf dröhnte und sie fühlte sich, als hätte sie drei Nächte durchgefeiert. Eigentlich waren es aber nur kläffende Hunde, die sie immer wieder geweckt hatten und eine harte Unterlage, auf der sie kaum liegen konnte. Bisher hatte sie immer angenommen, dass ihr solche Widrigkeiten nichts ausmachten, doch heute war alles anders.

Sie quälte sich aus dem Bett und hielt im Bad ihr Gesicht unters kalte Wasser. Nach einem kleinen Frühstück, bestehend aus süßem Brot mit Marmelade, etwas Obst und einem starken Kaffee, erwartete sie ein Jeep nebst einheimischem Fahrer. Später stellte sich heraus, dass er Christian hieß, aus Deutschland stammte und sie durch den Nationalpark begleitete. Heli musste sich eingestehen, dass sie seine Anwesenheit beruhigte. Er kannte sich aus, wusste den Weg und wie sie sich bei Begegnungen mit Tieren verhalten sollten. Vielleicht hatte der Respekt vor der Wanderung sie nicht schlafen lassen.

Von ihren Mitstreitern hatten am Frühstückstisch auch nur zwei gesprochen: Fritz und Carlos. Sie hatten sich über die Vegetation und die Tiere Costa Ricas, über die Lebensverhältnisse und die Fußballbegeisterung der Ticos unterhalten. Karl-Eduard hatte dunkle Ringe unter den Augen und Heli ahnte, dass es ihm ähnlich ging wie ihr. Hardy schaufelte tellerweise Obst in sich hinein. Das Brot ließ er liegen und statt Kaffee trank er Tee. Heli war es unbegreiflich, wie man so asketisch leben konnte. War das denn das wirkliche Leben, wenn man ständig auf Kalorien achtete und den Puls kontrollierte? Benno hatte zwar recht frisch ausgesehen, war Helis Blicken allerdings ständig ausgewichen. Sie konnte sich schon denken, dass er sich wegen ihrer Aussage zu Marius gestern im Bus so distanziert verhielt. Aber es kam ihr kindisch vor. Er selbst hatte sie doch ermuntert, es noch einmal zu probieren. Und außerdem war sie ihm doch keine Rechenschaft schuldig. Sie konnten doch wenigstens Freunde bleiben. Bei dem Gedanken wurde ihr selbst auch nicht besser. Freunde ... Waren sie das denn überhaupt? Sie kannten sich doch erst ein paar Tage. Aber manchmal purzeln eben auch in ein paar Tagen die Gefühle durcheinander. Und das hatte Benno ganz sicher geschafft. Heli seufzte. Jetzt wollte sie erstmal diese Tour hinter sich bringen und dann konnte sie ja immer noch mit ihm reden. Und das hatte sie fest vor. Sie hasste nichts so sehr wie Schweigen.

Als alle im Jeep saßen, fing Christian direkt an zu plaudern. Dass er ursprünglich aus Bayern kam, dass er sich auf einer Reise nach Costa Rica in das Land und eine Frau verliebt hatte und dass er mittlerweile seit sieben Jahren in La Palma wohnte. Vier Kinder waren auch schon da. Und er würde nie wieder woanders wohnen wollen.

Beeindruckt hatten alle zugehört. Plötzlich stoppte Christian. Sie hatten mittlerweile eine Schotterpiste mit riesigen Schlaglöchern passiert und waren schon mindestens zwanzig Mal durch einen Bach gefahren.

„Die Stelle hier ist immer kniffelig. Damit wir gar nicht erst hängen bleiben, brauche ich ein paar Leute, die das Auto schieben."

Benno, Karl-Eduard und Carlos sprangen sofort aus dem Jeep.

„Hardy, komm", rief Carlos. „Jetzt kannst du deinen Kreislauf gleich mal am Morgen in Schwung bringen."

Als Hardy sich widerwillig nach draußen bequemt hatte, gab Christian ein Zeichen und dank der Schubhilfe blieben sie nicht stecken.

„Ach, Scheiße", schrie plötzlich Hardy auf. „Jetzt sind meine Schuhe nass." Er stand mitten im Bach und zeigte auf seine Füße, als würden die anderen das sonst nicht selbst erkennen.

„Unsere auch“, sagte Benno. „Das passiert wohl, wenn man ein Auto durchs Wasser schiebt.“

„Ja, aber wie sollen wir jetzt die Wanderung überstehen? Ich sag euch gleich, wir werden alle schmerzhafte Blasen bekommen. Die Schuhe reiben doch jetzt. Ich kann es mir echt nicht leisten, meine Füße zu versauen.“

„Nun bleib mal ruhig“, antwortete Christian. „Du wirst heute noch durch ganz andere Gegenden waten. Also, weiter geht's.“

Heli musste insgeheim grinsen. Sicher hätten aus ihrer Reisegruppe alle beruhigend auf Hardy eingeredet. Aber Christian hatte dem Mimöschen gleich jeglichen Wind aus den Segeln genommen.

Als der Jeep das nächste Mal hielt, kletterten alle nach draußen. Heli schaute sich um. Noch standen sie am Rande des Baches in der aufgehenden Sonne. Im breiten Bachbett hatten sich kleine Inseln abgelagert, auf denen Bäume wuchsen. Dahinter lud das flache Land, das Richtung Meer führte, zu einem Spaziergang ein. Doch wenn sie sich umdrehte, hatte sie das Gefühl, dem Ausdruck *Grüne Hölle* auf die Spur gekommen zu sein. So weit das Auge reichte, sah sie eine Wand aus Urwaldbäumen, Farnen und sonstigen Pflanzen. Beinahe hätte sie nach einer Eingangstür in den Dschungel gesucht. Undefinierbare Tiergeräusche drangen bis zu ihnen. Heli schluckte.

„Dort drüben geht's rein", sagte Christian, als sich niemand vom Fleck rührte. Alle schienen von dem Anblick beeindruckt zu sein. „Nach etwa 45 Minuten kommen wir an einer Rangerstation vorbei. Dort müssen wir uns anmelden und für die Übernachtung in Sirena vormerken."

„Wir haben noch nicht mal ein Nachtquartier?", grummelte Hardy, immer noch sichtlich sauer. „Und was ist, wenn in Sirena alles voll ist?"

Christian lachte. „Wir sind ja hier nicht in den Alpen, wo sich die Wanderer in Scharen tummeln. Ich habe es bisher noch nie erlebt, dass wir abgewiesen wurden. Und wenn das so ist, müssen wir es eben morgen wieder probieren."

Ohne auf Hardys Reaktion zu warten, machte sich Christian auf den Weg. Die anderen folgten ihm. Nach dem kurzen Stück über einen Weg bis zum Busch folgten sie einem Trampelpfad. „Falls wir uns mal verlieren sollten, schaut immer nach den gelben Fähnchen. Die bringen euch sicher nach Sirena."

Heli schaute sich um. Sie entdeckte einen gelben Stofffetzen, der an einem Ast baumelte. Das sollte die Beschilderung sein? Sie spürte leichte Panik in sich aufsteigen. Jetzt nur nicht schlapp machen. Vielleicht war es ganz gut, wenn sie nicht am Ende ging. Vorsichtig drehte sie sich um und sah Benno direkt hinter sich. Das fühlte sich gut an.

Noch immer konnte Heli nicht glauben, dass sie sich auf diese Wanderung eingelassen hatte. Anfangs wusste sie nicht, wo sie zuerst hinschauen sollte. Auf die Füße, damit sie nicht auf eine Schlange trat? Oder besser in das scheinbar undurchdringliche Buschwerk, um dem drohenden Angriff eines Jaguars auszuweichen? Oder vielleicht doch lieber nach oben, wo die Affen durchs Geäst jagten? So ging das nicht weiter. Sie musste sich beruhigen und versuchen, die Tour zu genießen.

Allmählich begann sie zu schwitzen. Die feuchte Hitze machte sich schon jetzt bemerkbar. Wie sollte das erst werden, wenn die Sonne höher stand? Noch hatte sie zwei dünne Jacken an, konnte eine ausziehen. Aber kurzärmelig wollte sie nicht weiter wandern.

Sie erreichten die Rangerstation. Christian und Carlos unterhielten sich eine Weile mit den beiden Rangern. Immer wieder brachen die vier in lautes Lachen aus. Dabei wandte sich Christian ihnen zu. Ob die sich über sie lustig machten? Jetzt hätte sie zu gern Spanisch gekonnt.

„Schaut mal, dort", flüsterte Karl-Eduard. Auch er hatte Schweißtropfen auf der Stirn. Mit großen Augen deutete er auf ein Plakat, das an der Wand der Station befestigt war. „Die ganzen Tiere gibt es hier im Busch." Er verzog leicht das Gesicht. „Ich finde die alle ja total faszinierend, aber ich wäre auch froh, wenn sich wenigstens die Hälfte davon heute nicht blicken lassen würde."

Fritz legte seine Hand beruhigend auf Karl-Eduards Schulter. „Mach dir keine Sorgen! Die würden uns nicht hier reinlassen, wenn es ständig zu gefährlichen Tierbegegnungen gekommen wäre. Und die meisten Tiere haben auch Respekt vor uns. Vielleicht haben sie sich sogar schon an die Menschen gewöhnt. Von uns geht keine Gefahr aus. Hier wird ja nicht gewildert oder so."

Die Worte von Fritz beruhigten Heli ein bissen. Auch Karl-Eduard nickte dankbar und schien sich damit selbst zum Weitergehen zu motivieren.

„Okay, die Betten sind gebucht, wir können also starten. Folgt mir einfach. Wenn jemand eine Pause braucht, dann bitte nicht laut rufen, sondern als Stille Post nach vorn schicken. Ich kenne Stellen, bei denen wir uns ausruhen können. Das Gleiche gilt, wenn ihr Fotos machen wollt. Natürlich könnt ihr zwischendurch mal schnell ein Handyfoto schießen; falls ihr aber selbst drauf sein wollt, muss die Gruppe kurz warten. Das ist in Ordnung. Wir haben genug Zeit, sind erst zum Abendbrot angemeldet." Damit stiefelte Christian los.

Die Breite des Weges gab es kaum her, dass sie nebeneinander laufen konnten. Als sich die Vegetation veränderte und durch ausladende Bäume Platz entstand, wandte sich Heli um und lief dann neben Benno her. „Ganz schön unheimlich stellenweise, was? Allein würde ich hier nicht durchlaufen wollen."

Benno schaute sie nicht an. Er zuckte mit den Schultern. „Die Ranger haben vorhin erzählt, dass sich früher mal ein Neuseeländer verirrt hat und eine Woche lang durch den Busch geirrt sei. Also, wenn er das überlebt hat, dann werden wir mit Tourguide auch wieder rausfinden."

„Hey, was ist denn los? Was hab ich dir denn getan?", fragte sie, ohne auf die Schauergeschichte einzugehen. Sie wollte sich lieber nicht vorstellen, nachts allein hier zu sein.

„Pass auf! Du musst wieder vorgehen, der Weg wird schmaler", antwortete Benno.

Na toll, da hatten sie ja schön aneinander vorbeigeredet. Heli beeilte sich, um sich wieder vor Benno einzureihen. Gut, wenn er nicht wollte, dann würde sie ihn eben auch ignorieren.

In den nächsten zwei Stunden entspannte sie sich ein wenig. Der Weg ging auf und ab, was bei der Hitze doch ziemlich anstrengend war. Sie suchte immer mal wieder nach Fritz, um zu schauen, wie es ihm ging. Aber der sah glücklich aus. Klar, ein Biologielehrer im Busch. Was konnte es Schöneres für ihn geben!

Irgendwann wurde es flacher. Die Geräuschkulisse war einmalig. Ein Gekreische, Gezirpe, Gegurgel und zwischendurch immer wieder die Brüllaffen. Ab und an sahen sie Vögel oder Affen, von anderen Tieren war weit und breit nichts zu sehen. Was ja nicht bedeutete, dass sie nicht da waren. Trotzdem konnte Heli die Tour immer mehr genießen.

An einer kleinen Lichtung hielt Christian an. „Hier können wir ganz gut eine Pause machen. Wenn möglich, packt jetzt nicht eure Picknickdecke aus und legt alles Essen bereit. Das könnte dann vielleicht doch ein paar neugierige Tiere anlocken. In eurem Lunchpaket findet ihr ein trockenes Brötchen, eine Banane und einen Riegel. Das muss reichen, bis wir in Sirena sind. Wasser habt ihr ja. Packt am Ende alles wieder ein und lasst nichts liegen. Bis vor einigen Jahren konnten die Touristen allein ohne Guide durch den Nationalpark gehen. Aber dadurch hat auch die Verschmutzung immer mehr zugenommen. Unter anderem deswegen sind wir Guides jetzt mit dabei."

Hinter Heli knackte es. Blitzschnell schaute sie sich um und atmete erleichtert aus. Ein riesiger Vogel, der aussah wie eine übergroße Pute, stolzierte durchs Unterholz. Als sie sich wieder umwandte, sah sie Benno grinsen. Sie schickte ihm grimmige Blicke. Interessanterweise wich er ihr diesmal nicht aus. Für ein paar Sekunden schauten sie sich in die Augen, dann unterbrach Christian den Moment und mahnte zum Aufbruch.

Beim Weitergehen spürte Heli Bennos Anwesenheit in ihrem Rücken umso deutlicher. Was war das denn jetzt wieder gewesen? Konnte sich der Mann nicht entscheiden, ob er sie mochte oder ignorierte?

„Heli, vor dir“, rief er in dem Moment.

Am Klang seiner Stimme erkannte sie, dass es keine gefährliche Raubkatze war, die auf sie wartete. Trotzdem erschrak sie natürlich. In zwei Meter Entfernung entdeckte sie einen blau schillernden Schmetterling, der auch eine Nummer größer als die heimischen in Deutschland aussah. Etwas hatte sich verändert. Durch Bennos Rückendeckung fühlte sie sich geborgener. Sie versuchte, nicht mehr so krampfhaft auf ihre Füße zu schauen, sondern auch mal die Gegend zu betrachten. Sofort tauchten noch mehr Schmetterlinge, ein Kolibri und im Hintergrund ein paar Affen auf. Hatte sie diese bunte Tierwelt bis hierher wirklich nicht wahrgenommen?

An einem der Bäume entdeckte Heli wieder einen gelben Stofffetzen. Sie war sich fast sicher, dass sie nicht viele von der Sorte bisher gesehen hatte. Ob sie allein jemals den Weg hier durchgefunden hätte?

Noch einmal durchquerten sie einen kleinen Bach, dann wurde der Wald lichter und auf einer großen Wiese, an deren Ende das Meer toste, standen einige flache Gebäude mit grünen Dächern und weißen Balustraden an der umlaufenden Veranda.

„Bienvenido – Estacion Biologica Sirena“ stand auf einem Holzschild. Ein paar Fahnen wehten daneben an weißen Stangen.

„Wir sind da“, rief Karl-Eduard. Er hob die Hände zum Himmel und schaute hinterher, als wolle er sich bedanken, dass er das überlebt hatte. Heli konnte ihn gut verstehen. Erst jetzt entdeckte sie, dass Hardy humpelte.

Kaum hatten sie die Station erreicht, zog er seine Schuhe und Socken aus. „Hab ich es nicht gesagt? Alles voller Blasen. Das kann ich morgen vergessen, wie soll ich denn wieder in die Schuhe passen?“

„Das sieht wirklich nicht so gut aus“, sagte Fritz.

„Geht euch erstmal frisch machen. Die Duschen sind dort hinten, danach können wir uns eine Ecke im Matratzenlager aussuchen. Habe sie extra reserviert, damit wir nicht in der Mitte liegen müssen.“ Christian zeigte ihnen den Weg zu den Waschräumen.

Später trafen sich alle auf der Veranda der Rangerstation. Erschöpft ließ sich Heli auf einen der Liegestühle fallen. Von hier hatte man einen grandiosen Blick aufs Meer und auf eine Reihe von Palmen mit dem dahinter liegenden Urwald. Es sah aus, als hätten sie mitten in den Busch eine Schneise geschlagen, um sie zu begrünen und die Station zu bauen. Zu drei Seiten begrenzte die Wiese der Urwald, zu einer Seite das Meer.

Karl-Eduard setzte sich neben sie. „Von hier aus sieht es richtig angenehm aus, was?“ Er grinste Heli an.

„Ja, da hast du recht. Ich bin mir nicht sicher, ob ich morgen nochmal den Rest des Parks durchqueren will.“

„Deswegen und auch weil Hardy so mit seinen Blasen zu kämpfen hat, habe ich Christian gefragt, ob wir nicht am Strand entlang laufen können. Ihm ist das egal, wir sollen das mit der Gruppe klären.“ Karl-Eduard nickte heftig.

„Von mir aus gerne“, antwortete Heli lachend.

Benno hatte sich ein Stück entfernt auf einen der Stühle gesetzt. Er hatte sich ein Buch mitgenommen und schien ganz abgetaucht zu sein. Erst später entdeckte Heli, dass er in der Bibel las. Hatte er die immer mit dabei? Und was ging ihm wohl durch den Kopf?

Nach dem Abendbrot hielt es Heli nicht mehr lange aus. Hundemüde legte sie sich in ihr Stockbett, das ein Moskitonetz umgab. Der Raum hatte weder Fenster noch Türen. Eine Balustrade begrenzte ihn zu allen Seiten. Wenigstens gab es ein schützendes Dach. Sie war froh, dass sie nicht gleich am Rand schlafen würde. Der Urwald mit seinen fremden Geräuschen schien bedrohlich nahe. Doch die Gedanken darüber hätte sie sich sparen können, denn der Schlaf übermannte sie auf der Stelle.

Sie träumte wieder vom Strand. Sie stand mit vielen Leuten dort und alle schauten in eine Richtung. Da sie nichts erkennen konnte, stellte sie sich auf Zehenspitzen und sah einen Hochzeitspavillon. Und dann entdeckte sie Marius. Er stand im schwarzen Anzug dort und schaute sich immer wieder um. Er wartete auf sie. Das fühlte sie jetzt ganz deutlich. Auch die Umstehenden schauten sie an, dann bildeten sie eine Gasse und schoben sie nach vorn. Langsam ging Heli auf den Pavillon zu. Sie hatte das Gefühl, unpassend gekleidet zu sein, schaute aber nicht nach. Denn ein anderer Mann nahm ihre Aufmerksamkeit gefangen. Der Pfarrer, der sie trauen sollte, hatte sich umgedreht und zwei grün-braune Augen leuchteten ihr entgegen. Erschrocken blieb sie stehen und starrte zwischen Benno und Marius hin und her. Marius stand völlig gelassen am Rande ihres Blickfeldes. Er hatte eine Mappe in der Hand. Heli konnte erkennen, dass es sich um einen Kaufvertrag für ein Haus handelte. Ihr wurde schlecht. Was sollte sie jetzt tun? Benno winkte ihr zu, dass sie kommen solle. Er wollte mit der Zeremonie beginnen. Aber Heli konnte sich nicht rühren. Das durfte doch nicht sein! Wie konnte Benno ihr so etwas antun? Sie war doch überhaupt noch nicht bereit für eine Hochzeit. Und für einen Hauskauf mit Schwiegereltern sowieso nicht. Sie schüttelte heftig den Kopf und schrie ...

Verschwitzt schrak sie auf und setzte sich. Sie brauchte eine Weile, um sich zu orientieren. Die Geräusche waren zu verworren. In der Dunkelheit schrien die Brüllaffen und hier in den Betten gaben die Menschen schnarchende oder schmatzende Laute von sich.

Heli legte sich wieder zurück. Ihr Herz pochte noch immer wie wild. Was sollte ihr der Traum sagen? Dass sie doch Marius heiraten sollte? Dass Benno alles dafür tun würde? Aber warum? Genervt schüttelte sie den Kopf. Das war nur ein Traum und hatte nichts mit der Wirklichkeit zu tun. Sie sollte besser noch ein bisschen schlafen, um die nächste Tour zu überstehen.

„Ich würde gerne durch den Busch gehen, aber ich kann natürlich verstehen, dass wir zusammen bleiben wollen." Fritz hob bedauernd die Schultern.

„Ich habe euch ja schon gestern gesagt, dass das nicht gut geht. Mit den Blasen kann ich keine zwei Meter in meinen Wanderschuhen laufen", gab Hardy von sich. Er stand in Flipflops, die sie für die Station hatten mitnehmen sollen, vor ihnen.

„Hast du schon mal drüber nachgedacht, warum wir alle keine Blasen haben, obwohl wir auch im Wasser gestanden haben?" Christian sah übernächtigt aus. Er und Carlos hatten sich am Abend noch mit den Rangern zusammengesetzt. „Vielleicht wäre es besser, du würdest auf deine Gedanken aufpassen. Manchmal gehen auch schlechte Wünsche oder Prophezeiungen in Erfüllung." Er schaute in die Runde. „Also, am Strand entlang."

Als sie über die Wiese liefen und am Meer ankamen, hielt Heli den Atem an. Der Pazifik war schon eine andere Nummer als die karibische Seite. Hohe Wellen türmten sich auf. Trotzdem wirkten sie nicht bedrohlich. Sie hatten so etwas Ursprüngliches. Heli fühlte sich mit einem Mal unbedeutend und klein. Und das tat gut. Sie folgten dem Strand in Richtung Carate, der erste Ort auf der anderen Seite des Nationalparks. Von dort würde sie ein Taxi abholen und nach Puerto Jiménez zur letzten Übernachtung bringen.

Christian, Fritz und Karl-Eduard stapften voraus. Hardy humpelte hinterher. Es schien, als wollte er sich nicht die Blöße geben, noch weiter zurückzufallen. Fast tat er Heli leid.

„Heute geht es dir besser?", fragte Carlos, der sich an Helis Seite gesellte.

Heli lächelte und nickte. Das schlechte Gewissen hatte sie schon ein bisschen geplagt, da Carlos ihr am gestrigen Tag auch aus dem Weg gegangen war. Waren die Männer so empfindlich oder musste sie ihre Ausdrucksweise überdenken?

„Wie gefällt es dir in meinem Land?", fragte Carlos weiter.

„Costa Rica ist toll! Wirklich! So abwechslungsreich! Mal sanft, mal wild. Es gibt unglaublich spannende Tiere und überhaupt ist alles irgendwie bunt." Heli hatte die Arme ausgebreitet und drehte sich einmal im Kreis.

„Ah, das ist gut! Und wie gefalle ich dir als Reiseleiter?"

Sofort hörte Heli auf, sich zu drehen und schaute Carlos irritiert an. Das hatte er doch jetzt nicht wirklich gefragt. Doch Carlos' Gesichtsausdruck war ernst.

„Du meinst, so richtig als Reiseleiter?"

Jetzt legte sich eine Falte auf Carlos' Stirn. „Was denn sonst? Das habe ich doch gefragt."

Heli grinste in sich hinein. Er wollte also nicht wissen, wie er als Mann wirkte. „Na ja, du bist anders als die Reiseleiter, die ich bisher kennengelernt habe. Wobei das auch nicht so viele waren. Aber ich denke, hier sind die Menschen sowieso anders. Eben unkonventioneller, lockerer."

„Und das gefällt dir?"

Heli atmete die frische Seeluft tief ein. Worauf wollte Carlos denn jetzt wieder hinaus? „Ja, das finde ich gut. Vielleicht sogar erstrebenswert. Nur ist das Leben in Deutschland eben ganz anders. Pura vida! Das passt hierher und nicht in meine Heimat."

„Dann bleib doch hier!", sagte Carlos wie nebenbei. Dabei schaute er geradeaus an Heli vorbei.

Aus diesem Mann wurde sie nicht schlau. „Wenn ihr so glücklich seid, braucht ihr sicher keine Therapeuten. Wie kommst du darauf, dass ich hier bleiben will?“

Jetzt wandte sich Carlos doch wieder ihr zu. „Ich habe nur einfach das Gefühl, dass du dich nicht unbedingt nach dem Mann sehnst, der zuhause auf dich wartet und dich heiraten will. Nenn es den siebten Sinn. Ich spüre so etwas. Und du wärst nicht die Erste, die sich nach einem Urlaub dafür entscheidet, in dem Land zu bleiben.“

Seine dunklen Augen leuchteten und Heli hatte das Gefühl, wenn sie nicht gleich wegsah, würden sie sich in ihr Gesicht brennen. Da war er wieder, ihr wunder Punkt. Und Carlos hatte irgendwie ein Gespür dafür, immer mittenrein zu bohren. Eigentlich hatte sie bis zum Ende des Urlaubs nicht mehr darüber nachdenken wollen. Oder wenigstens mal für ein paar Tage. Aber nun überfiel sie direkt wieder das schlechte Gewissen Marius gegenüber. Wie sollte es denn mit ihnen weitergehen, wenn sie wieder zuhause war? Ihr Handy hatte sie schon seit einiger Zeit nicht mehr gecheckt. Ob er ihr noch schrieb? Oder hatte er es mittlerweile aufgegeben? Was wäre wohl, wenn sie wirklich hierbleiben würde? Wäre das ein Land, in dem sie sich eine Zukunft vorstellen könnte?

„Heli, komm!“ Carlos hatte sie plötzlich am Arm gepackt und zog sie vom Meeressaum weg Richtung grüner Urwaldwand. Wobei grün gerade nicht der richtige Ausdruck war.

„Schau, siehst du die Vögel?" Carlos zeigte auf ein Gewusel, das sich zwischen den Zweigen bewegte. Der ganze Wald leuchtete rot-bunt. Was war das?

„Das sind Aras. Du weißt schon, die Papageienvögel."

„Die leben hier einfach so?", fragte Heli. Sie staunte nicht schlecht.

„Wo denn sonst?", fragte Carlos irritiert.

„Nein, ich meine, ich kenne sie nur aus dem Zoo. Es ist beeindruckend, so viele von ihnen hier rumfliegen zu sehen. Die sehen so schön aus."

Benno hatte zu ihnen aufgeschlossen. Auch er schien beeindruckt zu sein. Er hatte die Hände in die Seiten gestemmt und nickte ununterbrochen. „Wahnsinn!", sagte er schließlich. Nachdem er ein paar Fotos geschossen hatte, wandte er sich einfach wieder ab und lief weiter.

Heli schaute ihm hinterher. Irgendwie machte es sie traurig, dass sie nicht mehr miteinander sprachen. Warum musste alles so schieflaufen? Eigentlich hatte sie doch hier ihre wahren Gefühle für Marius finden wollen. Und nun wollte sie der eine Mann überreden, in Costa Rica zu bleiben und bei dem anderen spielte ihr Herz Pingpong. Sie sollte jetzt wirklich bei sich selbst bleiben. Männer brachten doch alles nur durcheinander.

„Belleza, die sehen so schön aus wie du!“

„Ach Carlos, lass uns weiter gehen, ja?“ Mit einem Mal spürte sie die Müdigkeit, die ihr in den Knochen saß. Die gestrige Wanderung und die kurze Nacht hatten doch ganz schön geschlaucht.

Schweigend liefen sie nebeneinander her. Heli saugte die ganze Szenerie in sich auf. Einerseits den wilden Pazifik, andererseits die Aras, die sich ab und an von einem Ast erhoben, eine Runde über den Strand schwebten und sich wieder in das rot-bunte Treiben einfügten.

Sie wollte jetzt einfach nicht mehr über irgendetwas nachdenken. Nur diese besondere Atmosphäre genießen. Selbst als sie die anderen einholten und Karl-Eduard ihr eine riesige Muschel zeigte, die er am liebsten mitgenommen hätte, lächelte sie nur matt. Sie wunderte sich auch nicht über das „Taxi“, das sich als Lieferwagen mit zwei Holzbänken auf der Ladefläche herausstellte und sie über schlammige Wege und durch Wasserlöcher bis nach Puerto Jiménez brachte. Abends war sie einfach froh, in ihrem Bett in einer schlichten Pension zu liegen und sich in den Schlaf flüchten zu können. Kurz bevor sie erlöst wurde, nahm sie sich für die morgige Rückreise nach San José fest vor, sich ohne männliche Einflüsse ihren Gefühlen zu stellen. Sie brauchte endlich Klarheit, auch wenn sie ahnte, dass sie danach noch immer nicht wissen würde, wie ihr Leben weiter verlaufen könnte.

Tag 10 – Vulkan Arenal

Als Benno am übernächsten Morgen in San José die Augen öffnete, fühlte er sich frisch und erholt. Die Tour zum Corcovado-Nationalpark hatte ihm doch einiges abverlangt. Auch wenn es dabei nicht nur um die körperliche Fitness ging.

Er schaute auf die Uhr. Noch nicht mal sieben. Zufrieden drehte er sich um. Da Carlos nicht im Hotel übernachtete, sondern bei seinem Cousin, hatte Benno das große Glück, ein Einzelzimmer zu bewohnen. Er schloss die Augen und versuchte, wieder in den Schlaf zu sinken. Doch die Ereignisse der letzten Tage hatten das Gedankenkarussell schon in Gang gebracht.

Wie war es nur so weit gekommen, dass er sich von dem eigentlichen Sinn seiner Reise hatte ablenken lassen können? Schließlich war er hier, um seinen Beruf als Pfarrer zu hinterfragen. Er wagte es nicht einmal mehr, es als Berufung anzusehen. Obwohl er davon immer überzeugt gewesen war. Nur deswegen hatte er sich durch die Gottesdienste gequält. Er hatte wirklich fest geglaubt, dass es besser werden würde. Dass er sich an das freie Sprechen, an die vielen auf ihn gerichteten

Blicke und vor allem die Erwartungen gewöhnen würde. Aber dem war nicht so. An jedem Morgen, an dem er wusste, dass ihn die Menschen in der Kirche erwarteten, wurde ihm übel. Das ging so weit, dass er sich zur Sicherheit eine Tüte einsteckte, falls er doch ... Nein, daran wollte er nicht denken. Es war Gott sei Dank nie dazu gekommen.

Benno seufzte. Er schob die Bettdecke beiseite und ging ins Bad. Eine Dusche würde ihn sicher auf frische Gedanken bringen. Dabei fiel ihm ein, dass Dörthe am gestrigen Abend noch bei ihm geklopft hatte. Sie hatten für die Rückfahrt von Puerto Jiménez nach San José fast den ganzen Tag gebraucht. Zu viele Autos und LKW auf einer zu schlechten und schmalen Straße. Deswegen waren sie erst nach dem Abendessen im Hotel angekommen. Da Benno sowieso keinen Hunger verspürt hatte, war er direkt auf sein Zimmer gegangen. Er hatte gehofft, dass ihn ein gutes Buch ablenken würde. Und dann stand Dörthe plötzlich vor der Tür. Die Geschichte, die sie ihm dann erzählt hatte, ließ ihn erschauern. Johanna hatte sich das Leben nehmen wollen, aber Gott sei Dank hatte sie Dörthe daran hindern können.

Als er sich nach dem Duschen angekleidet hatte, zog er die Bibel aus seinem Rucksack. Er suchte nach einer geeigneten Textstelle, die ihm für den heutigen Tag Kraft schenken würde. Dörthe hatte sich gewünscht, dass Benno noch einmal mit Johanna redete. Die ganze Sache schien sie sehr mitgenommen zu haben und die Angst, dass es Johanna doch wieder probieren würde, war groß. Benno spürte eine unheimliche Last. Natürlich konnte er mit Johanna reden, ihr vor allem zuhören, falls sie erzählen wollte, aber konnte er ihr auch helfen? Nach allem, was Dörthe gesagt hatte, lag Johannas Problem tiefer. Der Suizidversuch war keine Kurzschlusshandlung, sondern eine geplante Aktion gewesen. Hier sollten eigentlich Psychologen helfen, nicht ein Pfarrer auf Sinnsuche.

Erschrocken hob Benno den Kopf. Hatte er gerade ein Klopfen gehört? Oder kam das aus dem Nachbarzimmer?

„Benno", rief eine leise Stimme.

Er eilte zur Tür und öffnete. Heli stand davor. Sie hatte eine Hand auf den Magen gelegt und sah ihn mit großen Augen an. „Kann ich reinkommen?", fragte sie.

Benno nickte und trat zur Seite.

„Keine Angst, ich möchte dich nicht lange stören. Aber hast du schon von Johanna gehört?"

Du störst nicht, lag ihm auf der Zunge, kam aber nicht über seine Lippen. „Dörthe hat es mir gestern Abend noch erzählt. Wie geht es Johanna?"

Heli hob die Schultern. „Hätte ich es nicht gewusst, ich würde sagen, wie immer. Aber nun weiß ich ja, was sie vorhatte und achte auf jedes kleine Anzeichen. Ich habe die ganze Nacht kaum ein Auge zubekommen."

„Das glaube ich dir gerne." Benno kam sich so unbeholfen vor. Wenn er doch Heli gegenüber wieder so unbedarft sein könnte, wie es am Anfang ihrer Reise gewesen war. Wieso konnte ein einziger Nachmittag und ja, ein Kuss auf die Wange, alles verändern? Er wusste direkt, dass er sich diese Frage nicht zu stellen brauchte. Zwischenmenschliche Beziehungen funktionierten nun mal so. Das sollte er am besten wissen. Schließlich war es schon in vielen Gesprächen in seiner Gemeinde um solche Dinge gegangen.

„Dörthe hat gesagt, du redest noch mal mit ihr?" Noch immer waren Helis Augen riesig. Auch die dunklen Ränder darunter waren nicht zu übersehen.

„Heli, ich kann sehr gerne mit Johanna reden, falls sie das möchte. Weiß sie denn überhaupt schon, dass uns Dörthe eingeweiht hat?"

Wieder hob Heli die Schultern. „Dörthe hat Johanna wohl gesagt, dass sie das nicht für sich allein behalten möchte. Aber da ich es gestern nicht angesprochen habe, denkt Johanna vielleicht, dass wir noch nichts wissen. Ach, es ist zum Mäusemelken. Reicht es nicht, dass die arme Frau sich mit der Krankheit rumplagen muss? Muss sie das dann auch noch ganz allein tun? Ist doch kein Wunder, dass die Menschen an Freitod denken, wenn sie so einsam sind." Heli hatte sich in

Rage geredet und blieb plötzlich still. „Will das dein Gott wirklich, dass so ein lieber Mensch so viel durchstehen muss?“

Benno seufzte. Diese Frage hatte er schon so oft gehört und manches Mal selbst keine Antwort darauf gewusst. „Im Moment ist Johanna nicht allein.“ Er trat näher an Heli heran. Sofort spürte er ihre Nähe. Sein Herz begann wie wild zu pochen. Und obwohl er sie am liebsten in die Arme geschlossen hätte, um sie zu beruhigen, legte er doch nur seine Hand auf ihre Schulter. „Ich versuche, durch ein Gespräch an sie heranzukommen. Ansonsten können wir uns nur so normal wie möglich ihr gegenüber verhalten. Gerade jetzt ist es wichtig, sie nicht in Watte zu packen, sondern ihr Alternativen aufzuzeigen. Vielleicht findet sie darüber wieder den Weg ins Leben.“

„Und welche Alternativen sollten das sein?“ Heli hatte sich nicht von der Stelle gerührt. Ihr Atem ging schnell. Sie schaute zu Benno auf.

Ihre blauen Augen können so viel sagen und so viel sein, dachte Benno. Gerade meinte er, das Meer in ihnen zu entdecken. Eine Wildheit, die er in den letzten Tagen am Pazifik gesehen hatte. „Das weiß ich auch noch nicht. Meistens ergibt sich im Gespräch ein Weg, den der Betroffene gehen kann. Ich hoffe es jedenfalls sehr.“ Benno nahm seine Hand von Helis Schulter und ging ein paar Schritte zurück.

Heli stand noch immer wie angewurzelt da. „Ja, dann hoffe ich, dass sie mit dir reden will.“

Als Heli zur Tür ging, folgte ihr Benno. „Wir sehen uns gleich beim Frühstück“, sagte er.

Heli drehte sich im Flur noch einmal um. Sie öffnete den Mund, schloss ihn aber gleich wieder. Dann nickte sie kurz und verschwand.

„Hola Amigos, ich hoffe, ihr hattet in den letzten Tagen alle viel Spaß! Mein Cousin hat erzählt, dass ihr euch prächtig amüsiert habt.“ Carlos stand im Bus wieder neben dem Fahrer und sprach zu seiner Reisegruppe. Bei seinen Worten schauten sich Dörthe und Heli vielsagend an. Auch Benno konnte nicht anders, als Johanna zu betrachten. Sie saß neben Heli und schaute aus dem Fenster, als ginge sie das alles nichts an. Oder interpretierte er da zu viel hinein? Vielleicht hatte sie am Straßenrand oder in der Ferne gerade etwas Interessantes entdeckt. In diesem Moment spürte er deutlich, wie sich der Charakter seiner Reise verändert hatte. Bis er mit Johanna gesprochen hatte, musste er wohl seine Sinnsuche hintenan stellen.

„Wir fahren heute nach La Fortuna und von da aus zum Vulkan Arenal, dem Lieblingsvulkan von Fritz.“ Carlos zwinkerte Fritz zu. „Er ragt wunderschön über die Stadt. Vor ein paar Jahren ist er auch noch regelmäßig ausgebrochen. Aber nur so, dass er ein bisschen Lava gespuckt und nichts verwüstet hat. Man hätte meinen können, er macht das für die Touristen. Bueno, vielleicht haben wir Glück und er tut uns den Gefallen." Carlos lachte laut auf und wartete, dass seine Gruppe einfiel. Als das aber nur mäßig passierte, fuhr er fort. „Die nächsten beiden Nächte verbringen wir in einer außergewöhnlich schönen Lodge mit direktem Blick auf den Arenal. Besonders die Corcovado-Wanderer haben sich Erholung verdient. Deswegen ist heute auch nichts Besonderes geplant. Von der Lodge aus könnt ihr selbst zu einer Wanderung starten oder euch einfach auf der Terrasse erholen. So wie ich, falls ihr das wissen wolltet." Er schaute Heli vielsagend an.

Langsam zuckelte der Bus Richtung La Fortuna. Benno ließ die abwechslungsreiche Landschaft an sich vorüberziehen. In Gedanken versuchte er, ein Gespräch mit Johanna durchzugehen. Was wäre wohl die beste Idee, sie anzusprechen? Sollte er einfach auf einen Moment warten? In Anbetracht dessen, dass er nicht wusste, wie sich der Rest des Tages gestalten würde, blieb ihm wohl nichts anderes übrig.

Als sie La Fortuna passiert hatten, umrundeten sie in einem großen Bogen den Vulkan. Wie so oft lag die Spitze des imposanten Berges in den Wolken. Benno konnte seine Augen kaum abwenden. Immer wieder staunte er darüber, dass sich der Arenal dunkel und erhaben aus einer grünen Oase erhob. Vor seinem Fenster zogen Palmen und dichtes Urwaldgewächs vorbei und darüber thronte der Berg.

Plötzlich kam der Bus mit quietschenden Reifen zum Stehen.

„Was ist denn jetzt los?“, schrie Sieglinde Rübschläger auf. Sie saß kerzengerade auf ihrem Platz und hatte beide Hände aufs Herz gelegt.

Carlos unterhielt sich kurz mit dem Fahrer. Der hatte seine Hand ausgestreckt und schien Carlos etwas zu zeigen. Carlos drehte er sich mit strahlenden Augen um. Er legte einen Finger auf die Lippen, obwohl nach dem Aufschrei aus der ersten Reihe sowieso niemand mehr etwas gesagt hatte. Alle schauten ihn erwartungsvoll an.

„Kommt mal alle hier rüber an die Fenster“, flüsterte Carlos und zeigte auf die eine Seite des Busses. „Aber möglichst, ohne aufzufallen.“

Möglichst ohne aufzufallen? Benno schüttelte irritiert den Kopf. Er erhob sich und überlegte kurz, ob er sich weiter nach vorn bewegen sollte, denn ansonsten würde er direkt neben Heli treten müssen. Doch da die anderen auch die Seite wechselten, blieb ihm nichts anderes übrig. Er murmelte eine Entschuldigung und schaute dann interessiert aus dem Fenster, ohne sie anzuschauen.

„Ein Jaguar?“, rief Karl-Eduard leise und schaute immer zwischen Fritz und dem Tier hin und her.

Benno streckte sich vorsichtig, damit er Heli nicht berühren musste, die sich ihrerseits noch neben Johanna an die Scheibe gequetscht hatte. Er musste noch ein kleines Stück näher, sonst konnte er das Tier nicht komplett sehen. Einen Jaguar kannte er bisher nur aus dem Zoo. Zuerst entdeckte er ein braun-schwarz gepunktetes Fellknäuel. Erst als sich das Tier streckte, wurde ihm bewusst, dass Knäuel wohl nicht der richtige Ausdruck war. Obwohl sie es im hohen Gras nicht richtig erkennen konnten, schien es eine stattliche Raubkatze zu sein.

„Ich weiß nicht genau“, begann jetzt Fritz. „Es könnte auch ein Ozelot sein.“

Auch Carlos klebte an der Scheibe der Tür und schaute mit großen Augen nach draußen. Dann wechselte er ein paar Worte mit dem Busfahrer. Sie schienen auch darüber zu diskutieren, welches Tier sie vor Augen hatten.

„Da, jetzt sieht man es eindeutig. Die Rosetten sind nicht so klein und punktförmig wie bei einem Jaguar. Auch von der Größe her würde ich meinen, dass es ein Ozelot ist. Der hat nämlich so streifenförmige Rosetten.“ Fritz schaute auf. „Carlos, was meinst du?“

„Si, wir denken auch, dass es ein Ozelot ist. Schade, ich dachte, ich kann euch noch einen Jaguar präsentieren." Es sollte zwar traurig klingen, aber Carlos grinste über das ganze Gesicht. „Da haben wir aber wirklich Glück. Normalerweise warten die hier nicht am Straßenrand."

Als wäre das sein Stichwort gewesen, drehte sich der Ozelot elegant um und verschwand im Dickicht.

„Puh, das war aber trotzdem beeindruckend", konnte sich Benno nicht verkneifen. Er schob sich wieder zum Gang und setzte sich auf seinen Platz.

„Der war wunderschön!", sagte Johanna. Sie hatte rote Flecken im Gesicht. „So ein Tier mal in der freien Natur zu sehen, ist doch viel spannender als im Zoo. Die sehen so stolz und würdevoll aus. Als könnte sie nichts aus der Ruhe bringen, oder?"

Auch Heli schien noch ganz ergriffen zu sein. Allerdings ahnte das Benno mehr, denn auch sie ignorierte ihn. Er seufzte. Was für ein Kindergarten. Und er war der Meister in der Runde. Um sich abzulenken, ließ er sich lieber wieder von der Natur beeindrucken.

Das hielt auch an, als sie die Lodge erreicht hatten. Er kam sich wie bei einem Gewinnspiel vor, bei dem er den Hauptpreis gewonnen hatte. Der flache Häuserkomplex, bei dem die einzelnen Areale verschiedene Höhen hatten, fügte sich wunderschön in eine Parklandschaft ein, die die Gäste mit blühenden Stauden empfing. Im hinteren Teil entdeckte Benno einen Pool. Aber das Unglaublichste war der Ausblick auf den Vulkan. Er schien zum Greifen nah. Wie konnte dieser Riese ausbrechen, ohne diese Lodge zu zerstören? Das konnten doch nur kleine Eruptionen sein.

Auch der Rest der Reisegruppe schien begeistert. Andächtig standen alle da und bestaunten den Blick.

Carlos strahlte. „Da habe ich euch nicht zu viel versprochen, was?"

„Das ist wunderschön, Carlos!", sagte Dörthe. Benno meinte, dass sie abgespannt aussah. Sicher würde ihr die Erholung hier gut tun.

Sie bezogen alle ihre Zimmer und trafen sich dann zu einem kleinen Snack auf der Terrasse.

„Also, ich rühre mich heute hier keinen Schritt weg", sagte Heli gerade, als Benno zur Gruppe kam. Sie hatte sich gemeinsam mit Dörthe, Fritz und Johanna an einen kleinen Tisch gesetzt. Benno schaute sich um. Am Nachbartisch saßen Hardy und Simone sowie Sieglinde Rübschläger und Sohn Karl-Eduard. Unschlüssig, ob er sich an einen Extratisch setzen sollte, wandte er sich zur anderen Seite.

„Hol dir einen Stuhl und setz dich zu uns", rief Fritz.

Benno schluckte. Natürlich wollte er nicht abseits sitzen, aber würde es Heli recht sein? Oder interpretierte er zu viel in die ganze Sache hinein?

Als alle saßen, servierte das Personal Schokokuchen

mit Vanilleeis, angerichtet mit verschiedenen Früchten.

„Sieht ein bisschen wie zuhause aus, oder?“, sagte Dörthe. Sie probierte den Kuchen und schloss verzückt die Augen. „Ist aber auch schön, mal wieder etwas Bekanntes zu essen.“

„Amigos“, begann Carlos, als sich alle zufrieden zurücklehnten. Auch er hatte sich einen Stuhl geholt und sich an den anderen Vierertisch gesetzt, allerdings so, dass er Heli anschauen konnte. „Heute könnt ihr machen, was ihr wollt. Genießt die Ruhe, geht wandern oder wer Lust hat, kann sich sogar eine Massage gönnen. Ist nicht im Preis drin, aber bestimmt angenehm.“ Natürlich folgte sein schallendes Lachen.

„Also, wir gehen auf jeden Fall wandern. Komm, Simone, lass uns aufbrechen.“ Hardy war sofort aufgesprungen und tippte schon wie wild auf seinem Handy herum. „Ich habe schon ein paar schöne Routen rausgesucht. Mal schauen, wie weit wir kommen.“

„Ach Hardy, hier ist es so schön! Lass uns doch heute mal eine Pause machen und die Aussicht genießen.“ Simone wirkte verzweifelt.

„Schon wieder eine Pause? Du hast dich doch in den letzten Tagen schon ausgeruht, während ich den Busch erkundet habe. Nun ist aber mal gut mit dem Müßiggang. Wir sind schließlich nur einmal hier.“

Seufzend stand Simone auf.

Benno horchte in sich hinein, ob er Simone retten könnte und sich stattdessen mit Hardy auf Wanderschaft begeben wollte. Aber selbst bei größter Überredungskunst spürte er keinerlei Lust. Dafür war es hier einfach zu schön und sein Körper noch geschafft von dem letzten Ausflug.

„Ach Hardy, lass Simone doch da und geh mit mir", sagte Fritz. „Allerdings werde ich nicht weit wandern, sondern mir die Pflanzen hier rundherum anschauen. Dabei bist du auch in Bewegung. Ist das ein Angebot?"

„Das ist doch keine wirkliche Bewegung, wenn ich von einem Baum zum anderen schlendere und die Blätter betrachte. Nein, Fritz, heute unternehmen wir mal was zu zweit. Hatten wir auch noch nicht in diesem Urlaub." Damit schob Hardy Simone vor sich her, bis sie im Haus waren.

„Die Arme", flüsterte Dörthe. „Es wäre sicher schön gewesen, hier ein bisschen zusammen zu sitzen und zu plaudern."

„Was bedeutet, dass du lieber hierbleiben möchtest?", fragte Fritz. Er beugte sich zu Dörthe und küsste sie auf die Wange. „Genieß du mal die Gesellschaft der Damen, ich mach mich auf den Weg."

„Kann ich mitkommen?", fragte Karl-Eduard. Und noch ehe seine Mutter protestieren konnte, erhob er sich und folgte Fritz ins Haus.

„Also, das ist doch …! Und ich bleibe hier alleine

zurück?" Sieglinde Rübschläger schüttelte den Kopf. Dann schnaufte sie tief ein und aus und tatsächlich huschte ein Lächeln über ihr Gesicht. „Gut, wenn das so ist, dann werde ich mal schauen, ob es hier eine anständige Massage gibt." Sie stand auf und nickte beim Verlassen der Terrasse den anderen zu. Die konnten sich ein Grinsen nicht verkneifen.

Jetzt wäre eine günstige Gelegenheit, um mit Johanna zu sprechen, dachte Benno. Allerdings müssten dazu auch Dörthe und Heli den Tisch verlassen.

„Carlos, kannst du uns mal zeigen, wo der Spabereich ist? Heli und ich wollten auch mal schauen, ob was für uns dabei ist", sagte Dörthe.

Einen kurzen Moment zögerte Heli, dann nickte sie heftig. „Stimmt genau. Nur mal so interessehalber. Johanna, wir kommen gleich wieder, ja?"

Carlos schaute irritiert. „Sicher? Du wolltest dich doch hier nicht mehr wegbewegen. Später kommen noch andere Gäste, da ist hier bestimmt alles voll."

„Johanna und Benno halten doch die Stellung, stimmt's?" Dörthe lächelte kurz in Bennos Richtung, dann zwinkerte sie ihm zu.

„Also dann, lasst uns gehen!"

Kaum waren die drei weg, fing Johanna an zu lachen. „Das ist doch ein abgekartetes Spiel, oder?"

„Wie meinst du das?", fragte Benno. Ihm war

überhaupt nicht wohl in seiner Haut. Jetzt noch weniger, da Johanna so in die Offensive ging und das gemeinsame Anliegen durchschaut zu haben schien.

„Benno, du bist Pfarrer und ich nicht blöd. Ich weiß auch, dass Heli es weiß. Und ich konnte mir schon denken, dass Dörthe dich mit ins Boot holt. Wem habt ihr es eigentlich noch erzählt?" Mit einem Schlag war die Fröhlichkeit auf Johannas Gesicht verschwunden. Der altbekannte traurige Ausdruck nahm sie wieder gefangen.

Benno räusperte sich. „Ich denke, sonst weiß niemand von deinem Suizidversuch."

Bei seinem letzten Wort zuckte Johanna zusammen. Benno hatte schon bemerkt, dass sie „die Sache" nie wirklich aussprach. Es fühlte sich an, als würde Hoffnung bestehen.

„Und du hast natürlich recht. Dörthe hat mir davon erzählt und mich gebeten, mit dir zu reden. Magst du darüber sprechen?"

„Was gibt's da noch zu reden? Ich habe doch Dörthe alles erzählt. Was willst du denn noch wissen?" Johanna schaute sich nach einer Bedienung um.

„Möchtest du was trinken?", fragte Benno. „Ich kann dir ein Glas Wasser oder etwas anderes bringen lassen."

„Ehrlich gesagt, habe ich Lust auf ein Glas Wein. Im Foyer habe ich gesehen, dass es hier welchen gibt."

Benno stand auf. „Aber du wartest hier auf mich, versprochen?"

Johanna nickte lächelnd, schaute dabei aber in die Ferne in Richtung Vulkan. „Keine Angst, ich stürze mich nicht hier vor aller Augen von der Terrasse. Außerdem habe ich ja Lust auf Wein."

Kurz darauf kam Benno mit zwei Gläsern Weißwein zurück. „So, dann auf unsere Reise", sagte er, als er sich gesetzt hatte, und prostete Johanna zu.

„Wo auch immer die enden wird", antwortete Johanna leise. Nach dem ersten Schluck schloss sie die Augen und lehnte den Kopf zurück.

Benno schaute sie eine Weile an. „Was hattest du eigentlich noch für Träume im Leben?", fragte er schließlich.

Johanna öffnete die Augen einen Spalt breit. Sie stöhnte. „Eigentlich war es nichts Besonderes. Ich habe mir immer den richtigen Mann gewünscht, mit dem ich eine Familie gründen kann. Einen Job, der mich erfüllt und Freunde, die für mich da sind. Luxus war nie das Thema. Dann schon eher Geborgenheit."

„Geborgenheit klingt sehr schön!", antwortete Benno. Er spürte ein Kribbeln in der Magengegend. „Aber es war dir nicht vergönnt, das alles zu bekommen?"

Johanna schüttelte leicht den Kopf. „Meine Mutter hat uns verlassen, ich bin mit einem liebevollen Vater aufgewachsen. Der ist nur leider viel zu früh verstorben. Vielleicht bin ich ein verkorkster Typ, aber ich hatte auch nie echte Freunde. Mal die eine oder andere Freundin. Sobald sich aber das Leben geändert hat, waren die verschwunden. Entweder sind sie wegen eines Jobs weggezogen oder wegen eines Mannes. Dageblieben ist keine. Und in einer Sache muss ich dir widersprechen: Ich hatte mal einen Traumjob. Möbeltischlerei und Restauration hat mich einfach erfüllt. Doch die Krankheit hat auch das zunichte gemacht." Johanna setzte sich plötzlich auf und schaute Benno direkt in die Augen. „Also, Herr Pfarrer, jetzt sag mir, was mich noch am Leben halten soll?"

Benno lächelte. Diese Situation hatte er leider schon ein paar Mal erleben müssen. Er wusste, dass er jetzt nicht mit guten Ratschlägen zu kommen brauchte. „Wie lebst du jetzt mit dieser Krankheit?" Er würde versuchen, sie beim Erzählen zu halten, denn dann gab es immer eine Hoffnung. Schlimmer wäre es, wenn sie nicht mehr sprechen würde.

„Sie kam, sah und wird siegen. Was soll ich dazu sagen. Der Verlauf scheint rasant zu sein, sagt meine Ärztin. Es gab einen Moment in meinem Leben, in dem sich alles gewandelt hat. Ich kann dir nicht genau sagen, was in der Zeit anders war, aber plötzlich war da diese Vision vom freiwilligen Gehen in einer schönen Umgebung. Und sag mal ehrlich: Dahinvegetieren im Pflegeheim oder Einschlafen unter Palmen – was würdest du bevorzugen?“ Johanna hatte sich wieder zurückgelehnt, schaute Benno aber mit großen Augen an.

„Ich verstehe“, sagte Benno nachdenklich. Die nächsten Worte wählte er mit Bedacht. „Doch manchmal kommt es nicht darauf an, was ich bevorzugen würde, sondern wie ich es annehme, was Gott mir vor die Füße legt. Aber ich weiß natürlich, wie schwer das sein kann.“ Er hielt kurz inne und ließ seine Worte wirken. „Wie war die Prognose deiner Ärztin?“

„Ach, so genau kann man das doch nie sagen. Wollte sie auch nicht. Ich weiß nur, bei der Nachricht, dass es einen schnellen Verlauf nimmt, bin ich ausgestiegen. Ob es nun noch zwei oder zehn Jahre gehen würde, es würde doch auf das gleiche Ergebnis hinauslaufen.“ Benno nickte. „Wovor hast du eigentlich Angst, wenn diese Angst größer ist als die vor dem Tod?“

Johannas Augen begannen zu flackern. „Ich kann die Kontrolle über mein Leben nicht verlieren. Das habe ich noch nie getan. Ich muss selbst entscheiden, wann es wie zu Ende geht“, sagte sie tonlos.

„Johanna“, begann Benno vorsichtig, nachdem er ihre Worte hatte sacken lassen. „Ich habe den Eindruck, dass du nicht sterben willst, sondern dass du nicht so leben willst, wie es dir in Zukunft zu drohen scheint."

Johanna schaute ihn unverwandt an. Eine Träne löste sich aus ihrem linken Augenwinkel. Sie wischte sie weg und nippte an ihrem Weinglas.

„Also, was müsste sich ändern, damit du dich traust, mit dieser Krankheit weiterzuleben? Sicher brauchst du dazu Mut und auch Neugier. Doch welche Träume lassen sich trotz allem verwirklichen? Oft hält das Leben auch in der schwierigsten Situation Überraschungen für uns bereit. War nicht eine davon schon das Zusammentreffen mit diesen netten Menschen hier in der Gruppe? Und Dörthe, die dich in deiner einsamsten Stunde aufgefangen hat? Solche Momente kann es auch in Zukunft geben. Vertraue darauf!"

Johanna hatte ihren Blick nicht abgewandt. Es wirkte, als würde sie durch ihn hindurchsehen. Plötzlich blinzelte sie und schloss dann die Augen.

„Kann ich jetzt ein bisschen allein sein?", fragte sie leise.

Benno ließ sich das innere Zucken nicht anmerken. Er wollte Johanna nicht allein lassen. Aber er spürte, dass sie das jetzt brauchte. „Natürlich, Johanna", antwortete er. Er schob seine Hand über den Tisch und legte sie auf ihren Unterarm. „Ich bin für dich da, wenn du mich brauchst."

Als Benno von der Terrasse in die Lobby kam, atmete er auf. Er hatte befürchtet, dass Heli und Dörthe auf ihn warten würden. Aber er konnte sie nirgends entdecken. Also ging er schnurstracks zur Haustür hinaus und beschloss, noch eine kleine Wanderung zu unternehmen. Die wilde Natur rief geradezu nach ihm, auch wenn ihm die Begegnung mit dem Ozelot noch in guter Erinnerung war.

Tag 11 – Canopy Tour

Am frühen Morgen wurde Heli vom Gurgeln der Vögel und dem Schreien der Affen geweckt. Sie schaute auf die Uhr ihres Handys: Noch nicht mal fünf! Ob sie sich jemals an die Urwaldgeräusche gewöhnen könnte? Wahrscheinlich schon, denn die Autogeräusche in Berlin hatten ihr ja auch irgendwann nichts mehr ausgemacht.

Sie drehte sich noch einmal um und sah Johannas entspanntes Gesicht. Am gleichmäßigen Atmen erkannte Heli, dass sie noch fest schlief. Eine Weile schaute sie Johanna dabei zu. Ihre Gedanken wanderten zum gestrigen Abend, der sich noch sehr abwechslungsreich gestaltet hatte. Zum einen schienen sich Hardy und Simone verkracht zu haben, was Heli mal als gutes Zeichen sehen wollte. So kam wenigstens Bewegung in die Beziehung. Natürlich war sie keine Beziehungsexpertin, das überhaupt nicht, aber Stillstand bedeutete selten etwas Gutes. Da sprach sie aus Erfahrung. Marius und sie hatten sich auch kaum noch bewegt. Jedenfalls hatte sie das gedacht, bis er mit seinem Heiratsantrag kam. Spätestens da hätte sie merken müssen, dass sie in verschiedene Richtungen unterwegs waren. Vielleicht standen am Ende sogar die gleichen Träume, nur auf unterschiedlichen Wegen. Das wurde ihr immer deutlicher. Sie spürte, dass sie nicht Marius' Weg der Hochzeit am Strand und einem Leben im Kreise seiner Familie gehen konnte. Das fühlte sich so eng und endgültig an. So, als wäre ihr Leben danach zu Ende. Was nicht heißen sollte, dass sie sich nicht auch mal einen Mann an ihrer Seite wünschte. Auch ein Haus und eine richtige Familie mit Kindern und Hund wäre toll, aber irgendwie freier, freiwilliger und fröhlicher. Oh Gott, sie würde Marius so weh tun müssen, denn als sie gestern mal wieder ihr Handy aktiviert und sich doch in die Nachrichten gewagt hatte, konnte sie zigfach lesen, wie sehr er sie vermisste und das doch sicher alles gut mit ihnen beiden gehen würde. Ihr Magen hatte sich umgedreht. Wie konnte es denn sein, dass sie so lange nicht gespürt hatte, dass sie sich schon längst aus der Beziehung verabschiedet hatte? Natürlich war sie in Berlin gewesen, um zu studieren, aber sie hatten sich doch trotzdem öfter gesehen, in den Semesterferien sogar ab und an Urlaub gemacht.

Heli knabberte an ihrer Unterlippe. Schlafen konnte sie jetzt sowieso nicht mehr. Vorsichtig schnappte sie sich ihre Kleidung, zog sich im Bad an und verließ das Hotelzimmer. Da sie nicht wusste, wie aktiv die wilden Tiere am frühen Morgen waren, ging sie lieber auf die

Terrasse. Natürlich war um diese Uhrzeit noch kein Personal anwesend. Das brauchte sie auch nicht. Sie wollte viel lieber noch weiter ihren Gedanken nachhängen.

Als sie jetzt in dieser traumhaften Umgebung saß, den dichten Urwald mit all seinen Geräuschen vor sich, dahinter den dunkel aufragenden Vulkan, fühlte sie sich stark genug, der Wahrheit ins Auge zu sehen. Ja, um ihren Weg gehen zu können, musste sie sich endgültig von Marius trennen. Je klarer sie ihm gegenübertrat, umso eher konnte er damit umgehen. Der Entschluss machte sie traurig, beflügelte sie aber auch gleichzeitig. Wie konnte so etwas sein? Sie holte tief Luft und strahlte in die aufgehende Sonne. Plötzlich lag das Leben wieder vor ihr. Sie wusste nicht, wohin es sie führen würde, aber sie spürte, dass sie es wieder selbst in der Hand hatte. Und das fühlte sich einfach fantastisch an.

Als sie zu frösteln begann, schaute sie sich um, ob hier irgendwo Decken lagen. Am Vorabend hatte die Bedienung einige ausgeteilt. Doch statt der Decken schaute sie mitten in grün-braune Augen. Wie lange saß Benno schon dort? Und warum lächelte er so?

Beim gestrigen Abendbrot war er sehr wortkarg gewesen. Erst kam er zu spät, dann verließ er die Gruppe als Erster. Allerdings hielt er immer mal wieder

Blickkontakt mit Johanna und das hatte sie und Dörthe beruhigt.

Während Fritz sich mit Karl-Eduard über die Pflanzen und Tiere, die sie bei ihrer Wanderung entdeckt hatten, austauschten, Hardy und Simone sich anschwiegen, Sieglinde Rübschläger zu allem ihren Senf dazugab und von der unglaublichen Massage schwärmte und Carlos einen Schwank nach dem anderen erzählte und dabei immer wieder ihre Reaktion abwartete, hatte Heli den Eindruck, dass Benno und Johanna mit ihren Gedanken weit weg waren. Nur Dörthe und sie konnten das Abendessen nicht so recht genießen. Zu gern hätten sie gewusst, ob Benno bei Johanna weitergekommen war. Als Heli später ins Zimmer gekommen war, hatte Johanna schon geschlafen. Oder vielleicht auch nur so getan.

Und jetzt saß Benno hier und lächelte, als wäre nichts gewesen. Heli spürte ein Grummeln in ihrem Magen aufsteigen. Schließlich waren sie alle drei an Johannas Rettung beteiligt. Da war es doch nur legitim, wenn sie auch alle Bescheid wussten.

Als Heli sich nicht rührte, stand Benno auf und setzte sich direkt neben sie. „Was für ein schöner Morgen, oder?“, begann er.

Heli nickte nur.

„Bist du eine Frühaufsteherin? Oder was treibt dich jetzt schon nach draußen?“

Beinahe hätte Heli geantwortet, dass ihn das nichts anging, aber sie konnte sich gerade noch zurückhalten. Das war doch kindisches Verhalten. Bis eben ging es ihr blendend, also warum sollte sie sich jetzt die Laune verderben lassen. „Die ungewohnten Tiergeräusche haben mich geweckt. Und da das Gedankenkarussell direkt angesprungen war, dachte ich mir, dass ich auch aufstehen könnte."

„Mir ging es ähnlich", sagte Benno. „Worüber hast du denn nachgedacht?"

Heli antwortete nicht gleich. Sollte sie ihm von ihrem Entschluss erzählen, sich endgültig von Marius zu trennen? Nein, das war ihre Entscheidung und ging Benno nichts an. Gerade ihn nicht. „Ich habe mich gefragt, wie dein Gespräch mit Johanna gelaufen ist", sagte sie stattdessen.

Benno lächelte wieder. „Entschuldige, ich hätte euch natürlich schon gestern davon erzählen sollen, aber ich hatte die Kraft nicht mehr." Das Lächeln war verschwunden.

Heli schaute Benno nun doch an. „Warum? Hat sie angedeutet, dass sie doch wieder ..." Den Rest wollte sie lieber nicht aussprechen.

Benno schüttelte den Kopf. „Nein, das hat sie nicht. Ich hoffe sehr, dass ich ein kleines Samenkorn säen konnte, das sich jetzt entwickeln kann. Ich habe das

Gefühl, dass wir sie im Moment in Ruhe lassen sollten. Und im Auge behalten, das sicher auch."

„Von deinen gärtnerischen Ambitionen willst du aber nicht berichten?", fragte Heli. Sie fand es nervig, dass er nicht einfach mit der Sprache rausrückte.

Benno schüttelte den Kopf.

„Und was war so anstrengend dabei?" Vielleicht bekam Heli ja doch noch etwas raus.

„Anstrengend?", fragte Benno stirnrunzelnd. Dann nickte er. „Ach so, du meinst, weil ich gestern Abend so kaputt war?" Er hielt inne und schaute Richtung Arenal. Heute hatte der Vulkan wieder seine weiße Kopfbedeckung aufgezogen. „Dabei ging es eher um mich und um das Problem, von dem ich dir im Bus mal erzählt habe." Wieder stockte er. „Es hat sich einfach gut angefühlt, Johanna zuzuhören und ihr beizustehen. Ich konnte mich in sie hineinfühlen und ihr hoffentlich ein bisschen helfen. Das war einfach ... so erfüllend. So, als wäre ich doch schon immer in die richtige Richtung gegangen und wäre nur mal in einem Labyrinth hängen geblieben. Aber ... wer weiß. Noch habe ich ein paar Tage Zeit, um das herauszufinden."

Heli musste sich eingestehen, dass sie Bennos Problem zwar nicht vergessen, es aber doch irgendwie verdrängt hatte. Warum eigentlich? Sie war doch sonst nicht so uninteressiert an anderen Menschen. Dann kam ihr ein Gedanke. „Benno, darf ich dir dazu etwas sagen?“ Sie wartete seine Reaktion nicht ab, sondern sprach direkt weiter. Aufmerksam schaute er sie an. „Ich hatte nie das Gefühl, dass du in einem Labyrinth herumirrst. Du machst immer den Eindruck, als hättest du jegliche Situation im Blick. Und nicht nur das, in deiner Nähe fühlt man sich einfach geborgen. Du strahlst so was ...“ Sie suchte nach dem passenden Begriff.

„Sag jetzt nicht, dass ich was Heiliges ausstrahle“, fiel ihr Benno lachend ins Wort.

„Vielleicht nicht gleich heilig, aber eben doch so, als würdest du vollkommen in dir ruhen, als hättest du deine Bestimmung im Leben gefunden. Ja, ich glaube, das ist es.“

Bennos Lachen war verschwunden. Er fuhr sich mit den Händen über das Gesicht. „Das freut mich ja, dass ich den Eindruck vermittle. Ich fühle mich leider nicht so. Oder vielleicht doch wieder ein bisschen mehr, seit dem Gespräch mit Johanna. Nur weiß ich auch, zuhause taucht die Angst vor dem Versagen ganz bestimmt wieder auf.“

Darauf wusste Heli auch keine Antwort. „Vielleicht solltest du hier vor Leuten, die du nie wieder sehen wirst, üben?“ Sie lächelte.

„Du meinst, ich sollte einen Gottesdienst abhalten? Ich fürchte, darauf hat nicht jeder Lust. Und ehrlich gesagt, ich auch nicht. Ich wollte mich hier erholen.

Die Reise hat mich ja schon ein Stück weitergebracht. Mal schauen, was wir in den letzten Tagen noch erwarten dürfen." Benno stand auf. „Danke fürs Zuhören, Heli!" Er legte kurz seine Hand auf ihre Schulter, dann verschwand er im Haus. Dabei hatte er sie den berühmten Moment zu lang angeschaut.

Auch Minuten später spürte Heli noch seine Berührung. Irgendetwas hatte in seinen Augen gelegen, das sie bisher noch nie entdeckt hatte. Etwas Warmes, dem sie sich nur zu gerne hingeben würde. Liebevoll! Jetzt rutschte der Begriff in ihr Bewusstsein. Ja, es war liebevoll. Was hatte das zu bedeuten? Seit Tagen spielten sie Katz und Maus, und jetzt? Heli schaute hinüber zum Vulkan. Mittlerweile war die Sonne ganz aufgegangen. Die aufgeregten Tiergeräusche vom frühen Morgen wichen einer gewissen Trägheit. Allerdings fühlte sie sich alles andere als träge. Ihr Herz pochte. Sie konnte es nicht so richtig zuordnen. Und natürlich schob sich der Kuss dazwischen, als würde er sich in Erinnerung bringen wollen. Bennos weiche Lippen, die auf ihrer Wange ruhten. Seine Wärme, sein Geruch.

Als sie das Gefühl hatte, ihr Herz würde ganz aus der Brust springen, stand sie auf. Ein paarmal atmete sie tief ein und aus. Im Haus begann das Leben. Sie sollte sich jetzt ganz schnell beruhigen und mit den anderen den Tag genießen.

„Heute habe ich eine Überraschung für euch!“ Als sich alle nach dem Essen zufrieden zurücklehnten, war Carlos schnell aufgesprungen. „Wer keine Angst vor Pferden oder der Höhe hat, auf den wartet heute ein schöner Ausflug.“

„Pferde? Du meinst, reiten? Und was sollen wir dann noch alles machen? Klettern gehen oder was?“ Sieglinde Rübschläger fächerte sich aufgeregt Luft zu.

„So ungefähr“, antwortete Carlos lachend. „Wir machen eine Canopy-Tour. Also, mit den Pferden zum Wald, dann zu Fuß nach oben wandern und auf Seilbahnen wieder ins Tal schweben. Klingt doch nach Abenteuer, was?“

„Oh, das klingt, als wäre ich raus“, sagte Dörthe. Sie hob lächelnd die Schultern. „Solche Sachen habe ich früher auch zu gerne gemacht, aber jetzt bleibe ich furchtbar gerne mit beiden Füßen auf dem Boden.“

Fritz stimmte Dörthe nickend zu. „Wir vergnügen uns heute nochmal hier in der Gegend.“

„Also, ich habe mich doch schon wieder für eine von diesen zauberhaften Massagen angemeldet. Carlos, da musst du schon eher Bescheid geben.“ Sieglinde Rübschläger schaute ihren Sohn an. „Karl-Eduard, du willst mich doch heute nicht wieder allein lassen?“

Karl-Eduard rutschte unbehaglich auf seinem Stuhl hin und her. Er schluckte.

„Na, jetzt lass den Jungen doch mal was erleben“, mischte sich Fritz ein, der allmählich zum Ersatzvater oder auch -opa mutierte. „Soll er dich in den Spa begleiten und sich langweilen? Das ist ein junger Kerl, der was erleben will.“

Jetzt nickte Karl-Eduard heftig und strahlte Fritz an. Sieglinde Rübschläger zuckte beleidigt mit den Schultern.

„Wir sind auf jeden Fall dabei“, meldete sich jetzt auch Hardy. Er war schon aufgesprungen und es sah aus, als würde er auf der Stelle los wollen.

Simone holte tief Luft. „Ich komme nicht mit“, sagte sie mit fester Stimme.

Heli ahnte, dass der Haussegen bei den beiden schief hing. Schon beim gestrigen Abendessen waren beide sehr ruhig gewesen und Simone hatte versucht, Hardys Blicke zu ignorieren. Vielleicht schaffte sie es ja, sich aus der Umklammerung ihres Mannes zu lösen. Wohin auch immer das führen würde.

„Aha“, sagte Hardy daraufhin. Mit versteinerter Miene verließ er die Gruppe.

Natürlich hatte Heli große Lust, an dem Ausflug teilzunehmen. Vorsichtig schaute sie zu Johanna. Konnte sie sie alleine lassen? So in sich gekehrt, wie sie schon den ganzen Morgen neben ihr saß, hatte Heli kein gutes Gefühl.

Plötzlich straffte Johanna die Schultern und setzte sich gerade hin. „Ich denke, ich komme mit“, sagte sie. Ihr Gesichtsausdruck zeigte Entschlossenheit.

„Si, sehr schön, Johanna! Du bekommst auch das zahmste Pferde“, freute sich Carlos. „Heli, du bist doch sicher dabei, oder?“ Er schaute sie mit leuchtenden Augen an.

Heli lachte und nickte. Als auch Benno seine Zustimmung gegeben hatte, machte sich die Canopy-Gruppe auf den Weg. Sie umrundeten mit dem Bus den Arenal, der allmählich seine Haube beiseite schob. Es versprach ein wolkenfreier Tag zu werden.

In der Nähe von Fortuna hielten sie und versammelten sich mit noch einigen anderen Abenteuerlustigen an einem Pferdestall. Nach der Begrüßung durch die Guides bekamen alle einen Klettergurt und einen Helm. Danach wurden die Pferde verteilt.

Heli hatte eine gescheckte Stute bekommen, die den Namen la pirata trug. Als sie endlich im Sattel saß, schaute sie sich um. Die ersten Reiter hatten sich schon auf den Weg gemacht. Carlos‘ Gruppe sollte die Nachhut bilden.

„Passt alles?“, fragte Heli Johanna, die mit einem Lächeln auf einem Schimmel saß, der die ganze Zeit im Kreis lief.

„Ich glaube schon. Wäre nur gut, wenn er sich irgendwann entscheiden könnte, geradeaus zu laufen."

Zufrieden nickte Heli. So gefiel ihr Johanna viel besser als in den ganzen letzten Tagen. Was auch immer Benno gesät hatte, es schien zu fruchten. Hoffentlich!

„Folgt mir, Amigos", rief Carlos und gab das Startzeichen.

Gerade hatte sich Heli kurz nach Benno umgeschaut, der ganz am Ende der Gruppe auf einem großen braunen Pferd saß. Noch schienen die beiden keine Freunde geworden zu sein. Mit einem hilflosen Blick schaute Benno auf. Als er allerdings Heli sah, begann er zu lachen. Sein Gesicht sprach Bände. Das hier schien eine Herausforderung für ihn zu werden.

Als hätte la pirata nur auf Carlos' Zeichen gewartet, fiel sie direkt in einen leichten Trab, bis er die Spitze der Gruppe erreicht hatte.

„Immer langsam, Heli", rief Carlos ihr zu.

„Du hast gut reden. Das macht Pirat alleine. Ich sitze hier nur drauf." Sie fühlte sich trotzdem hervorragend. Seit ihrem Entschluss von heute Morgen hatte sich etwas in ihr gelöst. Und auf einem Pferd über die Wiesen zu ziehen passte wunderbar dazu.

Carlos schob sich neben sie. Doch sobald er auch nur ansatzweise an la pirata vorbei wollte, legte der an Tempo zu.

„Oh Mann, Carlos, bleib einfach hinter mir, sonst fängt Pirat noch an zu galoppieren“, rief Heli lachend. „Und ich weiß nicht, ob ich das überstehe.“

„Dann stärke ich dir den Rücken“, gab Carlos ebenfalls lachend zurück.

In dem Augenblick beschleunigte Hardy sein Pferd, indem er es mit seinen Füßen antrieb.

„Bist du verrückt?“, rief Karl-Eduard. „Wir sind hier auf keinem Rennen! Lass doch das Pferd so laufen, wie es das gewöhnt ist. Mit Tritten kommst du auch nicht weiter.“ Er hielt kurz inne und schnappte nach Luft. „Entschuldige“, murmelte er dann und ließ sich zurückfallen.

„Hey, das war klasse!“ Johanna ritt jetzt auf der gleichen Höhe. „Du darfst ruhig deine Meinung sagen. Und ich finde es gut, dass du Hardy darauf hingewiesen hast. Er muss doch nicht immer der Erste sein.“

Benno hatte zu ihnen aufgeschlossen. „Er ist wirklich ein sehr ehrgeiziger Typ. Manchmal frage ich mich, wie die sanfte Simone seine unbändige Energie aushält.“

„Ich glaube, gar nicht mehr“, antwortete Johanna, kniff aber gleich darauf die Lippen zusammen.

Benno schaute sie mit gerunzelter Stirn an. „Deshalb die miese Stimmung beim Frühstück?“

Johanna hob die Schultern und nickte leicht.

„Schön, dass du heute dabei bist“, sagte Benno leise.

„Finde ich auch!“ Johanna lächelte.

Nach einer guten halben Stunde hatten sie den Waldrand erreicht und banden die Pferde an. Sie lauschten der Einweisung der Guides und dann ging es an die Besteigung des Hügels. In den Baumwipfeln entdeckte Heli die Plattformen, von denen Carlos ihr während des Ritts erzählt hatte. Die einzelnen Plattformen waren durch Stahlseile verbunden. Heli freute sich auf das Fliegen durch den Wald. Sie schaute sich um und sah, dass Benno als Letzter ging und eine große Lücke gelassen hatte. Ob es ihm nicht gut ging? Unauffällig ließ sie sich zurückfallen. Als sie den höchsten Punkt der Canopy-Tour erreicht hatten, staute sich die Gruppe, denn jetzt mussten alle nach und nach über eine Leiter in die Baumkrone klettern.

„Was ist los?“, fragte sie, als Benno neben ihr stand.

Als er nicht gleich antwortete, trat sie vor ihn und schaute ihn aufmunternd an. „Magst du Pferde nicht?“

Benno lächelte leicht gequält. „Ich mag alle Geschöpfe dieser Erde. Ist doch klar, oder?“

Helis Herz klopfte wieder wie wild. Vielleicht war sie ihm ein wenig zu nahe getreten, also im wirklichen Sinn. Denn als er sie jetzt so anschaute, konnte sie alle Farben in seinen Augen sehen. Den braunen Grundton mit hell- und dunkelgrünen Sprenkeln. Und dann diese Wärme. Sie musste sich lösen, sonst würde sie gleich keinen geraden Satz mehr herausbringen.

„Und was treibt dich dann um?“, versuchte sie, so locker wie möglich zu fragen. Dabei trat sie einen Schritt zurück. Entdeckte sie Enttäuschung in Bennos Blick? Oder spielte ihre Einbildung Streiche?

Benno schnaufte kurz. „Die Höhe ist nicht so mein Ding“, sagte er schließlich.

„Oh!“ Heli schaute noch oben, wo die Ersten sich für die Fahrt am Seil bereitmachten. „Und wieso bist du dann mitgekommen?“

Benno zuckte mit den Schultern. „Vielleicht liebe ich ja die Herausforderung?“

Da es sich für Heli wirklich eher nach einer Frage als nach einer Aussage anhörte, schaute sie ihn eindringlich an. „Noch kannst du das Ganze abbrechen und zurücklaufen. Das wird sicher nicht zum ersten Mal passiert sein.“

Benno schnaufte wieder, dann schaute er nach oben. „Oder ich stelle mich der Aufgabe. Es fühlt sich an, als sollte ich es tun.“

Hm, das war natürlich auch eine Sicht auf die Situation, dachte Heli. Sie beobachtete Benno noch eine Weile, dann gab sie sich einen Ruck. „Also, pass auf! Ich sause als Letzte ins Tal, bleibe also so lange bei dir, bis du loslassen kannst. Wenn du das wirklich willst. Ansonsten fände ich es besser, wenn du jetzt wieder nach unten gehen würdest.“

Wieder schaute ihr Benno tief in die Augen. Es sah

aus, als würden die Gegensätze in ihm einen Kampf ausfechten, denn die Pupillen standen kaum still. „Danke“, sagte er schließlich. Er nahm Helis Hand und drückte sie leicht.

Jetzt war es an Heli, tief durchzuschnaufen. Sie nickte kurz und schaute dann wieder nach oben. Hoffentlich bemerkte er nicht ihr rotes Gesicht, das fühlte sich nämlich so an, als würde es glühen.

In dem Moment ging der erste ihrer großen Gruppe auf Fahrt. Erst hörten sie ein Surren, dann einen erlösenden Schrei und schon war er verschwunden. Während die meisten schon unterwegs waren, fasste Benno nach der Leiter. Schritt für Schritt erklomm er die Stufen. Als Heli neben ihn auf die Plattform trat, war er kreidebleich im Gesicht.

„Benno, du musst das nicht machen. Ehrlich!“ Allmählich machte sie sich wirklich Sorgen um ihn.

„Doch“, presste er zwischen den Lippen hervor.

Der Guide erzählte beiden, wo sie sich festhalten und ab wann sie bremsen sollten. Dann klinkte er Bennos Klettergurt in die Rolle ein und trat einen Schritt zurück. Abstoßen sollten sie sich selbst.

Doch Benno tat nichts. Gut, dass hinter ihnen niemand mehr wartete, dachte Heli. Der Guide schien daran gewöhnt zu sein, denn er schaute entspannt zu.

Allmählich wurde Heli ungeduldig. Sollte sie Benno

noch einmal sagen, dass er auch wieder absteigen konnte? Doch dann fiel ihr etwas ein. Jedenfalls war es einen Versuch wert. Sie trat nah an ihn heran und beugte sich so, dass ihr Mund neben seinem Ohr war. „Benno, stell dir einfach vor, du würdest vor deiner Kirchgemeinde stehen. Das hast du schon oft gemacht und dann doch den Mut verloren, frei zu sprechen. Obwohl du es sicher kannst. Hier gibt es keinen Spickzettel für dich. Jetzt musst du frei sprechen. Und du kannst es, glaube mir! Stoß dich einfach ab und fliege. Du wirst sehen, es ist nicht schwer. Und es wird fantastisch!“

Benno drehte seinen Kopf zur Seite. Seine Lippen berührten ihre Wangen. Nach einer gefühlten Ewigkeit nickte er und stieß sich ab. Er schwebte über das endlos erscheinende Seil hinein in das dichte Grün des Urwalds. Atemberaubend, dachte Heli. Und das war es wohl auch für Benno. Denn erst als er nicht mehr zu sehen war, hörte sie seinen befreiten Schrei.

Erleichtert richtete sie sich auf und nickte dem Guide zu. Er klinkte auch ihren Gurt in die Rolle, zeigte noch einmal, wohin sie ihre Hände legen sollte und nickte freundlich. Mit einem Grinsen im Gesicht stieß sich Heli ab. Und dann ging alles ganz schnell. Ein Gefühl der Schwerelosigkeit setzte ein. Der Fahrtwind blies ihr ins Gesicht. Sie schwebte über den Baumwipfeln, so kam es ihr vor. In der Ferne sah sie den Arenal. Der Himmel über ihr, die Baumkronen so nah, sie fühlte sich unendlich frei. Auch sie konnte einen Schrei nicht unterdrücken. Erst ganz zum Schluss entdeckte sie die Plattform und den Guide, der ihr das Zeichen zum Bremsen gab. Sie drückte die eine Hand, die in einem dicken Lederhandschuh steckte, auf das Stahlseil und wurde augenblicklich langsamer. Sanft schwebte sie auf der nächsten Plattform ein.

Kaum hatte sich Heli vom Seil gelöst, zog Benno sie an sich. Er hielt sie fest umschlungen und sagte kein Wort. Sie meinte, sein Herz schlagen zu spüren. Oder war es ihres? Erst nach einer ganzen Weile bewegte er sich wieder, ließ sie aber noch immer nicht los. „Danke, Heli! Danke, danke, danke! Ohne dich hätte ich das nie geschafft. Das war einfach unglaublich!"

Sanft schob Heli Benno von sich. Sie strahlte. „Ich bin auch noch ganz geflasht. Das war der Wahnsinn!"

Benno legte den Kopf schief. Es schien, als könne er seinen Blick nicht von ihr wenden.

„Du bist wieder dran", sagte Heli schließlich, als er für die nächste Tour an der Reihe war. „Diesmal schaffst du es allein, oder?"

Als wäre das Lächeln auf Bennos Gesicht eingebrannt, hob er die Schultern. „Ich weiß nicht. Zur Sicherheit kannst du mir ja doch nochmal auf die Sprünge helfen." Dann drehte er sich um und ließ sich einklinken.

Schon klar, dachte Heli. Allerdings spürte sie, dass ihr ganzer Körper vibrierte. Lag das noch an der Umarmung? Oder an der Aussicht, Benno wieder nah zu sein? Sie trat diesmal nur kurz zu ihm. „Guten Flug, Benno“, flüsterte sie ihm ins Ohr, dann schob sie ihn sanft an. Lächelnd schaute sie ihm hinterher.

***

Es ging bereits auf Mitternacht zu, als Benno noch immer wie ein Tiger in seinem Zimmer auf und ab lief. Eine ungewohnte Unruhe hatte ihn ergriffen. Er konnte einfach nicht stillsitzen, geschweige denn einschlafen. Probiert hatte er es, war dann aber doch wieder aufgestanden. Auch ein Glas Wasser oder ein Blick in die Bibel hatten nicht geholfen. Also blieb er in Bewegung.

Er konnte es noch immer nicht glauben, dass er sich in die Baumwipfel gewagt hatte. Eigentlich hatte er nicht vorgehabt, sich seiner Höhenangst zu stellen. Einem Impuls folgend hatte er sich dann doch dazu entschieden. Und das nur, um in Helis Nähe zu sein.

Was war das nur für eine Reise? Im doppelten Sinne! Einerseits eine unglaubliche Abenteuerfahrt durch ein reiches Land. Und hier meinte er nicht den Reichtum der Menschen, denn den sah er wenig. Hier ging es um eine Vielfalt der Natur, der Pflanzenwelt und der

Kultur. Alles komplett anders als in der Heimat und deshalb so ungewöhnlich und anziehend zugleich.

Und dann hatte ihm die Reise auch Begegnungen gebracht, die er niemals erwartet hatte. Eigentlich wollte er die Zeit nutzen, um in sich zu gehen, das Leben außerhalb seiner Gemeinde auf sich wirken zu lassen und zu überlegen, welcher Weg in Zukunft der richtige für ihn war. Und dann war da plötzlich Johanna in der Gruppe. Eine Frau, die Hilfe und Beistand brauchte. Auch wenn er nicht genau gewusst hatte, welches Geheimnis Johanna hütete, es hatte ihn trotzdem erreicht. Dörthe, die gute Fee, hatte Johanna aufgefangen und ihn gebeten, sich ihrer anzunehmen. War das jetzt das Zeichen, auf das er gewartet hatte? Konnte er seinem Gefühl vertrauen und seinen Weg als Pfarrer weitergehen?

Aber da war auch noch Heli, die im selben Moment wie Johanna in sein Leben getreten war. Was hatte das zu bedeuten? Musste er sich entscheiden zwischen Berufung und Liebe? Oder konnte er beides in seinem Leben haben?

Benno blieb stehen und schüttelte energisch den Kopf. Was dachte er denn hier? Wie konnte er von Liebe sprechen, wenn Heli noch nicht einmal davon wusste? Er seufzte. Ganz einfach, weil Liebe auch einseitig funktionierte. War es denn Liebe, die er empfand? Oder vielleicht lag es an Helis Ausstrahlung, die ihn in seinen Bann gezogen hatte. Und an der besonderen Umgebung. War nicht im Urlaub immer alles anders? Der italienische Wein schmeckte in Italien auch intensiver als in Berlin. Und selbst die Sanddornmarmelade sagte ihm an der Ostsee mehr zu als in der heimischen Küche. Oder konnte man sich so etwas einbilden?

Nun ließ sich Benno doch auf das Bett sinken. Er musste endlich zur Ruhe kommen und schlafen. Morgen stand wieder ein ereignisreicher Tag bevor. Doch die Müdigkeit wollte ihn nicht übermannen. Immer wieder sah er Helis strahlende Augen vor sich, hörte ihr flüsternde Stimme, spürte ihren Atem auf seiner Haut. Das war unglaublich! Noch heute Morgen hätte er es nicht für möglich gehalten, solche Gefühle zu empfinden und jetzt dachte er über Liebe nach? Allerdings spürte er auch, dass die Gefühle für Heli andere waren, als er sie bisher in seinen beiden Beziehungen empfunden hatte. Und da er sich dort nie sicher gefühlt hatte, war er zu dem Schluss gekommen, dass er nicht Gott und eine Frau lieben konnte. Und nun? Jetzt fühlte er sich beiden so nah. Und doch war da die Ungewissheit, ob er sich auf beides einlassen könnte. Abgesehen davon, dass er sich bei Heli gerade in etwas verrannte, das sie wahrscheinlich gar nicht so empfand, reizte ihn die Vorstellung. Außerdem wusste er ja, dass in der Heimat ein Mann auf sie wartete. Wie konnte er nur solche Gefühle zulassen?

Und trotzdem, er hatte sich vorgenommen, alles anzunehmen, was während der Reise auf ihn zukommen würde. Deshalb konnte er auch ohne Heli dem Gefühl nachgehen. Vielleicht war das eine Art Prüfung für einen Ernstfall, den er irgendwann erleben durfte.

So langsam übermannte ihn die Müdigkeit. Noch kurz vor dem Einschlafen dachte er, dass morgen sicher wieder alles anders sein würde. Wie so oft hatte er abends oder nachts Ideen oder Gedanken, die sich am Morgen als irrsinnig herausgestellt hatten. Er wusste, dass das mit den Hormonen zusammenhing. Und trotzdem schlief er mit einem Lächeln und einem letzten Gedanken an Heli ein.

Tag 12 – Montezuma

Was für ein verregneter Tag! Heli hatte einen Fensterplatz ergattert und ihre Stirn an die kühle Scheibe gelegt. Einerseits liebte sie die Busfahrten, brachten sie doch immer wieder neue Landschaften ins Blickfeld. Andererseits war da auch genug Zeit für die unterschiedlichsten Gedanken. Auch solche, die sie gerade nicht ertragen konnte.

Als sie am Vortag von der Canopy-Tour zurückgekehrt waren, hätte sie Bäume ausreißen können. Sie hatte sich beschwingt wie schon lange nicht mehr gefühlt. Johanna und sie hatten mit Dörthe und Simone zusammen auf der Terrasse gesessen und von dem Erlebnis, durch die Lüfte zu segeln, geschwärmt. Natürlich hatte sie nichts von Benno und seinem Höhenproblem erzählt. Sie hatte viel zu viel Bammel davor, dass Dörthe mit ihrem siebten Sinn Helis Zerrissenheit gespürt hätte.

Was hatte sie da nur getan? Sie seufzte leise. Ach, eigentlich doch nichts Verbotenes. Sie hatte nur dafür gesorgt, dass Benno wieder heil nach unten kam. Und er hatte es dankend angenommen. Mehr war nicht und mehr durfte sie sich auch nicht einbilden. Auch wenn sie jetzt öfter miteinander sprachen, hieß das doch noch lange nicht, dass sie ... Ja, was eigentlich? Sie mochte ihn! Und seit gestern vielleicht auch ein bisschen mehr. Aber sie kannte doch auch seine Meinung. Sie sollte ihre Beziehung zu Marius nicht so leicht aufs Spiel setzen, sondern darum kämpfen. Dass sie sich dagegen entschieden hatte, konnte Benno nicht wissen. Und sie wiederum konnte nicht wissen, wie Benno die Situation gestern empfunden hatte.

Wieder seufzte sie. Diese ganzen Empfindungen trieben sie noch in den Wahnsinn. Erst die Flucht vor ihrer Hochzeit. Und mittlerweile erkannte sie, dass es eine Flucht war. Dann Carlos mit seinen Zwinkerblicken und jetzt Benno, der ihr Herz gehörig schwingen ließ. Wie sollte sie denn da zur Ruhe kommen? Vielleicht hätte sie doch in ein Schweigekloster gehen sollen. Da hätte sie ganz entspannt über alles nachdenken können. Und sich dieses Abenteuer hier entgehen lassen? Niemals! Sie musste einfach wieder zum ursprünglichen Sinn ihrer Reise zurückkommen. Und das war nun mal, ihre Beziehung zu Marius zu überdenken. Oder auch zu ihrem ganzen Leben. Sie wusste ja noch nicht einmal, wohin es sie demnächst verschlagen würde. Allerdings war sie in Sachen Marius zu einem Entschluss gekommen. Und das war doch auch schon was.

Heli lehnte sich wieder zurück und schaute Johanna an, die neben ihr saß. Zwar war sie gestern bei der Canopy-Tour aufgeblüht und hatte am Tisch mit Dörthe und Simone von ihren Eindrücken erzählt, aber seit heute Morgen sprach sie kaum ein Wort.

„Geht es dir nicht so gut?“, fragte Heli. „War das gestern zu viel für dich?“

Johanna lächelte matt und schüttelte den Kopf, sagte aber nichts.

Ratlos schaute Heli sie an. Wenn Johanna nichts erzählen wollte, konnte sie auch nichts machen. Bisher hatte sie es vermieden, doch nun hob sie kurz ihren Blick. Auf der anderen Seite des Ganges saß Benno und ihre Blicke trafen sich. Für einen Moment kehrte das Gefühl aus den Baumwipfeln zurück und sie spürte Bennos Umarmung. Sofort schob sie es beiseite. Auch Benno blinzelte kurz, dann blickte er fragend in Richtung Johanna. Heli zuckte mit den Schultern. Nein, sie konnte ihm nicht sagen, wie es um Johanna stand.

„Was gibt es Schöneres, als Monteverde im Regen zu besuchen“, rief Carlos lachend durch den Bus. „Ihr werdet sehen, wenn in den Nebelwäldern die Tropfen hängen, sieht alles noch gespenstischer aus.“

„Es ist nur fraglich, ob wir auch viele Tiere sehen werden“, antwortete Fritz. Er schaute skeptisch aus dem Fenster.

„Ach Fritz, ich kann dir sagen, den Quetzal

bekommst du auch bei Sonnenschein selten zu Gesicht. Ich war schon so oft hier und habe auch erst zwei von ihnen entdeckt."

„Was ist denn ein Quetzal?", fragte Karl-Eduard.

Fritz und Carlos schauten sich kurz an, öffneten dann beide den Mund und nickten sich dann gegenseitig zu.

„Erzähl du ruhig", sagte Carlos.

„Der Quetzal ist einer der schönsten Vögel Costa Ricas. Er wird auch Göttervogel genannt. Du erkennst ihn sofort an den schillernden grün-roten Federn und dem bis zu 80 Zentimeter langen Schwanzfedern. Eine unglaubliche Schöpfung der Natur. Legenden sagen, dass er Glück bringt. Doch wer ihn tötet, stirbt auch selbst." Während Fritz' Erläuterung war es vollkommen still im Bus gewesen.

„Erzähl doch dem Jungen nicht solche Schauermärchen", brach Sieglinde Rübschläger das Schweigen.

„Mama, ich bin doch keine fünf mehr", antwortete Karl-Eduard. „Fritz, erzähl weiter. Was weißt du noch über den Nebelwald?"

Fritz lächelte Karl-Eduard an und zwinkerte ihm zu. „Neben den uns schon bekannten Raubtierarten wie Jaguar oder Ozelot gibt es unzählige bedrohte Tierarten, die hier leben. Ebenso Pflanzen wie Orchideen, Farne, Lianen, alles ist so beeindruckend und schützenswert, dass nur eine begrenzte Anzahl von Besuchern täglich in den Nationalpark darf. Einige Teile der Wege verlaufen über Hängebrücken, so dass du dem Blätterdach mit seinen unnachahmlichen Geräuschen ganz nah sein kannst." Vor Begeisterung hatte Fritz immer lauter gesprochen.

„Man könnte meinen, du warst schon einmal hier." Dörthe schaute ihren Mann lächelnd an.

Jetzt räusperte sich Fritz. „Ja, in Gedanken war ich schon sehr oft hier. Und ich habe mir Videos angeschaut. Ich bin so gespannt!" Er drückte Dörthes Hand.

Schon ein paar Minuten später hielt der Bus beim Besucherzentrum. Carlos zahlte den Eintritt und steckte jedem aus der Gruppe einen Wegeplan in die Hand. „In drei Stunden treffen wir uns hier wieder, ja? Wir müssen heute noch weiter nach Montezuma."

„Nur drei Stunden?" Fritz schaute ungläubig. „Dann müssen wir los, Dörthe", rief er seiner Frau zu.

„Ach, weißt du was? Nimm doch Karl-Eduard mit, ich schließe mich den Damen an. Falls ihr mich mitnehmt." Dörthe schaute zwischen Fritz, Johanna und Heli hin und her.

„Ich komme auch mit euch", sagte Simone.

Hardy schaute sie mit zusammengekniffenen Augen an und winkte ab. „Mach doch, was du willst", knurrte er, betätigte seine Pulsuhr und ging eilig davon.

„Hier kannst du aber nicht laufen gehen“, rief ihm Carlos noch hinterher, aber Hardy war schon zu weit entfernt oder ignorierte ihn.

„Was ist los bei euch?“, fragte Dörthe und hakte sich bei Simone unter.

„Ich weiß es ehrlich gesagt nicht genau. Eigentlich haben wir noch nicht mal richtig geredet, aber Hardy tut so, als hätte ich unsere Ehe für beendet erklärt. Nur weil ich mal nicht das machen wollte, was er vorschreibt. Vielleicht kann er sich heute mal wieder ein bisschen austoben und ich komme dann besser an ihn heran.“

„Und dann?“, wollte Dörthe wissen. „Weißt du schon, wie es weiter gehen kann, wenn ihr wieder zuhause seid?“

Simone schüttelte den Kopf. „Darüber will ich jetzt nicht nachdenken. Ich weiß ja selbst nicht, was ich mir wünsche.“

„Bist du dir sicher, dass du es noch nicht weißt?“ Dörthe drückte lächelnd Simones Arm.

„Kommt ihr mit?“, rief Heli, die mit Johanna schon ein paar Schritte vorausgegangen war. Sie schaute sich um. Das hatte es ja noch nie gegeben. Weder Carlos noch Benno waren zu sehen. Sie hatte ja fest damit gerechnet, dass Carlos ihr einen ganz besonderen Platz zeigen wollte, bei dem sie ganz sicher diesen Quetzal entdecken würden. Heli lachte in sich hinein. So eine

Frauenrunde war jetzt genau das Richtige für ihren Gemütszustand.

Fritz hatte nicht zu viel versprochen. Die Pflanzen- und Tierwelt im Nebelwaldreservat war atemberaubend. Und tatsächlich fanden die vier Frauen, dass die regennassen Bäume und Sträucher besonderen Charme versprühten. Allerdings waren sie nach nur einer Stunde klatschnass und begaben sich auf den Rückweg.

Als Heli als Erste auf eine der Hängebrücken trat, kam ihnen in etwa der Hälfte Benno entgegen. War er ganz allein unterwegs? Sie hätte schwören können, dass Carlos und Benno zusammen losgegangen waren.

Die Brücke war nicht sehr breit, so dass Benno an den Rand trat und die ihm Entgegenkommenden durchließ. Heli schaute ihn lächelnd an. „Wo ist Carlos?", fragte sie und erkannte an Bennos Gesichtsausdruck, dass er nicht mit dieser Frage gerechnet hätte. „Also, ich meine, seid ihr nicht zusammen losgelaufen?"

Benno hatte die Lippen zusammengekniffen. Er nickte, dann schüttelte er den Kopf. „Wir sind zusammen los, aber dann hat Carlos Bekannte getroffen und sich mit ihnen verquatscht. Ich wollte ja noch was sehen, bevor wir wieder weiterfahren." Wieder nickte er und deutete Heli mit der Hand an, weiter zu gehen.

Heli schluckte. Warum war er so abweisend? Hatte sie etwas falsch gemacht? Sie hatte seine Nähe wieder so deutlich gespürt. Und war da nicht auch ein Flackern in seinen Augen gewesen? Das hatte sie sich doch nicht nur eingebildet.

„Wie sieht's aus, Heli? Willst du Wurzeln schlagen oder wollen wir weiter? Hinter uns kommen auch noch Leute", rief Dörthe, die ganz als Letzte ging.

„Schon gut", murmelte Heli und stapfte weiter, ohne Benno noch einmal anzusehen. Sie versuchte, ihre Gefühle wieder in den Griff zu bekommen. Das hatte sie sich doch im Bus fest vorgenommen. Wie konnte es dann sein, dass ein Blick von ihm genügte und ihr Herz warf alle Vorsätze über Bord? Es wurde Zeit, sich selbst mehr zu schützen. Besser, sie begann damit, eine Mauer um ihr Herz zu bauen.

***

Sie waren mit dem Bus bis Puntarenas gefahren, hatten dann den Golf von Nicoya überquert und zuckelten nun auf einer schmalen Straße bis nach Montezuma. Hier war die letzte Station ihrer Reise. Hier sollte eigentlich alles zu Ende sein.

Die Dämmerung senkte sich allmählich über die Landschaft. Immer wieder entdeckte Johanna das Meer, das vom Sonnenuntergang rot leuchtete. Als würde es sich besonders ins Zeug legen und sie beeindrucken wollen, dachte sie. Wie alles hier in diesem Land. Und wie die meisten in ihrer Reisegruppe. Warum hatte sie nicht auf unsympathische oder egoistische Menschen treffen können? Mussten Heli und Dörthe dabei sein? Die beiden, die sie seit San José nicht mehr aus den Augen ließen. Und in deren Gegenwart sie sich so gut fühlte. Sie wollte das nicht! Sie hatte in der Heimat mit ihrem Leben abgeschlossen und nur noch einen schönen Platz zum Sterben gebraucht. Stattdessen war sie in dem schönsten Land, das sie jemals gesehen hatte, gelandet und reiste mit den nettesten Menschen, die sie kannte, herum. Warum war das so?

In Johanna brodelte es. Gerade fuhren sie in dem kleinen Küstenstädtchen Montezuma ein. Bunte, meist einstöckige Häuser reihten sich entlang des zerklüfteten Strandes. Ab und an zeigten sich Badebuchten. Hier saßen Menschen zusammen am Lagerfeuer, tanzten zu Gitarrenmusik, die jemand spielte oder saßen auf den angrenzenden Steinen und schauten dem Schauspiel der Sonne beim Eintauchen ins Meer zu. Etwas regte sich in Johanna. Es war eine Mischung aus Sehnsucht und Einsamkeit. Sie beneidete die Menschen und wollte doch nicht bei ihnen sein. Wagte es nicht, daran zu denken, wie sie sich fühlen würde, dazuzugehören. Das reichte ihr schon mit ihrer Reisegruppe. Auch hier gehörte sie dazu. Aber in drei Tagen war sie wieder zu Hause und die Wohnung leer. Nein! Sie wollte nicht wieder in die Einsamkeit zurück. Nie wieder!

Natürlich konnte sie Bennos Worte nicht vergessen. Und sie war ihm auch dankbar gewesen, dass er sich ihrer angenommen hatte. Doch die Ideen waren verflogen, die Hoffnung hatte ihr Herz nicht erreicht. Und trotzdem klammerte sich ein kleiner Rest in ihr an Bennos Gewissheit, dass sie doch leben wollte. Wollte sie das wirklich? Wieso konnte sie dann nicht mehr träumen? Wo waren die Lebensgeister, die man zum Überleben brauchte? Oder reichte der bloße Wille, der Schwärze in ihr den Kampf anzusagen? Eine Träne bahnte sich ihren Weg über Johannas Wange. Nicht schon wieder weinen. Dann fühlte sie sich so schwach. Und das konnte sie sich nicht leisten. Auch zum Sterben brauchte sie Kraft. Noch blieb ihr ein Tag. Sie hatte das Gefühl, das war ein schöner Ort, um für immer zu bleiben.

Tag 13 – Montezuma

Heli rannte am Ostseestrand entlang. Obwohl sie riesengroße Schritte machte, hatte sie das Gefühl, nicht vorwärtszukommen. Ihre Füße gruben sich tief in den Sand ein. In der Ferne entdeckte sie die Gästeschar. Sie wusste, dass sie auch wegen ihr gekommen waren. Zu ihrer Hochzeit. Aber warum musste sie sich so beeilen? Warum war sie überhaupt zu spät?

Endlich hatte sie die Gruppe erreicht. Sie schwitzte schrecklich. Ihr Kleid musste doch unmöglich aussehen. Als Braut sollte man nicht rennen müssen. Als sie an sich herabsah, erschrak sie. Da war kein weißes Kleid, sie trug einen blauen Bikini. So konnte sie doch nicht heiraten! Was würden denn die Leute über sie denken? Unsicher schaute sie auf. Doch da war niemand mehr. Sie schaute sich um. Wo waren denn alle? Sie mussten doch bei ihrer Hochzeit bleiben. Und wo war eigentlich Marius? In der Ferne sah sie eine Gestalt, die ihm ähnlich sah. Sie hob eine Hand schützend über ihre Augen. Tatsächlich, er lief am Strand entlang und entfernte sich von ihr. Dabei drehte er sich immer wieder um und winkte ihr zu. Heli sackte in sich zusammen. Hatte Marius sie verlassen? Sie blinzelte. Ein neues Gefühl tauchte auf. War das Einsamkeit? Oder Erleichterung? Sie wusste es nicht, dachte nur, dass sie irgendwohin müsste. Aber wohin? Zu wem?

Plötzlich legte sich eine Hand auf ihre Schulter. Gott sei Dank, sie war nicht ganz allein. Als sie sich umdrehte, schaute sie direkt in Carlos' lachendes Gesicht. „Pura vida", rief er ihr zu und zog sie mit sich.

Moment, wollte sie rufen, du kannst mich doch nicht einfach mitnehmen!

„Ich will dir nur was zeigen, das du noch nie gesehen hast", antwortete Carlos, ohne sich umzudrehen. „Gleich hinter den Dünen."

Heli hatte keine Chance. Sie wurde immer weiter in die Dünen gezogen. Dahinter erstreckte sich der Wald, das wusste sie. Doch das war nicht ihr Wald. Dieser hier sah bedrohlich aus. Eine grüne Hölle, die im Nebel waberte. Carlos zog sie immer weiter, aber sie wollte nicht. Sie hatte Angst.

„Du musst dich einfach mal was trauen", sagte er und schüttelte lachend den Kopf. „Geh durch und vertraue!" Er schob sie an und sie ging Schritt für Schritt tiefer in den Wald. Plötzlich war sie allein. Unheimliche Geräusche umhüllten sie. Heli fröstelte. Sie wollte hier nicht sein. Konnte ihr denn niemand helfen und sie retten?

Dann entdeckte sie eine Hütte. Ein Mann saß davor und las in einem Buch. Als er aufschaute, sah sie direkt in zwei grün-braune Augen. Sie schienen zu lächeln. Mit einem Mal war der Wald lichter und die Sonne strahlte hell vom Himmel. Der Mann las ihr aus dem Buch vor. Sie verstand ihn nicht, aber sie wusste, dass sie hier richtig war. Nur konnte sie keinen Schritt auf ihn zugehen. Ihre Beine gehorchten nicht. Und dann stand der Mann auf und entfernte sich. Mit traurigen Augen verschwand er im Dickicht und war weg.

„Warte!“, rief sie, aber das Wort steckte in ihrem Hals fest.

„Heli?“

Jemand rüttelte an ihr. Wer konnte das jetzt schon wieder sein?

„Heli, wach auf!“

Heli schlug die Augen auf. Sie atmete schwer und wusste nicht, wo sie war.

„Du hast wieder schlecht geträumt“, sagte Johanna. Sie saß an Helis Bett und strich ihr vorsichtig über den Arm. „Willst du erzählen, was passiert ist?“

Heli wischte sich den Schweiß von der Stirn. Sie schüttelte den Kopf. „Das war zu verworren.“ Nein, darüber wollte sie nicht sprechen.

„Okay, wir müssen uns langsam beeilen. Die anderen sitzen schon beim Frühstück.“

Behutsam, als könnte sie wieder in den Traum

zurückfallen, erhob sich Heli und schaute aus dem Fenster. Ihre Unterkunft war der Hammer. Mehrere zweistöckige runde Bungalows standen unter Palmen. Johanna und sie hatten die obere Etage bekommen, Fritz und Dörthe wohnten unter ihnen. Eigentlich gab es hier oben nur einen großen Raum, in dem die Betten, ein Sofa und ein Tisch standen. Auf der einen Seite gab es eine kleine Küche, nur das Bad war abgetrennt. Über ihnen erstreckte sich ein offenes Dach. Die Seitenwände waren hüfthoch aus Bambus gebaut, dicke Baumstämme hielten die Konstruktion. Geschlossene Fenster gab es keine, dafür einen unglaublichen Rundumblick. Heli trat an die Balustrade. Der Anblick nahm ihr fast die Luft.

„Johanna, das ist ja unglaublich, oder?" Sie schaute durch ein paar Palmwedel direkt auf das Meer. Eine sanfte Brise fuhr ihr durchs Haar. Salz lag in der Luft. Fast wie zuhause und doch ganz anders. „Hier könnte ich ewig bleiben."

Johanna war zu ihr getreten. Sie nickte leicht. „Ich auch", sagte sie nur, dann ging sie nach unten.

Ein großer Holztisch mit bunten Stühlen stand in der Mitte der drei Häuser, die sie bewohnten. Zwischen den Palmen hingen Hängematten und luden zum Ausspannen ein.

„Amigos, unser letzter Tag ist angebrochen. Ich denke, heute kann jeder machen, was er möchte. Chillt hier ein bisschen oder geht vorn in der Bucht baden. Ganz in der Nähe gibt es einen wunderschönen Wasserfall, den zu sehen lohnt sich auf jeden Fall. Auch dort könnt ihr euch erfrischen. Oder ihr geht einfach ins Städtchen und genießt die entspannte Atmosphäre. Hier in Montezuma leben viele Aussteiger. Ein Surferparadies und Treffpunkt für die Jugend. Es haben sich aber auch einige Kommunen gebildet, wenn man das so sagen kann. Quasi ein Mehrgenerationenwohnen in Hütten." Natürlich brach Carlos wieder in sein schallendes Lachen aus.

Fast habe ich das Gefühl, dass ich dieses Lachen vermissen werde, dachte Heli. Sie saß völlig entspannt auf einem der Stühle, naschte Ananasstücke und schaute unentwegt aufs Meer. Sie hatte das Gefühl, alles in sich aufsaugen zu müssen. Schon morgen würden sie wieder nach San José fahren und in die Heimat fliegen. Wann würde sie jemals wieder so einen Blick genießen können?

„Wer geht mit zum Wasserfall?", fragte Carlos in die Runde. „Ich führe euch hin."

Außer Hardy meldete sich erstmal niemand. Alle schienen einfach diese Idylle genießen zu wollen. Carlos tat Heli leid. Er machte sich immer solche Gedanken, was er ihnen bieten konnte. Sie hob die Hand und nickte Carlos lächelnd zu. Seine Augen strahlten.

„Doch, ich werde auch mitgehen“, sagte Karl-Eduard in einem Ton, als hätte er Selbstgespräche geführt und wäre jetzt zu einem Ergebnis gekommen.

Heli schaute Johanna an. Die schüttelte nur leicht den Kopf. „Ich denke, ich gehe am Strand entlang in Richtung Montezuma“, sagte sie.

„Wir haben beschlossen, heute mal einen gemütlichen Abschlusstag zu machen“, erklärte Dörthe und tätschelte Fritz‘ Hand.

„Ich auch“, schloss sich Simone an, ohne Hardy anzuschauen.

Sieglinde Rübschläger sagte nichts. Sie hatte die Lippen fest zusammengekniffen und starrte aufs Meer.

Fast sah es so aus, als wollte sie die Worte nicht über ihre Lippen lassen, dachte Heli. Unauffällig schaute sie zu Benno, der sich noch nicht geäußert hatte. Es schien auch nicht, als hätte er es vor. Ein Kloß setzte sich in Helis Magen fest. Warum wollte er nicht mit zum Wasserfall gehen? Er war doch sonst bei jeder Aktion dabei? Sie versuchte, sich nichts anmerken zu lassen. Dann eben nicht! Morgen war sowieso alles vorbei. Aber auch das tröstete sie nicht.

Kurz darauf liefen sie zu viert auf dem sandigen Weg durch den Wald. Der Traum hatte sie wieder fest im Griff. Auch wenn sie ihn beim Frühstück verdrängen konnte, war er jetzt umso präsenter. Wollte er ihr irgendetwas sagen? Sie war noch nie gut darin gewesen, ihre Träume zu deuten. Aber der hier hatte sich über sie gelegt wie eine zweite Haut.

„Du bist so ruhig, Heli“, sagte Carlos, der neben ihr ging. „Du bist traurig, weil wir uns morgen verlassen müssen, oder?“ Er lächelte. Kein schallendes Lachen, was sie erwartet hatte.

Heli lächelte ebenfalls. Zu mehr war sie gerade nicht imstande.

„Du könntest noch ein bisschen dableiben und Urlaub machen. Ich habe gefragt, eine der Hütten ist noch für eine Woche frei.“

War es Absicht oder ein Versehen, dass sich ihre Hände berührten? Der Kloß in ihrem Magen wurde größer. Wäre sie doch nur nicht mit zum Wasserfall gegangen.

„Nein, ich glaube, ich muss nach Hause“, sagte sie leise.

„Zu deinem zukünftigen Mann?“ Diesmal gab es keine Berührung.

Heli holte tief Luft. Vielleicht war es gut, wenn sie es einmal aussprach. Dann konnte sie sehen, wie es sich anfühlte. Und Carlos die Wahrheit sagen. „Ich werde nicht heiraten, Carlos“, sagte sie und spürte sofort, wie er neben ihr aufhorchte. „Ich wollte den Urlaub dazu nutzen, um mir über meine Zukunft klar zu werden. Und ich denke, in dem Fall habe ich mich entschieden.“

„Du könntest hierbleiben“, rief Carlos aus. Er war stehen geblieben und hatte ihre Hände genommen.

Heli seufzte. „Carlos, du bist ein wirklich netter und gutaussehender Mann. Aber ich will nicht in Costa Rica leben. Es ist ein wunderschönes Land, um Urlaub zu machen, aber nicht für immer. Jedenfalls nicht für mich.“

„Wir könnten woanders hingehen, was meinst du? Welche Länder gefallen dir noch?“

Sie zog ihre Hände aus seinen und schüttelte heftig den Kopf. „Wie kommst du darauf, dass ich mit dir zusammen sein will? Wir kennen uns doch überhaupt nicht.“

„Aber das können wir nachholen! Bleib einfach noch eine Woche hier und du wirst mich kennenlernen.“ Er zwinkerte und nun erklang doch sein typisches Lachen.

Heli schaute ihn kopfschüttelnd an. „Nein!“, sagte sie bestimmt. „Und jetzt Schluss damit. Ich möchte den letzten Tag noch genießen hier.“ Langsam verwandelte sich das Bauchgrummeln in Ärger.

„Da ist schon ein anderer Mann, was?“ Carlos ließ nicht locker.

„Was soll das, Carlos? Das geht dich doch nichts an!“

„Ah, ich wusste es! Benno hat dir den Kopf verdreht.“

Heli stapfte davon. Was war denn mit Carlos los? Bekam er Panik, weil die Gelegenheit zu einem Urlaubsflirt morgen vorbei war? Und wie kam er auf Benno? Das war doch alles Quatsch. Am liebsten wäre sie allein weitergelaufen, aber Carlos hatte sie direkt wieder eingeholt.

„Heli, entschuldige! Ich mache so was normalerweise nicht. Aber du bist mir von Anfang an aufgefallen. Ich bin gern mit dir zusammen. Du siehst toll aus, bist abenteuerlustig und witzig. Ich bin so froh, dass du in meiner ersten Gruppe bist."

„Das mag sein, Carlos. Aber ich gebe dir den Rat, dich nicht in jeder Gruppe in eine Frau zu verlieben. Das bringt nur Ärger. Die Leute wollen doch entspannen und etwas erleben. Wenn ich einen Lover wollte, wäre ich nach Ibiza oder so gefahren. Verstehst du?"

Wieder nahm Carlos ihre Hand. Allerdings streckte er ihr dabei die andere hin. „Nimmst du meine Entschuldigung an?", fragte er.

Wie konnte sie diesen braunen Augen böse sein, wenn sie so treu schauten? Fast wie bei einem Hund, dachte Heli innerlich grinsend. Sie schlug ein und lächelte. „Und jetzt bring mich zu diesem Wasserfall! Ich brauche dringend eine Erfrischung!"

***

Benno schaute erst auf, als Heli mit den drei Männern zum Wasserfall aufgebrochen war. Wie gern wäre er jetzt bei ihr, aber es ging nun einmal nicht. Außerdem hatte Johannas Reaktion ihn aufmerksam gemacht. Ihr Blick ruhte schon seit längerer Zeit in der Ferne über dem Meer. Irgendetwas in ihrem Gesichtsausdruck beunruhigte ihn. Spätestens nach Johannas Bemerkung, dass sie lieber allein am Strand entlang laufen wollte, hatte er sich entschieden, ihr zu folgen.

Normalerweise lag ihm so etwas überhaupt nicht. Er mochte schon solche Filme nicht, in denen Menschen bespitzelt wurden. Doch hier was das etwas anderes. Hatte er Johanna wirklich nicht mit Worten helfen können? Oder bildete er sich das nur ein? Jedenfalls schien sie ihm zu entschlossen. Und bevor er nicht wusste, was sie vorhatte, würde er ihr eben folgen.

Dort, wo es ging, schlenderte Johanna am Strand entlang. Bei felsigen Abschnitten entschied sie sich für die sandige Straße, die auch durch den ganzen Ort führte. Erleichtert stellte Benno fest, dass es nicht so schwierig war, sich vor ihr zu verstecken, denn sie schaute nur nach vorn oder aufs Meer.

In einer kleinen Bucht blieb sie stehen. Sie setzte sich auf einen Felsen und schien die Leute am Strand zu beobachten.

Benno stellte sich in den Schatten einer Palme und schaute sich um. Hinter der Straße standen einige kleine Häuser im Halbkreis. Kleine Gärten mit wildwüchsigen und farbenfrohen Pflanzen säumten jedes Haus. Das Gelände sah aus wie ein eigener kleiner Ort.

Die Menschen am Strand schienen sich alle zu kennen. Die meisten von ihnen standen um ein Fischerboot herum. Immer wieder klopften sie einem Mann und einer Frau auf die Schulter oder umarmten sie.

Plötzlich stand Johanna auf und ging auf die Gruppe zu. Sie begann mit einigen von ihnen ein Gespräch, was Benno sehr überraschte. War Johanna eigentlich ein geselliger Mensch? Oder was führte sie im Schilde? Jetzt bückte sie sich und begutachtete das Boot. Langsam umrundete sie es, schaute immer mal wieder nach oben und nickte anerkennend. Wenn Benno es nicht besser gewusst hätte, hätte er gemeint, dass Johanna die Leute schon lange kannte.

Da er kein Wort verstehen konnte, ging er noch ein Stück um die Bucht herum und näherte sich dann über einige Felsen kletternd der Gruppe. Auch hier vernahm er nur ein paar Gesprächsfetzen: „Sieht toll aus ... Alles selbst gemacht ... Ab jetzt fischen ... rausfahren ... mitkommen."

Er sah, dass Johanna strahlend nickte. Dann begann die Gruppe das Boot ins Wasser zu schieben. Einige sprangen hinein und zogen Johanna mit sich. Das Boot schaukelte hin und her. Johanna hatte sich an ein Ende auf den Rand gesetzt. Perfekt, um sich weiter draußen einfach nach hinten fallen zu lassen und im Meer zu verschwinden. Das Paar, das vorhin von den anderen so überschwänglich beglückwünscht wurde, begann nun mit kräftigen Zügen zu rudern. Schnell entfernten sie sich vom Strand. Bennos Fantasie ging mit ihm durch. Was, wenn Johanna sich doch aufgeben wollte?

Einem Reflex folgend, sprang er über den letzten Felsen, lief ins Wasser auf das Boot zu.

„Johanna, was machst du da?“, schrie er und merkte selbst, dass er sich wie sein eigener Vater anhörte.

„Benno?“, rief sie zurück. Ihr Gesichtsausdruck sprach Bände. „Was machst du hier? Bist du mir gefolgt?“

Benno hätte im Boden versinken können, so peinlich war ihm die Situation. „Ich ...“ Er hob die Schultern. „Kommst du wieder?“ Was für eine blöde Frage. Aber etwas anderes war ihm nicht eingefallen.

„Wir bringen sie heil zurück“, hörte er die Ruderfrau rufen. „Warte einfach am Strand.“

Johanna winkte noch einmal, dann wandte sie sich ab und hielt das Gesicht in den Wind.

Benno atmete schwer. Noch nie hatte er sich solche Sorgen um einen Menschen gemacht.

„Komm zu uns“, rief eine ältere Frau, die auf einer Picknickdecke saß.

Erst jetzt merkte Benno, dass alle deutsch sprachen. War das auch eine Reisegruppe? Er wusste nicht, was er tun sollte. Hier warten, bis Johanna wieder zurückkam? Oder einfach seiner Wege gehen und vertrauen?

„Hast du Lust auf Apfelkuchen?“, fragte die Frau wieder.

Beim Wort Apfelkuchen zog es Bennos Magen zusammen. Nicht nur, dass es sein Lieblingskuchen war, es hörte sich auch so tröstlich nach Heimat an. Und das konnte er jetzt gut gebrauchen. Lächelnd setzte er sich neben die Frau und nickte.

„Ich heiße Benno“, sagte er.

„Ich bin Mira und das ist mein Mann Horst“, antwortete die Frau. „Wir wohnen schon seit ein paar Jahren hier hinten in einem der Häuser.“ Sie zeigte auf das Gelände, das Benno vorhin bestaunt hatte.

„Warum sprechen hier alle deutsch?“, fragte er. „Habt ihr Besuch aus Deutschland?“ Er probierte das erste Stück Apfelkuchen. Die saftige Säure mischte sich herrlich mit den süßen Streuseln. Genüsslich verzog er das Gesicht.

Mira lachte herzlich. Dabei zeigten sich tiefe Falten um ihre Augen, die solche Wärme ausstrahlten, dass Benno unweigerlich an seine Oma denken musste.

„Wir wohnen alle hier. Vielleicht nennt man uns Aussteiger, wir mögen das Wort Familie. Und nein, wir gehören keiner Sekte an. Als wir uns damals entschieden hatten, hier zu bleiben, wohnten nur drei Leute hier. Einer davon ist mittlerweile gestorben, aber es sind immer wieder neue dazugekommen. Manche bleiben ein paar Wochen, andere für immer. So wie wir, stimmt's, Horst?“ Sie strich ihrem Mann über den Arm und der nickte still lächelnd.

Bei der Geste durchflutete Benno ein Gefühl von Sehnsucht. Diese Vertrautheit zwischen den beiden nahm ihm fast den Atem. Was war nur heute los mit ihm? Er holte tief Luft. „Wer sind die beiden mit dem Boot und wozu habt ihr sie beglückwünscht?“

„Das ist auch ein Paar, das schon lange hier wohnt. Die beiden lieben die Arbeit mit Holz. Sie sind es, die alle Reparaturen solcher Art an den Häusern vornehmen. Und heute weihen sie ihr neues Boot ein. Sie haben es gerade fertiggestellt. Darüber freut sich besonders Salomo, der zu gerne auf dem Meer ist und uns immer mit frischem Fisch versorgt.“

„Und Salomo wohnt auch hier?“, fragte Benno.

Mira nickte.

Benno beobachtete das Boot, das jetzt gedreht hatte und zum Strand zurückzufahren schien. Was sollte er tun? Auf Johanna warten und sich bei ihr entschuldigen?

„Ist das deine Freundin?“, fragte Mira, die seinem Blick gefolgt war.

„Es ist eine Freundin, vielleicht. Wir sind eine Reisegruppe und schon seit einigen Tagen unterwegs. Das schweißt zusammen. Vielleicht habe ich mir einfach zu viele Sorgen um Johanna gemacht. Ich weiß nicht. Ich denke, ich werde jetzt lieber gehen.“ Benno sprang auf und klopfte sich den Sand von der Hose. Jetzt, wo er sah, dass es Johanna gut ging und sie sich nicht ins Meer gestürzt hatte, kam er sich albern vor.

„Deine Freundin kann ruhig noch bei uns bleiben“, sagte Mira. Auch sie war aufgestanden. „Sie scheint sich ja gut mit den anderen zu verstehen.“

Als Benno ein letztes Mal aufs Meer schaute, sah er, wie sich Johanna lachend zurücklehnte. Wahrscheinlich hatte Mira recht und sie fühlte sich einfach wohl.

„Danke“, sagte Benno. Er nickte Mira zu und stapfte den Strand nach oben bis zur Straße. Sollte er jetzt doch noch versuchen, den Wasserfall zu finden? Er schaute sich um, entschied dann aber, allein durch den Ort zu laufen. Dass er auf andere Gedanken kam, die Hoffnung hatte er nicht, aber vielleicht konnte er sich so wenigstens ablenken. Mittlerweile hatte er das Gefühl, dass seine Probleme durch die Reise größer geworden waren. Noch immer war er sich nicht sicher, wie es in Deutschland weitergehen konnte. Nach dem Gespräch mit Johanna hatte er sich großartig gefühlt. Das zeigte ihm doch, dass er seinen Beruf liebte. Doch wie konnte er die Angst, vor Menschen zu sprechen, ablegen? Dafür hatte er keine Lösung. Und auch nicht für seine Sehnsucht, die ihn eben wieder überfallen hatte. Im Grunde war da nicht nur Sehnsucht. Da war auch Einsamkeit und Traurigkeit. Und immer wieder tauchte Helis Gesicht auf. Wie konnte es sein, dass eine Frau sein Herz in so kurzer Zeit dermaßen berührte, dass er in ihrer Gegenwart kaum noch einen klaren Gedanken fassen konnte? Er hatte sich sogar auf das Abenteuer in schwindelerregender Höhe eingelassen, nur um ihr nahe zu sein. Dass danach alles noch verworrener für ihn war, hätte er nicht im Traum gedacht. Nie wieder würde er ihre aufmunternden Worte, ihre sinnliche Stimme und ihren betörenden Duft vergessen.

Mittlerweile hatte Benno den Ort durchquert. Er blieb stehen und schaute aufs Meer hinaus. Im Grunde musste er doch nur noch einen Abend und einen Tag durchhalten, dann würde er Heli nie wieder sehen. Dann konnte sich sein Herz beruhigen und wieder im normalen Tempo schlagen. Doch bei diesem Gedanken krampfte es sich zusammen. Benno ballte die Fäuste. Er musste jetzt aufhören damit. Heli wurde von ihrem zukünftigen Mann zuhause erwartet. Und das war nun mal nicht er. Also, Schluss mit den Träumereien. Die vergrub er besser direkt hier am

Strand. Er seufzte tief. Langsam machte er sich auf den Rückweg.

***

Als Heli von ihrem Ausflug zum Wasserfall zurückkam, schaute sie sich um. Fritz und Dörthe und auch Sieglinde Rübschläger mit ihrem Sohn Karl-Eduard saßen an einem der Tische im Schatten der Palmen.

„Ach, setz doch dem Kind nicht solche Flausen in den Kopf", hörte Heli Sieglinde Rübschläger sagen. Sie wischte sich mit einem Taschentuch den Schweiß von der Stirn. „Biologie! Das war noch nie was für Karl-Eduard."

„Mutter, bitte!" Karl-Eduard saß seiner Mutter gegenüber. Er hatte die Arme auf dem Tisch abgelegt, seine Hände zu Fäusten geballt. „Ich frage mich schon die ganze Zeit, woher du immer ganz genau weißt, was für mich gut ist. Ja, du bist meine Mutter, aber ich bin doch auch ein eigener Mensch. Ich meine, ich muss doch für mich herausfinden, was ich mal machen will. Und durch Fritz habe ich gemerkt, dass mich die Pflanzen und Tiere ungemein interessieren. Wie funktioniert die Natur? Wie hängt alles zusammen? Das ist so faszinierend! Ich würde auch gern so viel wissen wie Fritz." Er hielt inne.

Vorsichtig legte sich Heli in eine der Hängematten, die zwischen die Palmen gespannt waren. Eigentlich tat sie so etwas nicht, aber es interessierte so nun mal, ob sich Karl-Eduard durchsetzen konnte. Das war spannend und lenkte sie von ihren Gefühlen ab. Sie ließ noch einmal ihren Blick kreisen, konnte aber niemanden sonst entdecken. Auch nicht Benno. Wo er wohl war?

„Sieglinde, schau mal, Fritz hat doch deinen Sohn nicht beeinflussen wollen", sagte jetzt Dörthe. „Karl-Eduard ist ein interessierter und kluger junger Mann. Und Fritz ein begeisterter Lehrer. Die beiden haben sich nicht gesucht, aber gefunden. Freu dich doch mit deinem Sohn, dass er etwas entdeckt hat, für das er brennt. Das ist so wichtig im Leben. Wir können uns nicht immer nur mit halben Sachen zufriedengeben. Wenn unser Herz nicht dahintersteht, dann werden wir auch nicht glücklich."

„Mama, ich habe schon mit Fritz geredet. Er hat mir einige gute Unis genannt, bei denen ich mich bewerben könnte. Da sind auch zwei darunter, die nicht so weit entfernt von zuhause sind. Wir würden uns also weiterhin, so oft es geht, sehen können."

Heli staunte nicht schlecht. Karl-Eduard schien ja schon sehr weit in seiner Entscheidung zu sein.

„Das heißt, du willst ausziehen und mich allein lassen?", fragte Sieglinde Rübschläger. Ihre Stimme war immer leiser geworden und es sah aus, als wäre sie in sich zusammengesackt.

„Sieglinde, magst du eigentlich Kinder?“, fragte jetzt Dörthe. Ein verschmitztes Lächeln lag auf ihrem Gesicht.

„Natürlich! Was hat das damit zu tun?“ Sieglinde Rübschläger hatte sich wieder aufrecht hingesetzt und schaute Dörthe mit großen Augen an. Diesmal ließ sie den Schweiß laufen.

„Na ja, ich dachte, du willst vielleicht auch einmal Enkel bekommen. Dazu muss Karl-Eduard aber eine Frau finden. Und dazu muss er erstmal sich selbst finden. Und frei leben und entscheiden dürfen.“

Als Sieglinde sich nicht äußerte, legte Dörthe nach. „Sag mal, was machst du eigentlich nach deiner Arbeit? Du hast doch bestimmt Freunde, oder?“

„Natürlich habe ich Freundinnen“, antwortete Sieglinde Rübschläger. Ihr Gesicht hellte sich auf. „Wir treffen uns einmal in der Woche zum Kniffeln. Ich liebe dieses Spiel! Und dann genehmigen wir uns einen Eierlikör. Ach, das sind die schönsten Nachmittage.“

Fritz und Dörthe lächelten sich an.

„Und dazu brauchst du Karl-Eduard nicht mal“, sagte Fritz.

„Was Fritz meint, ist, dass du doch dein Leben auch gestalten kannst und nicht alleine bist. Die Kinder werden irgendwann flügge, das ist der Lauf der Dinge.

Lass ihn mal ziehen, Sieglinde. Ihr werdet euch dadurch nicht verlieren."

Sieglinde schnaufte tief. Sie schüttelte leicht den Kopf und sah dann ihren Sohn an. „Ja, wenn du das machen willst, dann musst du das machen", sagte sie achselzuckend. „Da kann ich dich dann wohl nicht aufhalten. Aber du kommst, so oft es geht, nach Hause, ja?"

Karl-Eduard war aufgestanden. Er ging um den Tisch herum und umarmte seine Mutter. Dann küsste er sie auf die Stirn und wandte sich an Fritz. „Erzähl nochmal, welche Unis du mir aus welchen Gründen empfehlen würdest. Ich schreibe gleich alles mit, ja?"

Fritz fing an zu strahlen und begann direkt auf seinem Handy herumzutippen.

Dörthe legte ihre Hand auf Sieglinde Rübschlägers Unterarm. „Wollen wir ein Stück spazieren gehen?", fragte sie.

Als die beiden sich auf den Weg gemacht hatten, entdeckte Heli in der Ferne Benno, der am Strand entlang schlenderte. Ihr Herz schlug schneller. Warum war das denn so kompliziert? Hätte Benno ihr nicht zu verstehen gegeben, dass sie ihrer Beziehung mit Marius eine Chance geben sollte, wäre sie jetzt aufgesprungen und zu ihm gelaufen. Aber sie traute sich nicht. Erst recht nicht mehr, nachdem er sich nach der Canopy-Tour noch weiter zurückgezogen hatte.

Sie schob die Hängematte leicht an und schaute schaukelnd in den Himmel. Wo Johanna wohl war? Musste sie sich Sorgen machen? Und Simone? Hardy war direkt vom Wasserfall aus laufen gegangen. Jetzt entdeckte sie auch Carlos, der sich neben Benno an den Strand setzte.

Heli seufzte. Morgen war alles vorbei. Die Menschen, die sie ins Herz geschlossen hatte, würden wieder alle ihrer Wege gehen und auch sie musste ihren Weg finden. Noch sträubte sich alles dagegen. Sie hatte das Gefühl, hier noch nicht fertig zu sein. Als gäbe es noch etwas zu erledigen.

Diese Gedanken zermürbten sie. Sie wollte die Momente der Ruhe genießen. Sie schloss die Augen und lauschte den Geräuschen der Vögel, des Meeres und der Menschen um sie herum. Ein behütetes Gefühl ließ sie allmählich in den Schlaf sinken.

***

Johanna saß inmitten der fremden Menschen und fühlte sich wohl wie lange nicht. Noch immer staunte sie über sich selbst, dass sie sich getraut hatte, die Bootscrew anzusprechen. Eigentlich hatte sie das Boot angezogen. Sie hatte sofort gesehen, dass es ganz neu sein musste. Eine magische Anziehungskraft hatte sie aufstehen und dem Geruch des Holzes folgen lassen.

Einmal darüber streichen, die glatte Oberfläche berühren.

Sie hatte ja nicht ahnen können, dass sie sofort zur Jungfernfahrt eingeladen würde. Das alles hatte sich so unwirklich angefühlt. Die Menschen hier waren so ungezwungen und freundlich. Sie wirkten glücklicher als alle Menschen, die sie jemals zuvor kennen gelernt hatte. Außer Carlos vielleicht. Lag das an dem Land? Sie wusste, dass Costa Rica übersetzt Reiche Küste hieß. Hieß Reichtum in dem Fall auch reich an Lebensfreude?

„Möchtest du ein Stück?", fragte Mira. Sie hielt Johanna etwas Brot hin. „Habe ich heute gebacken. Nimm dir auch Tomaten oder den Aufstrich, wenn du willst."

Lächelnd bedankte sich Johanna. Sie hatte schon gemerkt, dass sie hier nichts sagen musste, wenn sie nicht wollte. Bisher hatte sie auch noch niemand nach ihrer Herkunft oder anderen persönlichen Sachen gefragt. Hier konnte sie einfach sein und bleiben.

Schon auf dem Boot hatten ihr Salomo und die anderen erzählt, was es mit ihrer Gemeinschaft auf sich hatte. Begeistert hatte sie zugehört, Fragen gestellt und sofort begonnen zu träumen. Hatte Benno nicht gesagt, dass das Leben Überraschungen bereit hielt? Vielleicht war eine davon, dass sie einfach hierbleiben konnte? Etwas regte sich in ihr, das sie schon sehr lange nicht mehr gespürt hatte. Noch war da ein Hauch von Angst. Angst davor, sich in etwas hineinzusteigern, das dann nicht wahr werden würde. Doch das neue Lebensgefühl war stärker. Und mit einem Mal purzelten alle Gedanken durcheinander. Sie könnte ihre Wohnung in der Heimat auflösen, die Situation mit der Ärztin besprechen und dann einfach wieder herkommen. Aber konnte sie das den Menschen hier antun? Sie wusste doch nicht, wie lange sie noch leben würde.

Johanna schaute auf und sah direkt in Miras warme Augen. „Wollen wir ein bisschen am Strand spazieren gehen und du erzählst mir von deinem Problem?“, fragte die ältere Frau.

„Woher weißt du?“ Johanna stockte der Atem. Hatte sie laut gesprochen oder war Mira eine Hellseherin?

„Ich kenne den Gesichtsausdruck“, antwortete Mira und stand auf. Lächelnd zog sie Johanna nach oben und hakte sich bei ihr unter.

Ein Glücksgefühl durchflutete Johannas Körper. Ja, sie wollte dieser Frau von ihren Gefühlen erzählen. Und sie hoffte auf das Wunder in ihrem Leben.

***

Lange hatte Benno noch am Strand gesessen und der untergehenden Sonne zugeschaut. Jetzt lief er zwischen den Palmen hindurch zu seinem Bungalow. Erst im letzten Moment entdeckte er Heli, die in einer Hängematte lag und zu schlafen schien. Benno konnte nicht anders, er musste sich neben sie setzen und sie betrachten.

Was war nur alles in den letzten Tagen mit ihm passiert? Niemals hätte er sich träumen lassen, dass ihn die Reise so aufwühlen würde. Natürlich hatte er gehofft, hier Antworten auf seine vielen Fragen zu finden. Doch was er hier gefunden hatte, waren intensive Gefühle. Und die hatten oftmals wenig mit seinen Fragen zu tun.

Noch bis vor ein paar Minuten war er sich sicher gewesen, dicses Durcheinander in seinem Innern bis morgen in den Griff zu bekommen. Doch nun hatte sich schon wieder etwas verändert. Sollte der Urlaub nicht eigentlich entschleunigen? Stattdessen hatte er mit seinen vielen Wendungen ein Tempo, dem Benno manchmal nicht folgen konnte. Vor allem diese neue Wendung, von der er eben erfahren hatte, ließ sein Herz wieder schneller schlagen. Die Gedanken purzelten durcheinander. Heli lag hier vor ihm wie ein Engel. Greifbar und doch unerreichbar. Aber warum? Welche Prüfung mussten sie noch bestehen, um sich vielleicht doch zu finden?

„Benno!“

Eine hohe Stimme holte ihn aus seinen Gedanken.

Er schaute sich um. Heli begann sich zu rühren und sah ihn verschlafen an.

„Was ist los?“, fragte sie. Dabei fuhr sie sich mit den Händen über die Augen. Am liebsten hätte Benno sie in die Arme geschlossen.

„Benno!“ Die Stimme kam näher.

Jetzt sah er Johanna, die mit großen Schritten über den Strand auf sie zu gerannt kam. Hinter ihr lief eine ältere Dame. War das Mira? Die Frau aus der Gemeinschaft?

„Benno, wir brauchen dich!“ Johanna hatte sie erreicht und blieb atemlos stehen.

„Ja klar! Was ist denn passiert?“, fragte er und sprang auf. Auch Heli krabbelte aus ihrer Hängematte.

„Johanna, es ist alles gut“, sagte Mira, als auch sie sich zu der Gruppe gesellte. „Wir haben es nicht eilig. Hier nicht mehr!“

„Aber ... er ist doch tot“, stotterte Johanna.

„Wer ist tot?“, fragten Heli und Benno wie aus einem Mund.

Mira hob die Hände. „Salomos Hund ist gestorben. Bis gestern war er noch mopsfidel und eben haben ihn Johanna und er hinter seinem Haus gefunden. Ich vermute, dass er sich mit irgendetwas vergiftet haben könnte. Das passiert leider häufiger. Er schien auch Blut gespuckt zu haben. Jedenfalls ist Salomo natürlich sehr traurig und möchte ihn noch heute Abend bei Sonnenuntergang beerdigen."

„Aber der ist schon jetzt. Und ich dachte, du könntest ein paar Worte sagen." Johanna schaute ihn mit bittenden Augen an.

„Ich? Ja, also ..." Benno schluckte. Sofort stellte sich das flaue Gefühl ein, das ihm so bekannt vorkam.

„Benno, wenn du nicht möchtest, ist das kein Problem. Wir gehen einfach wieder zurück und stehen Salomo bei." Mira lächelte Benno an und legte ihre Hand auf Johannas Rücken.

„Aber du bist doch Pfarrer. Darfst du dem Hund keinen Segen geben?" Johanna gab nicht auf.

„Wie lange habe ich denn geschlafen?", fragte Heli. Aus ihrer Stimme sprach eindeutig Verwirrung. „Woher kennt ihr euch alle? Ich meine, Johanna, was ist hier los?"

Erst jetzt schien Johanna zu registrieren, dass Heli bei ihnen stand. Eine Falte bildete sich auf ihrer Stirn. „Entschuldige, Heli, das muss ich dir später erzählen. Jetzt müssen wir zu Salomo. Benno? Was ist jetzt? Kommst du mit? Bitte!"

Benno fühlte sich, als würde es ihm jeden Moment den Boden unter den Füßen wegreißen. „Ich bin doch aber überhaupt nicht vorbereitet", stammelte er. Dabei kam er sich so hilflos vor. Oh Gott, war das wieder eine dieser Prüfungen, die er noch nie gut bestanden hatte?

Heli schaute ihn ebenfalls fragend an. „Das ist doch eine gute Übung, meinst du nicht? Ich weiß genau, dass du das kannst. Hier steht nicht deine Gemeinde vor dir. Dieser Salomo erwartet bestimmt nichts Besonderes von dir. Er freut sich nur über ein paar Worte zur Beerdigung seines Hundes, wenn ich das richtig verstanden habe."

Benno schaute sie blinzelnd an. Aus dieser Nummer kam er nicht ohne Scham heraus. War das jetzt die Antwort, auf die er so gehofft hatte? Was sollte er tun? Sich entscheiden, nie wieder als Pfarrer zu arbeiten und einfach gehen? Ein schmerzender Druck machte sich in seinem Magen breit. Nein, er wollte doch für die Menschen da sein, ihnen beistehen. Warum war er nur so ein Schwächling?

„Komm", hörte er Helis leise Stimme.

Sie hatte ihre Hand in seine gelegt und zog ihn vorsichtig mit sich. Auch Johanna und Mira wandten sich zum Gehen.

Ohne ein weiteres Wort folgten sie dem Strand bis zu der kleinen Bucht mit den Häusern der Gemeinschaft. Johanna und Mira zeigten in den hinteren Teil des Gartens. Salomo hatte schon ein Loch gegraben und stand dort, umringt von Freunden und Bekannten. Der Hund lag in seinen Armen. Als er die vier kommen sah, hellte sich sein Gesicht auf.

„Johanna, du hast Benno wirklich überreden können? Das vergesse ich dir nie!“

Alles in Benno rebellierte, als er sah, wie viele Augenpaare ihn anschauten. Natürlich kannte er fast niemanden davon und würde sie wahrscheinlich nie wieder in seinem Leben sehen, aber trotzdem erwarteten sie etwas von ihm. Es stimmte einfach nicht, was Heli gesagt hatte. Egal, wer zu Grabe getragen wurde, die Worte mussten irgendwie über seine Lippen kommen. Hier hatte er noch nicht mal eine vorbereitete Ansprache, die er nur ablesen musste. Er stand mit nichts da und sollte sich etwas aus seinem leeren Gehirn saugen. Wie ging das?

Plötzlich spürte er Helis warme Hand, die noch immer in seiner lag. Waren sie wirklich Hand in Hand bis hierher gelaufen? Ein leichter Druck ging von ihr aus. Und als er Heli ansah, schaute er nicht nur in ihre blauen Augen. Er entdeckte viel mehr darin. Aufmunterung und Vertrauen, Wärme und Liebe. Liebe? Konnte das sein? Der Kloß in seinem Magen schwand. Stattdessen wuchs da eine Kraft, die Benno noch nie gespürt hatte. Noch immer ruhten seine Augen auf Heli. Es war, als würde sie ihm diese Kraft schenken, als würde die Energie direkt in sein Innerstes fließen. Und ihn fluten.

Wieder spürte er den leichten Druck, der von ihrer Hand ausging. Benno nickte. Er wandte sich der

Trauergemeinde zu. Plötzlich fand er die Worte, die tief in ihm verborgen lagen. Er musste nicht krampfhaft nach den nächsten Sätzen suchen, sie sprudelten nur so aus ihm heraus. Und die ganze Zeit über hielt er Helis Hand. Und sie seine.

Als er geendet hatte, verging alles wie im Traum. Salomo legte den Hund in sein Grab. Blumengaben folgten, bevor es verschlossen wurde. Jemand hatte aus zwei Stöcken ein Kreuz geflochten und steckte es auf den Erdhügel. Bennos Hände wurden geschüttelt und Salomo bedankte sich mit einer Umarmung. Noch immer konnte Benno nicht glauben, was da eben passiert war. Er hatte frei gesprochen. Und nicht nur das, er hatte sich gut gefühlt, am richtigen Platz. Dort gehörte er hin. Es war so, als wären alle Teile eines Puzzles ineinandergerutscht.

Die Gruppe machte sich auf den Weg an den Strand. Die Sonne hatte das Meer und alles rundherum in rotes Licht getaucht. Benno wurde mitgezogen, dann hatte er ein Bier in der Hand. Sie prosteten sich zu, er nahm einen großen Schluck und kehrte wieder in die Wirklichkeit zurück. Er schaute sich um. Wo war Heli? Sie hatte sich hoffentlich nicht wieder auf den Heimweg gemacht? Doch dann entdeckte er sie. Sie stand mit Johanna etwas abseits in ein Gespräch vertieft. Auf ihrem Gesicht lag ein Lächeln. Dieses Lächeln, in das er sich verliebt hatte. Ja, jetzt spürte er es ganz genau. Das musste Liebe sein, denn die berühmten Schmetterlinge flatterten wild in seinem Bauch.

Plötzlich schaute Heli auf. Sie legte ihren Kopf leicht schräg und ihr Lächeln wurde noch strahlender. Langsam ging Benno auf sie zu. Er nickte Johanna nur kurz zu, nahm Helis Hand und zog sie von den anderen fort. Auf einem der Felsen ließen sie sich nieder. Die Sonne war im Meer versunken, doch das warme Licht war geblieben.

Lange schaute Benno Heli an. „Danke!“, flüsterte er nach einer Weile.

„Ich wusste, dass du es kannst“, antwortete sie ebenso leise.

Benno holte tief Luft. Wenn er diesen magischen Moment jetzt nicht nutzte, würde er sich das nie verzeihen. „Heli, ist es wahr, dass du nicht zu deinem Freund zurückkehren wirst?“ Die Worte kamen ihm fast nicht über die Lippen. War es die Angst vor der Antwort, die er doch eigentlich schon kannte?

Helis Lächeln schwand ein bisschen, jedoch nicht ganz. Der Ausdruck in ihren Augen veränderte sich, schien nachdenklicher. Hoffentlich hatte er keinen Fehler gemacht. Aber was war in so einer Situation schon richtig?

„Woher weißt du das?“, fragte Heli.

„Carlos hat es mir vorhin am Strand erzählt. Ehrlich

gesagt war ich verwundert. Ich hatte angenommen, dass er dich auch sehr mag. Aber er hat mir den Rat gegeben, dich nicht abfliegen zu lassen, ohne mit dir darüber zu reden. Verstehst du das?“

Heli schaute aufs Meer hinaus. Sie schloss die Augen und Benno konnte sich nicht von diesem Anblick lösen. Wie hatte er diese Frau in sein Herz geschlossen! Er wollte sie nicht gehen lassen. Aber noch hatte er keine Antwort bekommen.

„Ach Benno, ich habe mich schon lange nicht mehr zu Marius hingezogen gefühlt, das ist mir sehr schnell in diesem Urlaub klar geworden. Und dann standst du am Flughafen vor mir und ich habe mich in deiner Gegenwart sofort wohl gefühlt. Auch wenn ich es selbst erst nicht wahrhaben wollte. Deine verstrubbelten Haare, deine schönen Augen, dein Charme und Humor und dann deine Verletzlichkeit, das alles hat mich so angezogen und durcheinandergebracht.“ Heli hielt inne und schien nach den richtigen Worten zu suchen.

„Aber du hast doch im Bus auf dem Weg in den Corcovado Nationalpark zu Carlos gesagt, dass zuhause ein Freund auf dich wartet, den du heiraten wirst.“

Heli lachte auf. „Nein, ich habe gesagt, dass er mich heiraten will. Und außerdem wollte ich doch nur, dass Carlos weiß, woran er ist. Ich mag Carlos, aber seine

Anmache war mir einfach zu viel." Sie schaute Benno wieder mit schräg gelegtem Kopf an. „Deshalb warst du danach so unausstehlich?"

„Ich war nicht unausstehlich, ich musste mein Herz schützen. Da sagt man manchmal blöde Sachen. Entschuldige!", murmelte Benno.

Er schaute Heli fest in die Augen und sie hielt seinem Blick stand. Das Meer rollte unaufhörlich an den Felsen, auf dem sie saßen. Langsam legte sich die Dunkelheit über die Bucht.

Benno nahm Helis Hände und legte seine darum. „Du bist die unglaublichste Frau, die ich jemals kennen gelernt habe. Helena Frühauf, darf ich dich ein Stück deines Weges begleiten?" Kaum hatte er es ausgesprochen, hörte er selbst, wie kitschig das klang. Aber es kam aus tiefstem Herzen.

Wieder legte sich das strahlende Lächeln auf Helis Gesicht. Doch auch ein schelmischer Zug, den Benno so an ihr mochte.

„Solange der Weg nicht hier in Costa Rica schon endet", antwortete Heli.

Bennos Herz schien aus seiner Brust springen zu wollen vor Glück. „Von mir aus muss er niemals enden!" Schon wieder schmalzig, aber das brauchte er jetzt. Und auch Heli schien es zu gefallen. Sie beugte sich leicht vor. Er spürte die Wärme ihres Körpers und roch den Duft ihrer Haut. Dann legten sich ihre Lippen auf seine. Endlich.

Tag 14 – Rückreise

„Amigos, jetzt ist es also soweit! Gleich kommt der Bus und bringt uns zurück nach San José." Carlos stand an einem der Tische und schaute in die Runde. Sie hatten sich alle zum gemütlichen Frühstück zusammengefunden. Das Wetter meinte es wieder gut mit ihnen. Die Sonne strahlte vom blauen Himmel und ein laues Lüftchen wehte durch die Palmen. „Ihr seid meine Versuchskaninchen gewesen. Und ja, Sieglinde, ich weiß, wir sind kein Karnickelverein. Manchmal habe ich mich eher wie ein Löwenbändiger gefühlt." Er hielt inne und sein schallendes Lachen erklang. „Ach nein, es war toll mit euch. Ihr seid eine super Gruppe. Wir haben so viele spannende Erlebnisse gehabt, oder?"

Zustimmendes Gemurmel erklang.

„Vielleicht sehen wir uns ja mal wieder, wenn ihr Johanna hier besucht."

Johanna, die mit Heli und Benno am Tisch saß, zuckte zusammen. Alle Augen richteten sich auf sie. Heli nickte ihr aufmunternd zu. Ihr hatte Johanna schon erzählt, was sie vorhatte und dafür bewunderte sie sie.

„Na ja, ich werde hier bleiben. In der nächsten Bucht wohnen ein paar nette Leute, denen ich mich anschließen kann." Sie stockte.

„Solche Aussteiger, von denen man immer im Fernsehen sieht?", rief Sieglinde Rübschläger dazwischen. Sie verzog das Gesicht.

Johanna lächelte. „Ja, so könnte man das sagen. Ich konnte es erst selbst nicht glauben, dass mich das so begeistern würde. Aber zuhause wartet niemand auf mich, dann kann ich genauso gut hier wohnen und ..." Sie zuckte mit den Schultern. Weiter wollte sie nicht sprechen.

Nicht alle in der Gruppe kannten Johannas Geheimnis. Als Benno und Heli am Abend noch lange mit Johanna geredet hatten, waren sie zu dem Schluss gekommen, dass sie nicht alles erzählen musste. Natürlich wusste Mira von Johannas Krankheit, aber auch die meinte, in ihrer Gemeinschaft konnte leben, wer wollte und wie lange er da blieb. So oder so. Das hatte Johanna viel Kraft gegeben. Sie hatte sich vorgenommen, in Deutschland alle Zelte abzureißen, sich noch einmal ärztlich beraten zu lassen und dann wieder nach Montezuma zu kommen. Heli fand das sehr mutig, konnte Johanna aber gut verstehen.

Als der Bus am Rande der Bungalowsiedlung parkte, löste sich die Frühstücksgemeinschaft auf. Schon die ganze Zeit über hatte Heli Simone und Hardy beobachtet, die wie zwei Fremde am Tisch saßen und kein Wort redeten.

„Wie geht es dir?“, fragte Heli Simone, die am Tisch sitzen geblieben war.

Simone lächelte. „Ich weiß noch nicht genau.“ Sie zuckte mit den Schultern.

Auch Dörthe und Johanna gesellten sich zu ihnen.

„Was ist zwischen dir und Hardy passiert?“, fragte Dörthe.

Simone seufzte, doch dann strahlte sie. „Ich wollte mich bei euch bedanken. Wenn ihr mir nicht gut zugeredet hättet, hätte ich nie die Kraft gefunden, mit Hardy über unsere Probleme zu sprechen.“

„Oh je, wir wollten euch aber nicht auseinanderbringen“, sagte Dörthe. Sie hatte eine Hand an ihre Wange gelegt und schaute Simone betroffen an.

„Das habt ihr nicht. Wir wissen ja noch nicht, wie es weiter geht. Es hat sich für mich einfach gut angefühlt. Ich habe mich Hardy endlich wieder ebenbürtig gezeigt. Ihr hattet recht! Auch meine Gefühle in der Beziehung sind wichtig. Jetzt muss ich herausfinden, wie viele davon noch für Hardy übrig sind.“

„Wie hat er denn darauf reagiert? Es scheint, als

würdet ihr nicht mehr miteinander reden“, fragte Johanna.

„Ach, das ist im Moment gar nicht so schlecht. Wir haben gestern genug geredet. Jetzt muss es bei ihm wirken. Aber ich kann euch verraten, dass seine erste Reaktion die war, dass er sich darauf freut, endlich wieder frei zu sein. Denn dann kann er zu Marathons oder sonstigen Wettkämpfen fahren, ohne Rücksicht nehmen zu müssen. Und er könnte trainieren, wann er will. Tja, was soll ich dazu sagen?“ Ein trauriger Zug legte sich auf Simones Gesicht.

Dörthe tätschelte Simones Arm. „Das wird sich schon alles finden. Entweder er kriegt sich wieder ein oder du kannst froh sein, ihn loszuwerden. Auch du hast einen Mann an deiner Seite verdient, der dich und deine Interessen respektiert. Von Liebe mal ganz abgesehen.“

Simone nickte. Dann schaute sie Heli an. „Und was habe ich da heute Morgen gesehen? Waren das wirklich Benno und du, die sich am Strand geküsst haben?“ Sie zwinkerte Heli zu.

Heli konnte sich ein Grinsen nicht verkneifen. Eigentlich hatten sie es noch geheim halten wollen, aber diese Gefühle, wenn die einmal verrücktspielten, dagegen war sie machtlos. „Ja, auch wir werden schauen, wie sich alles entwickelt.“

„Ach, meine Mädels, ich werde euch vermissen“,

seufzte Dörthe jetzt laut. „Ich weiß schon, dass man im Urlaub immer wieder Nummern mit neuen Bekanntschaften austauscht, von denen man dann doch nie wieder hört. Aber ich wüsste so gern, was sich bei euch im Leben so tut. Lasst es uns probieren, ja?“

Nachdem alle ihre Kontaktdaten aufgeschrieben hatten, erhoben sie sich.

„Also, ich muss sagen, mir hat der Urlaub in so einer Gruppe gut gefallen. Natürlich wird nicht jede Reise so harmonisch verlaufen, aber ich denke, ich werde Fritz öfter dazu überreden. Und wenn dann jedes Mal so ein Karl-Eduard dabei ist, kann ich mich zurücklehnen. Nicht, dass ich meinen Fritz nicht liebe. Aber manchmal redet mir mein Professor einfach zu viel.“ Dörthe lachte laut und winkte den anderen zu. „Ich geh mal schnell packen, sonst verpassen wir noch unseren Bus.“

Als auch die anderen beiden Frauen in ihre Bungalows gegangen waren, schaute Heli wehmütig über das Meer. Sie hatte das Gefühl, als könnte der erholsame Teil des Urlaubs jetzt erst beginnen. Und dann fiel ihr etwas ein, das Carlos gesagt hatte. Eilig begab sie sich auf die Suche nach ihm.

***

Sie lagen in der Sonne und ließen die Beine von den

Felsen hinunter in das Wasser baumeln. Seit drei Tagen hatten sie nichts anderes getan, als zu baden, zu essen, die Seele baumeln zu lassen und ganz viel zu reden.

„Und du meinst, du könntest in Berlin als Therapeutin arbeiten?“, fragte Benno. Er hatte die Augen geschlossen. Eine Hand lag auf Helis Unterarm und streichelte ihn sacht.

Seine Berührungen ließen jedes Mal tausend Ameisen über Helis Körper sausen. Sie genoss diese Liebkosungen und wünschte sich, er würde nie damit aufhören.

„Ich habe ja schon während des Studiums in verschiedenen Einrichtungen gearbeitet. Manche hätten mich direkt übernommen. Damals wusste ich nur noch nicht, wohin mich mein Weg führt.“

„Und jetzt?“ Benno unterbrach seine Streicheleinheit, drehte sich auf die Seite und stützte den Kopf in eine Hand.

Heli tat es ihm gleich. Sie schaute ihn eine Weile still an. Wie hatte sich durch diesen Urlaub ihre Zukunft gewandelt! Noch immer konnte sie nicht glauben, dass ihr Wunsch nach dem Gefühl für die richtige Entscheidung in Erfüllung gegangen war. Mit einem Mal schien alles sonnenklar. Als hätte es nie eine Frage gegeben.

„Jetzt denke ich, dass ich vorerst wieder in meine alte Studenten-WG ziehen werde und mir gut vorstellen könnte, mit der passenden Arbeit in Berlin zu bleiben."

Benno zog sie sanft zu sich herüber. „Das Wort vorerst gefällt mir gut", raunte er ihr ins Ohr. Dann begann er ihren Hals zu küssen.

Heli wand sich lachend aus seiner Umarmung. „Du weißt genau, dass das kitzelt", rief sie. Sie sprang auf und zog Benno mit nach oben. „Wie wäre es mit einem Spaziergang in den Ort? Wir haben fast nichts mehr zu essen."

„Ein Königreich für einen Carlos, der sich immer um unser Wohl gekümmert hat", antwortete Benno.

„Ach, ich bin ehrlich gesagt ganz froh, dass wir noch ein paar Tage zu zweit für uns haben, bevor wir wieder zurück nach Deutschland fliegen müssen."

Sie packten ihre Sachen in die Taschen und schlenderten am Strand entlang Richtung Montezuma.

„Und was machen wir nach dem Essen?", fragte Benno, der seinen Arm um Helis Schultern gelegt hatte.

Heli schmiegte sich an ihn und ein unbändiges Glücksgefühl erfasste sie. Eigentlich war es egal, was ab jetzt alles kommen würde, Hauptsache sie waren zusammen.

„Wir werden sehen", antwortete sie und blieb stehen. Sie legte ihre Hand in Bennos verwuschelte Haare und schob sich näher an ihn heran. Ihre Lippen verschmolzen und jetzt wusste Heli, wie sich ein Versprechen in die Zukunft anfühlte.

Danksagung

Als ich Anfang der 2000er Jahre nach Costa Rica gereist bin, hätte ich niemals gedacht, dass ich mal einen Roman hier spielen lassen würde. Im letzten Jahr ist mir mein Reisetagebuch in die Hände gefallen und damit war die Idee geboren, eine lustige Gruppe auf meinen Spuren wandeln zu lassen. Die meisten Ereignisse, die Heli & Co. widerfahren, habe ich selbst erlebt. Oft sogar noch ein bisschen eindrücklicher, da ich als Backpackerin unterwegs war und dadurch mit den Ticos, den Einheimischen, in Kontakt kam. Pura vida lautet ihr Motto und das konnte ich wirklich überall spüren.

Ich hoffe, euch hat die Fahrt durch Costa Rica gefallen! Ich hatte beim Schreiben viel Spaß. Und schon entsteht eine Idee, die Geschichte um Heli und Benno weiter zu verfolgen. Also, bleibt gespannt!

Jetzt möchte ich mich noch bei den Menschen bedanken, die zum Gelingen des Romanes maßgeblich beigetragen haben:

Sylke Hörhold, die nicht nur eine liebe Autorenkollegin ist, sondern sich auch als Seelsorgerin und Trauerbegleiterin Bennos Textstellen angenommen hat.

Annett Gerlach-Franke, die mir als Krankenschwester viele Tipps zu Johannas Geschichte gegeben hat.

Eveli, meine Tochter, die sich bei vielen Spaziergängen neue Entwicklungen der Story anhören musste und mir bei der Suche nach dem Reihentitel auf die Sprünge geholfen hat.

Anne Gebhardt, der ich all meine Coverideen vorstellen kann und die mich jedes Mal wieder mit ihren wunderschönen Ideen überrascht.

Dorothea Winterling, die sich durch meinen Text kämpft und nie sauer ist, wenn ich manche Fehler immer wieder mache. Danke auch für die humorvollen Kommentare, die mich wieder aufheitern.

Und zu guter Letzt danke ich meinen Testleser:innen: Ute, Stephanie, meinen Eltern sowie Silke und Sylke. Die Spannung steigt jedes Mal, wenn die ersten Rückmeldungen eintreffen.

Wir bleiben in Kontakt

Möchtet ihr immer auf dem Laufenden sein, informiere ich euch gern per Mail über meine Neuerscheinungen. Ihr könnt ganz einfach meinen Newsletter bestellen unter: **https://www.autorin-jana-thiem.de/newsletter**

Interessantes über mich und meine Bücher findet ihr auf meiner Website: **www.autorin-jana-thiem.de** sowie auf Instagram:

Instagram:
www.instagram.com/frida_luise_sommerkorn

Weitere Veröffentlichungen

Nordseeglückreihe

Ostseeliebereihe

Sehnsuchtstrilogie

Fernwehromane

Ein Rauhnachtswunder

Humboldt-Krimis Jana Thiem